台海對抗黑皮書

Taiwan vs China Black Paper

台海對抗 D-Day：202X 年 Y 月 Z 日
（警世寓言小說）

何宗岳————著

目　錄

前　言
「統獨狂想曲，一笑泯恩仇」

　　「台灣獨立」是美國、中國與台灣之間的禁忌議題，這是一本唯一打破禁忌，以"統獨之爭"為題材的警世寓言小說，再加一篇探討"台海危機"的萬言論文。

　　小說的構想，源自台灣時事新聞與新概念武器，共分為 3 篇，**上篇：搶救台海兩岸大兵(統一篇)**，由習近平的「新中國夢」談起；**中篇：美日台聯軍的台獨之路(獨立篇)**，由台灣 A 總統的「國父夢」談起；**下篇：愛因斯坦預言成真(末日篇)**，以愛因斯坦的名言作結語：「我不知道第三次世界大戰會用哪些武器打，但是，第四次世界大戰肯定會用木棍和石頭打」。

　　小說情節發展的時間軸，訂在 2029 年底之前，原因有六：

(一)2018 年 5 月 17 日，美國退役海軍上校情報官 James E. Fanell 在美國眾議院的聽證會表示：「2029 年是解放軍武統台灣的最後期限」。

(二)2023 年 1 月 9 日，美國華府智庫「戰略與國際研究中心」(CSIS)主持之「下一場戰爭的第一個戰役：中國入侵台灣的兵棋推演」，**設定中國攻打台灣的時間點是 2026 年**。

(三)2023 年 3 月 23 日，美國國務卿布林肯在參議院撥款委員會預算聽證會上表示：「**他同意 CIA 局長伯恩斯的看法，中國將在 2027 年具備犯台能力**」。

(四)2027 年 8 月 1 日是中國共產黨建軍百年紀念日，**在建軍百年紀念日年度統一台灣，確實有其歷史性的意義**。

(五)2023 年 5 月出版的「White Sun War: The Campaign for Taiwan」(尚無中譯本),作者為澳洲退役少將 Mick Ryan,**預言中國將於 2028 年攻台,與美國打一場新科技戰爭。**

(六)中國的統戰神曲「2035 去台灣」,描述在 2035 年將由北京搭高鐵到台灣(新竹—台北)的情景。因此,台灣海峽的海底隧道,至少應在 2029 年開始興建,才可能達到「2035 去台灣」的目標。**2035 年或許是習近平預告"統一台灣"的最後期限吧?!**

2018 年 3 月的第十三屆全國人民代表大會,為習近平量身訂做了「取消國家主席連任不得超過 2 屆限制」的條款,習近平已成為名正言順的終身領導人。因此,習近平為唯一貫穿上、中、下 3 篇的主角,前總統馬英九則只在中篇客串演出,其他兩岸的歷任領導人姓名,為配合現代史實,仍以真實姓名表示,而故事情節和其他人名均是虛構(如有雷同,純屬巧合)。至於台灣的 A 總統則不具名,畢竟,在"台海對抗 D-Day"之前,台灣仍可能有下一場的總統選舉。

論述篇:「台海危機的漩渦與展望」,是小說篇的綜合論述,探討台海危機之現狀與解決方案,包括:日益惡化的台海危機、改變中的台灣人統獨觀、台灣獨立的困境、中國和平統一台灣的時機、台灣獨立有利於全球安全和解決台海危機的「交易台灣倡議」。

「祖國統一」是習近平自認為責無旁貸的歷史任務。攻佔台灣?和平統一?威懾逼和?用何種方式解決台灣問題,對習近平而言,將是一場決定歷史定位的豪賭。若以傳統的作戰方式,強

行佔領廢墟台灣，並不會為習近平加分，反而會留下歷史污名。因此，他需要新思維的方案來取代「九二共識、一國二制」，或者需要新概念的統一策略，確保坐收世界半導體核心的台灣。

反觀台灣的 A 總統，身為務實的台獨工作者，不能一味的親美仇中，企圖以軍事對抗中國，無疑是以卵擊石，最後尚可能讓台灣成為「一片焦土、全球毀滅的悲劇」。他(她)的「台灣國的國父夢(國母夢)」，也需要有能避免兩岸開戰的新概念台獨策略。

台海對抗的結局只有 3 種可能：兩岸統一、台灣獨立和世界核戰，會有何種結局，就看兩岸領導人的智慧了。

白皮書(White Paper)，是指政府或專業機構，就某一重要的政策或提案，而正式發表的官方報告書。因為報告書的封面習慣用白色，所以被稱為白皮書，已成為國際上公認的正式官方文件。例如，與台灣相關的中國「台灣問題白皮書」、美國「中美關係白皮書」和日本「防衛白皮書」。

黑皮書(Black Paper)，是凸顯與白皮書對立的報告，用於對某一政策、議題而發表的批判性或諷刺性論述，例如，「共產主義黑皮書」、「資本主義黑皮書」和種族議題的「密西西比黑皮書」。

本書是以時事報導為基礎，所改編的警世寓言小說，純粹是以常識邏輯來消遣統獨之爭的狂想曲而已。因此，閱讀本書時，不宜鑽牛角尖，也沒必要用統獨意識的心態來閱讀。伊索寓言是陪伴許多小朋友成長的"小故事大道理"童書，此本警世寓言小說則適合關心台灣未來的大朋友閱讀。

「統獨狂想曲」即將在 202X 年 Y 月 Z 日上演，敬請期待！

楔 子
「一連串的事故，台灣命運蛻變中」

202X 年 2 月 11 日，10：00～14：58【台灣，樂山雷達站】

　　1 顆人造衛星，在距離地球表面 352 公里高的軌道上繞地球運轉，約每 90 分鐘繞地球一周，每天可繞行地球 15 圈，並在每天某一時刻會飛越台灣上空。

　　這是一個氣溫 14℃，天氣晴朗無風的上午時分，由於有陽光照射，並不感覺寒意，反而覺得清爽無比。此時正值樂山雷達站工作人員及防空連隊的用餐、午休時間，除了值班人員之外，大多數已回宿舍休息，另有 3～5 人正在戶外走動、吸菸、聊天。

　　突然間，1 顆尾端拖著長長紅光的火球，擊中雷達站主體建築物的正向西北面，巨大的爆炸聲伴隨著一股脈衝強風，雷達站 150 公分厚的抗炸結構發揮了功效，僅西北側正面的結構被炸出一個 16 米直徑、1.2 米深的凹洞，建築物是不燃的 150 公分厚抗炸結構體，雖然因火球高溫而著火，但是，並沒有造成大火；不過，雷達站前方的設施、國旗及路燈桿等，大部份已被脈衝強風吹毀，位於雷達站左後方約 80 公尺遠之工作人員的營舍建築，則因受到 40 米高雷達站主體的遮擋、掩護，並未受到損壞。

　　技術人員正忙著檢視儀器的損壞程度，雷達站西北側之雷達陣面斜面屋頂，雖然沒有被炸穿，但是，宛如 6 級地震的震動搖晃，讓內部工作人員一陣驚嚇，還好沒有人重傷或死亡，但是，因為建築物內的部份燈具、天花板及管線掉落，而傷及數名工作人員，其中，包含 2 位美籍工程師。數十人由宿舍棟驚慌的跑出

觀望，並往雷達站方向急奔。

由於樂山雷達站遭受不明來源的攻擊，衡山指揮所內「聯合作戰指揮中心」的「戰備警戒燈號」由第三級「戰備整備」的藍燈，提升至第二級「全面作戰」的紅色警戒燈。

雷達站外防空飛彈連的值班士官兵，立即豎起所有固定式、機動式的天弓飛彈及 35 快砲系統，所有的砲管呈不同角度朝向台海方向。

雖然樂山雷達站正面西北向的鋪路爪雷達系統已經受損、無法使用，但是，佈署在台灣沿海的海軍與空軍雷達站，均未偵測到中國東部戰區及南部戰區的異常軍事活動。台海上空看不到中國戰機飛行，台海海面也不見中國軍艦蹤跡。

隔天上午 9 點鐘，國防部發佈新聞稿：「2 月 11 日中午時分，樂山雷達站疑似遭受墜落隕石擊中，損壞部份雷達設備，有七人受輕傷，並無生命危險，實際事故發生原因，仍在調查中，初步研判並非遭受飛彈攻擊。」

202X 年 4 月 30 日，17：00【桃園外海，海峽中線以西 1 海哩處】

台灣海峽中線，是一條無形的分界線，自 2022 年 8 月 2 日，美國眾議院長裴洛西訪台之後，中國軍機越過台灣海峽中線已成常態，台灣軍機被動性的起飛驅離，也已成為例行公事，習以為常。

一艘中國的 90 噸(CT4 級)中型近海作業拖網漁船，正在桃園外海之海峽中線以西約 2 海哩處航行，船上有 2 位漁夫，看似正準備進行撒網作業。

在桃園以西的海峽中線處,中國的一架殲-11 戰機,在桃園西北側的海峽中線飛行,時而飛越海峽中線;先由西南往東北飛行,飛到北緯 24 度線時,再折返,由東北向西南飛行,依舊是跨越了台灣當局所稱的台灣海峽中線。

二架台灣的幻象 2000 型戰鬥機,立即由新竹空軍基地起飛,準備前往驅離。

靠近海峽中線西側 200 公尺的 4,000 公尺高空,一架中國新舟 700 型客機,維持等速飛行中。此架新舟 700 型客機,由中國西安飛機工業公司所製造,是一架供中航程用的雙渦輪螺旋槳飛機,原本是 70 個座位的雙駕駛客機,機艙內的座椅已全部拆除,改為電戰攻擊用的電子儀器機組。

對於飛行速度 2,500 公里/時的幻象 2000 戰機而言,新舟 700 型客機是龜速機(650 公里/時),因此,幻象 2000 對新舟 700 型客機也不在意,飛行員心想:「怎麼連小型的民航機也飛到台灣海峽上空了?真是的!」

機號 2038 號幻象 2000 的飛行員發聲了:「中華民國空軍廣播,位於台灣北部空域高度 4,200 公尺的中共軍機注意!你已進入中華民國空域,影響我飛航安全,立即迴轉脫離!」。

「Hello!2038 號機老兄,怎麼又是你阿!咱上週五才打過照面,記不記得?」殲-11 戰機的飛行員正是李中校,仍無退讓之意,反而故作相識的打招呼。

幻象 2000 飛行員再度發聲警告:「你已進入中華民國領空,立即迴轉!立即迴轉!」並稍微再向殲-11 逼近 10 公尺,殲-11

戰機則往西退讓 30 公尺,如此一來一往,好像在玩躲貓貓遊戲。

　　殲-11 戰機逐漸退讓至海峽中線以西,最後,殲-11 飛行員說:
「好吧!今天再給你面子!保重啦!」殲-11 戰機左右搖擺機翼
數次之後(表示了解、照辦),一反常態,瞬間降低高度 500 公尺,
再轉向中國沿海方向飛去。

　　二架幻象 2000 戰機正準備返航時,其中較靠近台灣海峽中
線的 2038 號幻象 2000,瞬間失去動力、斜飛下墜,所幸飛行員
即時按鈕、炸開座艙蓋、彈射開傘,降落傘緩緩降落在台灣海峽
中線以西的公海領域。

　　另一架機號 2036 號幻象 2000 的飛行員,宛如遇上晴空亂流,
感受到一陣震波的搖晃,正想與友機對話時,發現友機已失速墜
海,等他回過神來,立即向基地回報,再準備掉頭低飛,返回事
發現場,確認同事是否安全落海。

　　依幻象 2000 的飛行手冊,最低安全彈射逃生的飛行高度是
2,000 英呎(610 公尺),機號 2036 號的幻象 2000 戰機,將飛行高
度降至 650 公尺高度低飛,凝視著海面上友機的降落傘,想確定
2038 號飛行員是否生還。

　　不幸的是,在海面上偽裝成漁船的電戰攻擊船已鎖定他了,
同樣地,2036 號幻象 2000 也立即失去動力而墜海,飛行員雖然
也順利的彈射跳傘,但因為高度太低,降落傘的高度稍嫌不足,
落海時撞擊力道大,激起不小的水花。

　　在附近不遠處,中國的海巡 06 輪,立即航向飛行員落海處,
救起飛行員,船長不顧飛行員的反對,將船往廈門方向航行。

當前來救援的新竹艦及黑鷹直升機趕到事發地點時，只看到漂浮在海面上的降落傘，已看不到落海的幻象戰機飛行員和中國快速救難艇的蹤影。

二架幻象 2000 戰機墜海的公開記者會，於 4 月 30 日晚間 8 時在台灣空軍司令部第二會議室舉行，由參謀長主持、說明。

「今天下午 5 點 33 分左右，二架幻象 2000 戰機在桃園外海台灣海峽中線附近執行任務時，機號 2038 號戰機的光點突然由雷達螢幕上消失，4 分鐘後，另一架機號 2036 號戰機的光點，亦由雷達螢幕上消失……。」

202X 年 6 月 24 日，18：30～【台灣，龍崎變電所】

龍崎變電所，是台灣的第二大變電所，有「北龍潭、南龍崎」之稱，電源端來自核三電廠和興達發電廠，負責北高雄與台南市的供電，並為南電北送的重要樞紐。

變電所的控制室內，紅色警示燈亮起、尖銳的警報聲響著。龍崎變電所共有 7 座 500MVA 的超高壓變壓器組，控制盤體面板上，5 號及 6 號變壓器組的異常警示紅燈不斷閃爍。

同時，跳脫了 2 座 345kV 變壓器，造成電壓驟降、系統頻率驟降，而使輸配電系統引發連鎖性的自動切離保護，因此，連同遠在高雄的興達發電廠、南部發電廠等之電力迴路的保護開關也跟著跳脫、亮起閃爍紅燈。

興達發電廠 2 部正在並聯運轉的 550MW 燃煤發電機組，因保護開關自動切離而跳脫停機，核三電廠的發電系統也因進入保護狀態而呈卸載狀態。此時，台南、高雄大部份地區停電而一片

漆黑，紅綠燈也停止作用，正逢下班顛峰時段，交通大打結，一片混亂，中部及北部地區的電力供應系統，也因北送輸電容量劇降而受到影響，造成部份地區停電。

各電視新聞台均立即播出「興達發電廠當機及龍崎變電所變壓器爆炸，造成大停電，原因不詳…」的跑馬燈。

台電公司緊急發佈新聞稿，說明「因為龍崎變電所一部500MVA 的變壓器，發生不明原因爆炸，導致相關電路系統保護開關自動跳脫而停電，部份地區的電力系統則低頻卸載供電，目前正在搶修中」。

晚上 7 點 50 分，各電視新聞台直播經濟部長率同台電董事長等高級官員的緊急記者會。首先，依慣例先為此次全台大停電的事故鞠躬道歉，做簡短說明之後，交由技術幕僚，以錄影帶做簡報，說明龍崎變電所現場的緊急維修作業情況。

螢幕畫面轉到地上一隻燒得焦黑的松鼠屍體(為了證明為真，未打馬賽克)，簡報人員說：「我們懷疑是松鼠在現場覓食、跳來跳去，不慎碰到變壓器電源端的裸露電線而造成短路爆炸。」

記者會場的記者們一陣譁然，雖然看到松鼠的焦黑屍體，但仍有所懷疑。

事實上，就連台電公司的技術人員本身也難以相信、百思不解，心想：「一隻(身體＋尾巴)總長不到 50 公分的松鼠，如何造成 2 條距離 1 公尺遠之變壓器接線礙子串的短路爆炸？不可能！！莫非是中國第五縱隊的破壞攻擊？」，心裡雖然懷疑，但沒有技術人員敢說出口，這種揣測，只能由長官暗中透露，再由側翼或政論名嘴來說。

202X 年 8 月 9 日，15：20～【台灣，高雄機場】

停在 23 號登機門的華航機身機號 B-18107 客機，是一架 180 人座(商務艙 12 位)的 A321 neo 型空中巴士。此客機是華航 CI176 航班，預定 15：20 由高雄飛往日本大阪關西機場。

12 位商務艙的乘客已就座。坐在第 3 排(商務艙最後一排，座位號碼第 12 排)走道右側 12H 及 12K 座位上的是一對 30 多歲夫妻，即王安和黃倩。由於第 12 排後面即是商務艙與經濟艙的隔簾，算是商務艙最隱密的座位。此時經濟艙的旅客仍陸續入座中。

坐在靠走道(12H)的王安，起身往前走到機艙最前方左側的廁所內(位於機長座正後方)，鎖上門後，從西裝口袋拿出一台掌上型的黑色機盒(modem)，熟練地彎下腰來，將機盒放進上面寫「PUSH」、供丟棄擦手巾的垃圾桶底部(已在天津總裝廠演練多次)。坐在 12K 座位的黃倩，正在操作手機，在手機上設定一些數據，不一會兒，在確定手機已可收到放置在廁所內數據機傳出的訊號後，將手機放入手提包中。

座位椅背的螢幕，正在播放救生衣、氧氣罩的使用方式與飛機逃生口的位置等安全事宜。

「各位旅客午安，歡迎搭乘華航班機前往大阪…」，起飛前的制式廣播開始了，聲音甜美的空服員接著說：「我們即將起飛，為了您的安全，以及保障飛機導航與通訊系統的正常運作，請關閉手機、電腦、遊戲機等電子裝置，並繫妥安全帶，豎直椅背…，祝您有趟愉快舒適的旅程，謝謝！」

空中巴士緩緩向 27 號跑道滑行，飛機引擎的隆！隆！聲音逐漸提高，飛機也開始離地，飛機呈 12 度角逐漸向前攀升，所有的旅客——不，包含駕駛、副駕駛及 5 位空服員，都不知道這是一趟即將改變台灣命運的意外之旅。

藍白航運公司的「藍白 5 號」客輪，正緩緩離開小琉球，往東港方向航行，這是一艘總噸位 298 噸、長 40.5 公尺、可搭乘 220 人的快速客輪。

藍白 5 號，船如其名，船外觀底部為藍色、上半部為白色，船艙內採用藍色座椅，配合白色地板與天花板，頗有海天一色的感覺。只需 20 分鐘，即可抵達東港。

藍白 5 號啟航 15 分鐘後，已可明顯看見台灣本島，即將抵達東港碼頭時，在船首左前方遠處的高雄西側海域上空，可看見一架白色機身的飛機，那正是剛飛離高雄機場不久的 A321 neo 型空中巴士客機。

1 位坐在船頂座位的年輕人，拿著長鏡頭的專業攝影機，調整焦距，試圖捕捉仍在上升中的的飛機身影，由於距離遙遠，螢幕的飛機影像仍有些模糊，這是此架 A321neo 型客機起飛之後，被目擊的最後影像。

1 次事故是偶然，2 次事故是巧合，接二連三的巧合，台灣的命運蛻變中！

一連串的事故巧合，發生原因的來龍去脈是這樣子的：……。

NOTE

上篇
搶救台海兩岸大兵
(統一篇)

第 1 章 習近平的「新中國夢」

2018 年 3 月的第十三屆全國人民代表大會，為習近平量身訂做了「取消國家主席和副主席連任不得超過 2 屆的限制」的條款，習近平成為繼毛澤東之後，名正言順的終身領導人。美國總統拜登，82 歲還在競選連任，71 歲的習近平算是小老弟，正在追求「和平統一」的新中國夢。

習近平曾在福建省任職長達 17 年，結交過許多的台灣政商名流，算是最了解台灣的最高領導人，他應該知道：台灣的政局發展，不利於和平統一的前景。因此，他必須跳脫"兩棲作戰、砲轟台灣"的傳統作戰方式，改用一個"台海無戰事的新概念戰略"，來達到和平統一台灣的目標。

習近平的「新中國夢」是否成真？最遲可能會在他的第四任期結束(2032 年)，或他的 80 大壽(2033 年 6 月)前揭曉。在中國各大平台火紅的統戰神曲《2035 去台灣》，或許是預告了中國統一台灣的最後期限吧？！

(202X－2)年 1 月 3 日，09：00【中南海，習近平辦公室】

漫天飛舞的雪花，終究要飄落的，有些在屋頂、有些在枝頭，落地的雪花，宛如剛舖妥的白毯一般。

北京已連續下了 3 天小雪，今天氣溫只有零下 6 度，還吹著 2 級偏北風，並飄著小雪花，趕著上班的行人及騎腳踏車者，均裹著雪衣、圍巾、冷帽及手套，緩緩前行，地面上積了 3 吋厚白雪，在陽光照耀下，銀光耀眼。

中南海[1]內之宮殿建築的碧瓦朱甍，部份覆蓋著皚皚白雪，

紅白相間的色調,加上繽紛飄盪的雪花,正是古詩「白雪鑲紅瓦、碎玉墜瓊芳」的寫照。

> *[1]中南海：位於北京市西城區,泛指北京皇城中,鄰近中海及南海兩湖的區域,是中國國務院、中央書記處、中央辦公廳及歷年中共(高級)領導人官邸的所在地。因此,「中南海」代表中國共產黨與中國政府的權力中心。*

「中央對台工作領導小組」是中國處理台灣問題的最高決策機構,依慣例,是由中國總書記(習近平)擔任小組長,中共全國政協主席(林富寧)擔任副組長,及中共中央外事辦主任(李忠毅)擔任秘書長,再加上國台辦主任(陳仁濤),就成為中國史上最強知台派的「對台工作領導小組」四巨頭。

林富寧被國外媒體稱為「隱形統治者」(The Hidden Ruler),是中共史無前例的「總書記化妝師」、「第一國師」及「中南海首席智囊」。

習近平日理萬機,不可能自行思考政策細節,頂多提示大方向而已,因此,對台工作領導小組的「二把手」林富寧,才是中共對台政策的實際總舵手,台灣的未來,就掌控在他的腦袋瓜中。

「中央對台工作領導小組」的四巨頭,每年元旦後的第 1 週內,均會擇日在習近平辦公室內,擬定當年度對台工作的方針和目標,再交由將於 2 月底召開的「全國對台工作會議」討論,頒布實施細則。

今天的會議,習近平另外召集了國防部長、軍委聯合參謀長、軍事科學院院長及五大戰區司令員等 8 位軍系中央委員參與,將共同討論「解決台灣問題的最後期限和具體策略」。此外,另一位

奉命出席的是林強中將，是唯一出席的副司令員，顯然不尋常，似乎即將有新任務。

林強，中等身材，不胖也不瘦，前額微禿，兩鬢頭髮很短，看得出夾帶了一些白髮，對於 55 歲的人而言，白髮似乎是多了一點，皮膚稍黑，但臉上仍未留下歲月的皺痕。他畢業於中國解放軍軍事科學院，擁有戰術學碩士學位，年輕時即是解放軍刻意培訓的菁英種子。

今天，林強首次奉習近平主席之命，前來參加會議，他提早半小時到場，正在廁所中整理儀容，洗手時撫摸到斷了一小節的左手小指，不禁想起 20 多年前的往事……。

中國與印度的邊界長達 2,000 公里，自 1962 年 10 月的中印邊境戰爭之後，雙方不斷地往邊境增加兵力，並且構築邊界的公路等基礎建設，中國與印度之間的邊境，小規模衝突事件層出不窮。2003 年 6 月印度總理訪問中國之後，中國承認印度對錫金邦的主權，以換取印度承認中國對西藏自治區的主權，二國開始著手解決邊境的爭端。

2005 年 5 月，林強少校時任南疆軍區步兵 32 團的第一連連長，常駐在中印邊境交界的班公湖地區，在距離實際控制邊界對面 1 公里遠的，是印度邊防第三連的駐軍。雙方雖然有「不動槍」的默契，但是，以石頭、木棍及匕首等傳統冷兵器的衝突，仍然不間斷，偶爾會有士兵受傷或被對方擄走囚禁的事件。

當年，林強為了阻止印度軍方在實際控制線 1 公里的緩衝區內建構暗哨，帶領一班士兵，在加勒萬河谷地區的陡峭山崖地段，與印度邊防連連長及其帶領的士兵爆發激烈的肢體衝突，林強和

印度連長 2 人相互推擠，印度連長失足墜崖，身受重傷，而林強則被印度士兵持刀攻擊，左手小指被切斷一小節，左邊腹部亦被刺中一刀。

事後，林強因護國有功，獲頒個人一等獎章，不久，林強被轉調隸屬南京軍區之浙江省軍區的政治工作局。當時習近平為浙江省軍區黨委第一書記，在 2006 年的春節團拜會上，林強首次認識習近平，因緣際會而獲得習近平的賞識，成為莫逆之交。

在胡錦濤時代，林強就擔任過涉台工作的任務；於台灣馬英九總統的第一任期內，他分別於 2008 年和 2010 年，2 次隨同海協會訪問團訪問台灣，到過中國人民所熟知的阿里山、日月潭。

2012 年 10 月習近平上台之後，林強先被調往廣州軍區政治部任職。2014 年 1 月，習近平另有任務，為避人耳目，林強暫卸軍職，轉調國務院台灣事務辦公室(國台辦)，擔任交流局小組長，於 2015 年 11 月再度隨同海協會訪問台灣，他訪台期間曾行蹤不明，會見何人？從事何種活動？無人知曉。

2016 年 1 月解放軍軍區改制之後，林強被調往中部戰區聯合參謀部情報局，經常在北京市、天津市、河北省、山西省、河南省、陝西省及湖北省等 7 個行政區內，輪流舉辦「優秀中青年台胞培訓班」、「台聯系統幹部培訓班」等講習課程，積極吸收台商的富二代成為細胞(統戰間諜)。

2023 年 1 月習近平第三任期開始時，林強晉升為少將，成為直屬東部戰區陸軍的第七十三集團軍軍長，常駐廈門，同樣是積極地參與轄區內台商的各種聯誼會，與台商套交情，吸收可用的統戰細胞。

其實，吸收統戰細胞，是 2012 年習近平上任以來，交付給林強的長期性任務，要他親自挑選有朝一日可擔當大任的細胞。如今，55 歲的林強，官拜中將，成為東部戰區的陸軍副司令員，也是即將成為和平統一台灣的靈魂人物，目前，林強是最熟悉台灣的高級將領。

「各位同志，早上好！」習近平站起來走向門口，微笑地逐一向陸續走進來的領導幹部們打招呼。

「辛苦了！外面很冷吧？坐！坐！先喝杯熱茶！」

「時間過的真快，一年又過去了。近 2 年來，解決台灣問題的進度，似乎遇到瓶頸，一直無法突破。」習近平收起笑臉，表情略為嚴肅的開場白，讓其他 12 人不由得地調整坐姿、往前坐直，不再靠著椅背。

「九二共識、一國兩制，現在的國民黨怕失去中間選民的選票，也不再提了，底線就是各自表述；至於堅持台獨的民進黨就甭說了。富寧同志，你說說看，政策是不是該有所調整了。」

林富寧拿下老花眼鏡，看著習近平說：「報告主席，您說的是，30 多年前的《九二共識、一國兩制》策略，似乎需要檢討了，一個口號喊久了，如果沒有進展，就可能會麻木不仁，富寧有一個想法，不知是否可以談？」林富寧停頓下來，看著習近平，似乎在等待習近平的同意。

習近平說：「那就說出來給大家聽聽吧！今天是不公開的討論會議，只要是與解決台灣問題有關的議題，都可以提出來討論。」

「是！尊敬的主席同志！」雖然是受到習近平信任的三朝國

師,林富寧仍語帶尊敬的回答。

「等一下,我們都是老戰友了,『尊敬的』是外交客套用詞,以後不用再加上『尊敬的』3個字,聽起來還挺肉麻的。」

「是的!主席同志。」

「根據情蒐資料顯示,台灣同胞認同和平統一方案的比例逐年減少,現在大概只剩下不到二成,而相信解放軍5年內不會攻打台灣的比例,居然高達五成八,由這二項數據來看,我們的對台工作總戰略,確實應該做調整了,不能讓台灣領導人繼續操縱台獨思想,搞垮我們的和平統一目標。」

「因為九二共識、一國兩制已經卡住了,是不是應該回過頭來,新瓶裝舊酒,討論中華聯邦制度看看?」

「中華聯邦體制,黨內高層曾經討論過,但是,在2009年12月異議人士劉堯伯被判刑11年之後,就沒有人敢提了,因為判決書中,有一條罪行,是指控劉堯伯提出『在民主憲政的架構下,建立中華聯邦共和國』。」此時,由林富寧再度提出此議題,與會的其他人,莫不為林富寧捏把冷汗。

習近平沒有出聲,深鎖眉頭,兩邊的眉毛幾乎快湊在一起了。忠言逆耳,畢竟,林富寧是三代國師,也是習近平最信賴的文膽。

林富寧繼續說:「中華聯邦主義歷史悠久,可上朔至1912年孫中山先生的『聯省自治』,本黨在1945年6月的第七次全國代表大會,也提及各民族自由聯合的新民主主義聯邦共和國而奮鬥的黨章。」

「前最高領導人鄧主席同志於1983年6月提出的『鄧六條』,

表示『在一個中國原則下，什麼都可以談』，就暗示著『連國號也可以改』的論點；另外，日本知名經濟學家、管理學家大前研一[2]，於 2004 年 11 月出版了一本探討海峽兩岸問題的著作『中華聯邦』，書中認為中華聯邦或中華邦聯，是兩岸快速統一的方案。」

> *[2]大前研一：麻省理工學院核子工程博士，出版過 100 本以上的經濟學、管理學書籍，卻沒有一本與核子工程相關的書籍，憑著他工科背景的敏銳思考能力，以經濟學家及管理學家，在國際享有知名度，曾任馬來西亞首相的經濟顧問，被譽為「策略先生」。在台灣有 10 多本大前研一著作的中譯本。*

「中華聯邦體制，算是穿新鞋走舊路，不過，我相信不管我們提出任何的和平統一方案，台灣約佔有三成基本盤的民進黨政客們絕對不會接受，搞台獨是他們的基本選票源，他們挾美自重、擺明就是要搞台灣獨立，只是在美國尚沒有明確表態之前，他們仍不敢踩我們的攻台時機紅線。」

「搞台獨的台灣領導人，唯一希望是期盼美國和日本能出兵為台灣打戰，但是，依俄烏戰爭的情形來看，美國、日本或其他國家不太可能出兵，頂多是軍援台灣而已。如果我們要長期封鎖台灣海峽、堵住台灣的外援，則先要衡量我們的軍事能力可撐多久？能忍受多久的國際經濟制裁？如果超過半年，國內能否凝聚民眾的向心力，為統一台灣而忍受可能的經濟衰退、過苦日子？這是我們應先考慮清楚的。」

「老實說，愈晚解決台灣問題，對我們愈不利，在民進黨連續執政、蠻幹多年後，已成功地去中國化；事實上，台灣從李登

輝時代開始，在教育上就已開始淡化中國觀了，陳水扁時代的同心圓歷史觀[3]，更種下不利於統一台灣的種子。」林富寧繼續說。

[3]同心圓史觀：杜正勝於 1997 年(李登輝時期)所提出的史學觀點，將以往以年代排序談歷史的觀念，改以台灣為中心、一圈圈往外擴散來認識世界歷史。杜正勝於 2004 年 5 月(陳水扁時期)任教育部長之後，同心圓史觀成為民進黨改革國小、國中及高中之歷史課綱的依據，逐步地將國民黨執政年代的「大中華民族意識」思想，轉為「台灣本土意識」思想。

「2008 年，國民黨雖然重返執政，但是，馬英九一直受困於黨內政爭的困境，加上民進黨的民粹式的抗爭，馬英九無法將已變調的歷史課綱調回來，反而讓同心圓歷史觀持續茁壯、成長。在蔡英文時代，憑著國會的多數暴力，更是變本加厲，徹底翻轉台灣的歷史課綱。」

「到了現在，已過了 30 多個年頭，從國小到高中的歷史課綱，已完全看不到台灣和中國的歷史淵源關係，中國歷史僅是台灣教育歷史課綱中之東亞史的一小篇幅而已。台灣 30 歲以下的年輕人，多已不知道九二共識的歷史意義了。現在又是民進黨執政，美國也在暗中支持台獨，這是我最感憂慮的，所以，才斗膽考慮檢討統一台灣的總戰略。」

林富寧說完之後，停下來喝口水。所有的人表情嚴肅、目光均朝向習近平，等待他表示看法；因為林富寧剛才所說的灰色思想並不中聽，現場的人，從沒想過，也不敢去想。

習近平往椅背一靠，沉默了 20 秒鐘，再點點頭。這 20 秒鐘，

在場與會的人感覺比 20 分鐘還久，顯然，他是在消化這段一般部屬不敢對領導坦白的論述，正在思考如何表達自己的看法。

「關於聯邦體制的問題，今天暫且擱置，會後再交由中常委召集學者專家討論。」習近平表情嚴肅的說著。

「我們之前的討論，若以傳統的兩棲登陸作戰方式，各位司令員都確定在 15 天內可以攻佔台灣，但是，這是否過於樂觀了？攻打台灣之前，應謹慎地探討俄國無法速戰速決、攻佔基輔的原因，我們會不會跟俄羅斯一樣，意外地陷入長期困戰的泥沼？後勤的補給可否持續？要付出多少代價？因為這些問題涉及外力介入的程度，仍無法正確評估。」

「此外，我們要的不是廢墟台灣，而是繁榮現狀的台灣，特別是保有台灣半導體產業的產能，這樣的台灣，才有價值。」習近平以平靜的語氣表達了看法。

他停頓一下，輕咳 2 聲，接著說：「所以，武統台灣，現階段仍不考慮，希望各位同志在今天的會議，能討論出一個和平統一台灣的具體做法，大原則是能以軍事武力威嚇、不戰而屈人之兵，逼降台灣當局。」

「接下來，陳仁濤同志(國台辦主任)，請說明一下最近 1 年之台灣的民情狀況，給大家了解。」

被點名的國台辦主任說：「我方潛伏在台灣的情報組織，在過去半年中，委託 2 個公正民調單位，所做的 2 次民調顯示，(1)贊成維持現狀者佔 53.6%、(2)贊成台獨者佔 28.1%、(3)贊成和平統一者僅佔 16.3%；此結果雖然不表示和平統一的目標完全絕望，

但是，贊成和平統一選項的比例愈來愈低，長此以往，在 2、3 年後，可能就難以回轉和平統一的劣勢了。」國台辦主任望了望習主席，習主席依舊眉頭深鎖、點點頭，但仍未發聲。

陳仁濤繼續說：「不過，若依另一份民調「台海發生戰爭時，你或家人是否願意為台灣而戰？」結果，(1)願意上戰場者僅佔 19.8%，(2)聽天由命者佔了 53.9%，而(3)選擇離開台灣者佔 21.4%；因此，如果我們全面發動心理戰、搞破壞，營造攻台的氣氛、破壞台灣的部份軍事設施，讓台灣當局自亂陣腳，應仍有可為。」

「不採取傳統的戰爭，而讓台灣當局垮台的機率仍然很高，最主要的理由是經過這幾年我方潛伏在台的情報組織，以及網軍的宣傳、挑撥離間，台獨思想者雖然約佔三成的基本盤，但是，台灣人民缺乏民族共識及國家意識，民進黨緊抱 228 的神主牌，加上每 2 年一次的大選，藍綠對決已造成台灣人民的嚴重對立，台灣人民不知為何而戰，不像烏克蘭或以色列人民有強烈的國家意識，為保衛國土而戰。」陳仁濤的說明，迎合了習近平之「以武力威嚇、不戰而屈人之兵」的理念。

習近平轉頭看著林富寧，再度開口：「富寧同志，如你剛才所說，台灣大多數的年輕人，受到 30 年之歷史教育洗腦的關係，已不認同大中國理論，那麼，和平統一台灣還有機會嗎？還是只剩下武攻台灣一條路了？」

「和平統一的方向，尚未到絕望的地步，不過，必須先改變策略，必要時，要調整先前『習五條』的內容，改為更明確的訴求，例如，將〈一國兩制〉改為〈共組中華聯邦共和國〉、將〈不承諾放棄使用武力〉改為〈承諾只打軍事設施及台獨份子〉，以及

要讓台灣同胞感受到和平統一後的實質利益，例如，全民免健保費、16 歲以下國家養等明確的表述。」

「其次，也要加大軍事恫嚇的力道、加強網軍的宣傳戰、再搞些具體破壞的實績，讓台灣領導人知道我們確實有攻打台灣的能力，最好還需要有奇襲性的新戰術和新武器。」伴君如伴虎，此時，林富寧也不敢把話說死。

「新戰術？是什麼？新武器？我們有嗎？」習近平忍不住再提問。

林富寧謹慎地回答說：「記得在 2023 年初時，美國華府智庫『戰略及國際研究中心』，公佈了包含五大情境之 24 場我軍攻台的兵棋推演，他們認為美日台聯軍，可以慘勝，對於這種預設條件的電玩遊戲，相信不僅在座的 5 位司令員同志不會認同，我自己也不相信；不過，我們可以作為借鏡，那就是我們要打一場不在這 24 場兵推情境登陸戰之內的戰爭，要打一場美國和日本沒有理由介入的攻台戰爭，這就是新戰術。

精研孫子兵法的陸軍參謀長(黃銘中將)接著表示意見：「剛才主席同志所言甚是，用兵之法，全國為上，破國次之*[4]*，上兵伐謀，其次伐兵，不戰而屈人之兵為上上之策，不過……。」

[4]孫子兵法：中國最古老的兵法書，共 13 章，作者為 2,500 年前春秋時代的孫武(孫子)，是中國軍校生的必讀參考書。「全國為上，破國次之」意指迫使敵人舉國投降為上策，以作戰破敵則次之；「上兵伐謀，其次伐兵，其下攻城」意指兩軍交戰，最上策是未戰之前就拙敗對方的計謀，其次是在戰場上打敗敵軍，最下策是攻佔敵人的城池。

「不過什麼？黃同志，在座的各位都了解孫子兵法，但是，具體做法是什麼？」南部戰區司令員王秀斌首先發難搶著問。

「具體的做法是『用間』[5]和『奇勝』，打一場沒有戰事的戰爭，不戰而屈人之兵。」陸軍參謀長不疾不徐的繼續說：「『用間』不難，鄉間、反間及死間可有效欺敵，讓台灣當局自亂陣腳；但是，『奇勝』確實需要有從未公開的新武器。半年前楊院長同志所提的2種新武器，不知是否已可派上用場？」

[5]孫子兵法最後一章【用間篇】：係指間諜戰，分為五種：
①鄉間是利用敵國人民(台商及台灣人民)當間諜，②內間是利用敵國官員當間諜，③反間是利用敵人間諜當反間諜，④死間是製造假情報，讓前述3種間諜在敵國散播，⑤生間是利用我方間諜(第5縱隊)，在敵國搞破壞、挑撥離間。

與會者都不自覺把目光集中在中國科學院院長楊學軍身上。

楊學軍掌領中國軍事科學院，雖然不擁有軍權，但是，與五大戰區的司令員均相當熟識，甚至可說五大戰區司令員還得看他的臉色，因為中國科學院是計劃和協調全國軍事科學的研究發展機構，也負責協調五大軍種[6]中之陸、海、空軍的武器研發時程與順序。

[6]中國人民解放軍設有五大軍種：陸軍、海軍、空軍、火箭軍及戰略支援部隊，以及直屬中央軍事委員會的中央軍委聯勤保障部隊。一般俗稱的太空軍(軍事航天部隊)和網軍(網絡空間部隊)，則隸屬於戰略支援部隊。

「報告主席同志以及各位同志，第一代的電子戰機已使用多年，是以強力電磁波干擾、欺敵，或壓制敵人使用電磁波武器的

防禦型武器。半年前提到的 2 種新型武器,第 1 種新武器『電磁脈衝砲』,是攻擊型的 EMP 武器,可精準地破壞如戰機、戰艦等特定目標的電子裝置,讓戰機或戰艦瞬間失去動力及攻擊能力,可由飛機、船艦發射,在有效距離內的成功率為 99.6%,缺點是僅能針對單一目標,且有效距離僅 7 公里。」

「我們曾以無人機為標靶試射多次,最後一次試射,是以 1 台即將淘汰的殲-15 戰鬥機為標靶,亦成功命中,而駕駛員在墜機之前,順利地按扭跳傘生還,這件墜機事件,還被台灣網軍消遣一番,認為我方軍機是廢鐵。」

「第 2 種新武器是『駭客手機』,是應用電腦程式,入侵船艦或飛機的 AI 自動導航系統中,可以讓飛機或船艦駛向駭客手機所設定的地點,唯一缺點是要能接近原 AI 自動導航系統的中央處理器(CPU)10 公尺內,才能透過我們北斗衛星導航系統,以手機操作控制,我們在國內航線的空中巴士客機及波音客機均測試過,成功率百分之一百,也可以強制關掉飛機航班的識別碼,切斷 Flightradar24 及 FlightAware[7]網站的連結,讓飛機成為位址不詳的隱形機。」

> [7]*Flightradar24*:提供即時航班飛行狀況的網際網路服務商,提供航班的飛行軌跡、出發地、目的地、航班號、註冊編號、飛行器型號、當前位置、高度和空速等,並顯示過往航班的資訊。其資料來源包括美國聯邦航空管理局提供的資訊。
>
> **FlightAware**:美國的跨國科技公司,可提供實時、歷史和預測性的航班跟蹤資料,是目前世界上最大的航班跟蹤平台,該公司在 200 個國家擁有 32,000 多個廣播式自動相

關監視地面站，也向航空公司、機場營運商和軟體開發商
提供飛航數據和預計到達時間（ETA）。

楊學軍接著說：「今天再向主席及各位同志報告一個好消息，那就是還有另一項新武器。上次會議時，因尚有盲點未克服，所以沒有提出來。如今，盲點已解決，這項新武器是『電漿砲』，是由氣象武器研發小組，以一種自然界名為球狀閃電的電漿體製作而成的武器，體型只有橄欖球大，重量不超過 15 公斤。」

「但是，『電漿砲』的威力不大，理論分析預估約是相當於 1,000kg TNT[8]炸藥，不過，爆炸後幾乎是找不到砲彈碎片的武器，是一種船過水無痕的秘密武器，若由太空站發射，用來攻擊地球上的定點目標，精準度極佳，誤差應在 6 公尺之內。」

[8]TNT：一種常見的炸藥，1 公斤 TNT 爆炸能量=4.184 x
106 焦耳(J) =1.16kWh(度)，常用公斤 TNT 或噸TNT，作為
爆炸、地震及撞擊等瞬間爆發所釋放能量的比較基準。
1945 年8 月6 日廣島核彈爆炸威力，相當於1.5 萬噸TNT
炸藥，造成約9～16 萬人死亡；一枚美國傳統的戰斧飛彈
裝載 454 公斤 TNT 炸藥；一枚 155 毫米的榴彈砲，約裝載
9 公斤 TNT 炸藥；一枚 400 公克重的手榴彈約含 50 公克
TNT 炸藥。

「電漿砲大概在 4 個月內，即可進入實測階段。」

「電漿砲？」習近平豎起耳朵，懷疑自己聽錯了，問道：「這不是科幻電影或電玩的玩意嗎？真有這種武器？」

「是的，報告主席，電漿砲新概念武器，適合由太空站發射，可神不知鬼不覺地攻擊台灣某些特定目標，在攻擊之後難以查證，

不管台灣及美、日陣營的任何猜疑推測，在查不出明確證據之下，我方可以嚴詞反駁、否認到底。」

習近平有點興奮地說：「這個科幻電影中的新概念武器，如果真的可行，那我們和平統一台灣的機會來了。」

「楊同志，等進入實測階段時，務必再通知我，還有，你要去找太空軍指揮官協調一下，看如何處理。」

有了楊學軍的 3 種新概念武器之後，接下來的討論，就輕鬆不少，只是何時、何地與如何執行而已。

習近平面有喜色說：「我參考我國第 1 顆原子彈的研發『596 工程』的命名方式，將此攻台新戰術命名為『301 工程』，亦即統一台灣的最後期限是 2030 年 1 月 1 日。」

《統一台灣》終於由習近平訂出最後期限了！

「最後，今天我找來林強小老弟，正式介紹給各位，林強老弟是 2006 年我在浙江省擔任軍區黨委第一書記時就認識了，他話不多、苦幹、有膽識、有實戰經驗，曾駐守印度邊境，並到伊朗當過軍事顧問團團長，此後他將是實際登陸台灣的負責人，林強，你簡單地自我介紹一下。」

林強近年常陪習近平出席一些場合，光被習近平稱呼林強為小老弟，在場的人就知道林強與習近平的交情了。

「是的，主席同志。」林強站起身來。

「各位領導同志，上午好！小弟是林強，我曾以不同身份前往台灣 3 次，台北 101 大樓、台中日月潭，以及嘉義阿里山我都去過，但這不是重點，我是去跟我親自挑選的統戰細胞聯絡情感，

他們的忠誠度很高，否則，此時我早就被當成間諜，關在台灣的監獄了。」

「我在 2023 年 1 月，受習主席指派，轉任東部戰區副司令員，在座的東部站區司令員同志是我的直屬長官。自從當了副司令員之後，由於身份過於敏感，應該已被台灣列管，就沒有機會再去台灣了。」

「目前台灣人的大陸配偶已超過 40 萬人，我認為可用的夫妻檔約有 1,800 對，其中，目前三分之二的夫妻，是居住在內地台商密集的北京、上海、廈門及福州等地區，有朝一日，當和平統一工程開始進行時，均會分批經由正常管道，回到台灣候命。此次，我斗膽親自請纓，願意當攻台的第一線任務，將來還需要各位鼎力相助和指導。」

當攻台第一線總指揮，是每位戰區司令員都想過的事，短期攻打或許不難，但是，要持續鞏固灘頭堡，再往北逼近台灣總統府，困難度就高了，萬一失敗，很可能被列為第一敗戰要犯處理，所以，習近平找來林強當總指揮，大家反而鬆了一口氣。

習近平說：「林強比在座的我們都更深入台灣基層，國台辦是和台灣當局的正式溝通管道，陳仁濤同志這幾年也積極的接觸來內地的各黨派、各階層台灣人士，不過，陳仁濤同志你還沒去過台灣吧？」

陳仁濤笑了笑搖搖頭說：「報告主席，我沒有去過台灣，雖然民進黨說歡迎我去，但僅是嘴巴說說而已。現在與台灣當局的關係並不融洽，還是以拉攏台灣基層人士，增加和平統一的認同感為主。依照林強同志的歷練，確實是統一攻台的不二人選。」

在會議結束之前，習近平表情嚴肅的說：「各位同志，那麼，解決台灣問題的總戰略方針是「欺敵：形人而我無形[9]，不戰而屈人之兵」，最後期限就訂在 2030 年 1 月 1 日，這個日期，只有我們在座的人知道，今天會議是機密中的極機密，絕對不允許對外透露，請在座的各位同志共同努力，把握創造和平統一台灣的機會。」

> **[9]形人而我無形，則敵分而我專：**出自孫子兵法第六章虛實篇，示偽形於敵，而藏我之真形；係指聲東擊西的欺敵戰略；表面上，中共解放軍在廣東、福建沿海集結兵力、密集在台灣四周進行軍事演習，營造出即將出兵攻台的緊張氣氛，此即是形人之偽形(給敵方看的虛張聲勢)，而隱藏中共實際意圖的戰略真形，分散台灣的守備軍力，共軍則專攻台灣認為不可能被攻擊的目標。

「對了，各位記不記得在 2 年多前，我們搞了一個網紅神曲《2035 去台灣》，在微博、TikTok、YouTube 等平台上大爆火？這首歌曲調輕快、歌詞簡單、訴求明確，不少人以為 2035 年是統一台灣的目標年。」

「富寧同志，你再與網軍指揮官協調一下，至少在每年的春晚及國慶日晚會上再唱一唱，一則激起國內民眾對祖國統一的熱情，二則讓外媒以為我們統一台灣的最後期限是 2035 年，私底下，我們就朝『301 工程』的目標前進。」

林富寧立即回答：「好主意，馬上照辦，在下個月各地電視台的春晚節目上，重新現聲，讓《2035 去台灣》神曲再火紅一次。」

「『301 工程』的總指揮，就交由林強老弟負責，要人、要武

器，就由各司令員協助提供，我們的共同目標是 2030 年 1 月 1 日之前，和平統一台灣、這是我們名留青史的機會。」

「前線作戰總指揮交由林強同志擔任，各位司令員同志則配合做妥欺敵戰略，並給林強同志必要的協助，李忠毅(外交部長)，你負責對國外媒體進行軟硬兼施的策略，他們若對我們的新武器有所警覺或懷疑時，先否認再說。以上。」

12 位與會的高層，均知道事態的嚴重性，在挺胸大聲回答：「是！主席同志！」

隨後，5 位司令員均過來與林強握手致意，恭賀他榮膺重任，並一起走向餐廳。

今天的會議，雖然訂下了史無前例的統一台灣期限，但也擬定了執行策略與方針，也知道有三種可用的新概念武器，因此，今天的聚會比以往輕鬆許多。

「林強，你去過台灣多次，跟我們說說看，台灣有哪些美食？」習近平提了與吃有關的話題。

「台灣美食？您考倒我了。」林強摸著頭回答。

「除了鼎泰豐的小籠包之外，我還想不出有什麼道地的台灣美食，上一回，台灣友人帶我到全聚德台北分店吃晚餐，還跟我說這是台灣最好吃的烤鴨。」

聽到林強這麼一說，全桌人都笑了出來，畢竟，全聚德烤鴨是全球知名的北京美食，在北京有「不到長城非好漢、不吃烤鴨真遺憾」的說法。

「不過，台灣的夜市小吃美食倒是不少，像是珍珠奶茶、鹹

酥雞、蚵仔煎等是每個台灣夜市均有的美食小吃。對了！令我印象深刻、有代表性的是日月潭玄光寺碼頭的金盆阿嬤茶葉蛋，坐在碼頭樹下，邊吃茶葉蛋、邊看日月潭湖面風光，令人回味無窮。」

「哦？聽你一說，還真令人想吃台灣的夜市小吃。」習近平笑著說。

「啊！我忘了一件事，剛才楊院長同志所說的三種準備用於台灣的新武器，是不是也應跟『301 工程』一樣，取個不引人注意的代號？用台灣夜市小吃來命名，似乎滿適合的。」

大家聽習近平說出想法後，莫不點頭表示同意。

對於「301 工程」的名稱，不知情的人，很難聯想到「統一台灣的最後期限 2030 年 1 月 1 日」。

楊學軍:「通常，秘密武器為避人耳目，會取個不起眼的暱稱，例如，廣島原子彈暱稱小男孩(Little Boy)，長崎原子彈暱稱胖子(Fat Man)，中國第一顆原子彈暱稱邱小姐；因此，即將用在台灣的新概念武器，也不宜大喇喇的直接稱為電磁脈衝砲、駭客手機及電漿砲而引人注意，是否應該給個別號名稱。」

習近平:「好！那就以台灣夜市美食命名，將電磁脈衝砲、駭客手機及電漿砲，分別命名為珍珠奶茶、鹹酥雞和茶葉蛋。」

「等『301 工程』結束之後，我們一起去台灣吃茶葉蛋、啃鹹酥雞、喝珍珠奶茶，我以茶代酒，大家乾杯！」

習近平的「大家乾杯！」，讓今天的討論畫下完美的句點。

「新中國夢」，有夢最美！

NOTE

第2章 金廈大橋的最後一里路

1995 年 4 月，金門縣議會通過「興建金門大橋」的提案；1999 年中共總理視察廈門時，曾表示：「如果台灣要興建**金門大橋**(大金門—小金門)，那麼，**廈金大橋**(廈門—小金門，或稱「金廈大橋」)就由我們來做。」

金門大橋，被金門人戲稱為「選舉浮橋」，每逢大選就浮上檯面討論一番，選舉過後又沉入海底；歷經 20 餘年，全長 5.4 公里、連接大金門與小金門(烈嶼島)的**金門大橋**，終於在 2022 年 10 月 30 日完工；接下來，**金廈大橋**何時興建？

金門，與廈門本島最短的距離不到 5 公里，與台灣最短的距離 200 公里，遠親不如近鄰，金門在民生資源上無法自給自足。對於興建「金廈大橋」，金門民眾的反應比中國方面還積極；2004 年 8 月，金門縣政府委託民間的工程顧問公司，研究金廈大橋的可行方案，最後提出三個可能的路徑；中國方面則在 2006 年完成「廈金跨海大橋工程」可行性評估報告；2006 年 10 月，兩岸首次的「廈金和平大橋研討會」在廈門舉行。

綜合中國與金門的方案，雙方均認為金廈大橋，以金門東北角的五龍山，到廈門大嶝島的方案最為可行，距離最短、經費最省，全長約 8.6 公里，總經費約 100 億元新台幣。

(202X－5)年 6 月 2 日～【台灣，金門】

「金廈大橋興建促進會」於 1 年多前正式揭牌運作，在陳蒼理事長等 18 位理監事成員的積極推動之下，終於要對金門鄉親舉辦「興建金廈大橋公投說明會」了。

　　「金廈大橋興建促進會」的辦公室，是由一位熱心的理事所提供，就設在金城鎮的清金門鎮總兵署附近一棟民宅的 18 坪客廳中，除了理事長與會務秘書的辦公桌之外，尚有一組 12 人座的大沙發，中間的茶几桌面放著茶具與花生、瓜子等零食，作為平時理監事與鄉親們交流互動的場所。此時辦公室已坐滿等著報名參加說明會的民眾，就連騎樓下的板凳椅也有人等候。

　　會務秘書：「理事長，報名參加說明會的人數已超過 900 人，我們原先預定的文化局演藝廳場所已經容納不下，怎麼辦？」

　　陳蒼：「哇！沒想到鄉親們的反應這麼熱烈。這樣吧！不如將此次說明會改為縣政府與促進會共同主辦的方式，再由縣政府出面，跟金防部借用擎天廳的場地吧！」

　　擎天廳長 60 公尺，寬 18 公尺，高 11 公尺，除了既設的固定座位之外，工作人員正忙著在舞台前方的空間，擺設臨時性的活動座椅。

　　說明會預計上午 9 點 30 分開始，約在 9 點鐘左右，20 多輛由促進會提供的遊覽車，就陸續載著金門各鄉鎮的民眾抵達擎天廳，意外的是，所有的縣議員及鄉鎮長，不分黨派均出席參加說明會，政商名流均被邀請坐在舞台上的位置。

　　首先，王海福縣長致詞：「金廈大橋興建促進會陳理事長、各位貴賓以及各位鄉親，大家早安！」

　　熱鬧哄哄的擎天廳，剎那間安靜了下來。

　　「今天的說明會，可以說是凝聚了金門鄉親們的共識。過去幾年，台灣的陸委會及中央政府，不顧金門鄉親的民意，一直以

國安為由，反對興建金廈大橋，如今，新總統上任了，他強調要以交流取代圍堵，以對話取代對抗，和中國展開交流合作，增進兩岸人民的福祉，達到和平共榮的目標。那麼，金廈大橋就是海峽兩岸政府最佳的溝通橋樑，我希望新政府能傾聽金門鄉親的心聲，重新檢討評估。」

「金門與廈門之間自古以來即密切交流，經濟與文化等交流均為共同生活圈，相信興建金廈大橋也是金門人的共同心願。因此，不管是興建金廈大橋，或者是金廈海底隧道，只要能增進金門鄉親的福祉，我都贊成。今天的『興建金廈大橋公投說明會』，是歷史性的一刻，將所有關心金門將來的鄉親們連結在一起，拋開政治紛擾、不分黨派，共同努力完成金廈大橋的目標。」

「最後，我預祝在金廈大橋興建促進會陳蒼理事長的推動之下，興建金廈大橋公投的提案，能夠順利成功。」

陳蒼理事長上台致詞，則細說推動金廈大橋興建的始末。

「相信各位鄉親都知道，早在 2006 年 11 月金門縣政府就已經完成興建金廈大橋的可行性評估，如今過 10 多年了，仍然看不到興建金廈大橋的曙光。習近平在 2019 年元旦提出『習五條』之後，福建省政府就更積極規劃廈門方面的『新四通』基礎建設，只要單方面可行(※不需台灣當局配合)，就「應通盡通、能通快通」，以通橋為第一優先，通電、通氣就能隨橋體而來、水到渠成，預計在 6 年內完成。」

「接著，同年 10 月於福州召開的『台灣海峽暨金馬通橋專題研討會』，邀請我們金門縣政府與會，共有 40 多位兩岸專家參與討論，但是，台灣政府仍然認為這是中共一貫的統戰宣傳，而

金馬鄉親則認為這是攸關金馬人的民生大計。」

「去年 6 月 17 日在廈門舉行的第 15 屆海峽論壇大會,中國人民大會政協委員會主席,宣佈福建省將建設『兩岸融合發展示範區』,並表示兩岸關係發展根基在民間、動力在人民。7 月底,福建省將原『台港澳事務辦公室』拆開,單獨設立了『福建省台灣事務辦公室』,由 1 位共青團出身、專長為網路新媒體思想政治教育的青壯派教授,擔任省台辦副主任。這顯示出中國推動『廈金融合發展示範區』的決心。」

最後,陳蒼呼籲:「對於興建金廈大橋,廈門方面已準備就緒,今天已到了我們推動公投,決定是否同意興建金廈大橋的關鍵時刻了,希望中央不要再故意拖延阻撓,"政治擺兩邊、大橋放中間、經濟最優先"。今天,我們已經達成『金門縣民,你是否同意興建金廈大橋?』提案發起人連署的目標,請在場的鄉親們回去之後,以一傳十,與親朋好友們分享意見,尤其要凝聚在台灣和在中國之金門同鄉的共識,一起支持未來第二階段的連署作業,讓金廈大橋能早日興建。」

(202X-4)年春節前夕【北京,人民大會堂】

春節,是華人每年家人團圓聚會的重要日子,在每年的春節前夕,中國領導人均會發表「春節談話」,今年也不例外。

在北京人民大會堂舉行的春節團拜會上,習近平發表談話:「同志們、朋友們:今天,我們在這裡歡聚一堂,辭舊迎新、恭賀新春佳節。……為了建設『兩岸融合發展示範區』,我們已完成廈門、金門通橋的規劃設計,決定朝向『架設連心橋、共畫廈金同心圓』的方向前進。建橋計劃有 2 條,一條是已完成規劃設計、

較為人熟知的大嶝—五龍山之廈金大橋，此為"北廈金大橋"。」

「另一條是尚在探勘階段、未完成規劃的廈金大橋，是連接廈門本島與小金門的"南廈金大橋"。南、北廈金大橋完工之後，將翔安(機場)、廈門、小金門、大金門和翔安，串聯成一環狀的公路系統，……。」

在「金門大橋」完工之後，福建省方面即悄悄地由廈門國際會議中心東側的環島東路處，開始興建 1,800 公尺長的引橋[10]基礎，正式啟動「南廈金大橋」的興建工程。

> [10]**跨海大橋**：*依橋樑位置區分為引橋、邊橋及主橋，以金門大橋為例，全長約5.4 公里，其中跨海段長 4.77 公里；由小金門的后頭湖埔路為起點，引橋 1,925 公尺，續接邊橋 360 公尺，再接主橋段(5 塔)1,050 公尺；大金門側的邊橋 360 公尺、引橋 1,075 公尺，迄於湖下的慈湖路。*

由大金門的水頭碼頭搭船到廈門本島的五通碼頭，全程僅需 25 分鐘。廈門本島的面積約 135 平方公里，與大金門的面積 133 平方公里相當(※小金門 17 平方公里)；不過，大廈門地區，包含本島(湖里區及思明區)以外的海滄區、集美區、同安區及翔安區，共有 6 個行政區，面積約 1,700 平方公里，若由大金門的水頭碼頭出發，經由(北)廈金大橋、翔安區，再到廈門本島，全程至少需 1 小時，是搭渡輪時間的兩倍以上。

因此，在北廈金大橋及南廈金大橋完工之後，前往對岸之翔安區、同安區及集美區的金門民眾，可行駛北廈金大橋；欲往海滄區、思明區或湖里區，或要到三鐵共構的廈門車站，搭車前往泉州、漳州、福州或更遠的上海及北京等內地者，可行駛南廈金

大橋。這是夢幻的廈金一日生活圈,金門人可以搭乘「廈金巴士」到大廈門地區上班、洽公,這比在台灣由桃園到台北市上班還方便,且金門也可成為廈門及內地的觀光度假園區。

廈門的新機場,「翔安國際機場」已經於 2022 年 1 月 4 日在大嶝島全面動工,是一個可以起降目前最大客機(4F 級跑道)的國際性機場,預定 2025 年正式啟用。

隨著大嶝島「翔安國際機場」之抽沙填海造地的施工進展,北廈金大橋的路徑已逐漸明朗化。

(202X－4)年 6 月 27 日【中國,福建、廈門】

6 天前,福建省省長接到東部戰區陸軍司令部的電話通知,得知副司令員將前往廈門了解廈金大橋的施工進度;省長大為緊張,不知道陸軍副司令員為何要了解廈金大橋的施工進度,趕緊聯絡廈門市長及施工單位的總工程師,準備相關的簡報資料。

上午 8 點 20 分,「301 工程」計劃負責人林強中將,由福州市搭乘高鐵,97 分鐘後抵達廈門北站,廈門市政府不敢怠慢,派出紅旗 H9 的旗艦禮車到廈門北站等候,由省長及市長親自到高鐵月台迎接林強將軍出站,不到 30 分鐘,即抵達廈門市政府。

「此行是受習近平主席的指示,前來了解南廈金大橋及北廈金大橋的施工進度,看看有什麼事情,是軍方可以幫的上忙的,習主席希望可以在 4 年內完工。」林強在會議開始時,說明此行的目的。

「4 年內完工?會不會說錯了?」除了林強,其他與會的官員心中滴咕著;沒有人敢問,先說明現況再說吧。

廈門市長:「為了加速興建北廈金大橋,我們擴大在大嶝島東側的填海造地面積,在翔安機場的東側預留了建橋基地,使得翔安國際機場完工後,離大金門東北角之五龍山的距離僅約2公里,目前已建妥2,200公尺長引橋的橋墩基礎,預計7月1日起,開始興建引橋的墩柱、橋面及邊橋,海上中間部份僅需興建3座跨距300公尺的主橋,此部份的工程應可在3年內完成。至於銜接第3座主橋東側以後的工事,雖然距離大金門的五龍山只剩下約400公尺遠,但是,五龍山的邊橋及引橋何時可以施工,沒有把握。」

林強將軍看著簡報螢幕畫面,並沒有出聲,心想:「只要能完成到第3座主橋,就能讓金門百姓由激動轉為主動,逼台灣當局同意興建。」

廈門市長繼續說:「關於南廈金大橋的工程,目前僅完成廈門側的引橋基礎,因為預算尚未撥下,暫時無法施工。」

「興建引橋的預算是多少?」

「4億6千萬元(人民幣),不過,還有缺工的困擾。」廈門市長略為降低聲調、謹慎地回答。

「4億6千萬元就由東部戰區陸軍司令部預支,至於缺工的問題,我可以派2個工兵連的弟兄支援,大原則是務必要在4年內完成引橋、邊橋及主橋的工程,小金門端的邊橋及引橋,以後再說。這樣沒問題吧?」

「有了預算及人力,沒有問題,必定能如期完成任務。」廈門市長硬著頭皮大聲回答。

　　林強:「還有一項很重要的任務,就是要在下個月擇日舉辦『南廈金大橋開工典禮暨廈金生活圈座談餐會』,由廈門市政府出面,邀請金門縣的縣長、縣議員、立法委員、民間的『廈金大橋興建促進會』成員及台灣媒體前來參加,務必熱熱烈烈舉行、廣為宣傳。」

　　「開工典禮及座談餐會,國台辦主任陳仁濤將會全程參與,這是實現習主席建設『兩岸融合發展示範區』的重要里程碑,廈門和金門如果先達到和平共融生活圈的目標,就有助於將來達成和平統一台灣的終極目標。所以,開工典禮的場面務必要做大,讓金門同胞感受到我們的誠意,並讓台灣的(親中)媒體大幅報導。」

(202X－4)年 7 月 7 日～【廈門、金門】

　　中國的社群媒體傳出訊息:「為加速完成習主席建設『兩岸融合發展示範區』的目標,廈門市政府決定,除了**北廈金大橋**之外,還要興建**南廈金大橋**,讓廈門與金門以環狀公路,構築一日生活圈的願景。」

　　網路上開始傳出環狀公路的路徑圖,以廈門國際會議中心東側的環島東路為起點,經南廈金大橋、小金門(烈嶼鄉)、金門大橋、大金門、北廈金大橋、大嶝島(機場)、大嶝橋、翔安區 G228 道、翔安(隧道)大道、環島幹道(S217)、呂嶺路、環島東路,再回到南廈金大橋的起點(如下圖)。

資料來源：地圖截自 Apple 地圖 App(本書繪圖)

數日之後，金門縣政府的官網公告：「7 月 24 日上午 7 點 30 分，將專船組團前往廈門參加**南廈金大橋**開工典禮及座談餐會，有 300 個名額開放給居民參加，欲參加者，請於明天上午 8 點 30 分，前來縣政府 1 樓櫃台登記。」

消息一出，隔日上午一大早，縣政府大門立即排出一條人龍，到下午 4 點時即登記額滿，但是，仍有向隅的居民陸續排隊，希望縣政府能再開放更多的名額。

金門縣政府立即與廈門市政府聯繫。下班前又在官網及門口公告：「各位鄉親，廈門市政府感謝大家的熱情支持，決定再增開兩個船班，共增加 600 個名額，今天來不及登記者，明天上午 8 點 30 分可再來縣政府櫃台登記，目前尚有 228 個名額，額滿為止、不再增加。開工典禮時，現場有電音三太子、祥獅獻瑞和兩岸知名藝人的精彩表演，在座談餐會之後，尚可領取廈門市政府

準備的伴手禮,感謝各位鄉親的熱情參與,支持興建金廈大橋。」

(202X－4)年 7 月 24 日【中國,福建、廈門】

今天,不愧是農曆節氣大暑的日子,艷陽高照、只有藍天、沒有一絲雲彩,雖然才上午 8 點鐘,炙熱的空氣已讓人難以招架。所幸,主辦單位搭建了巨大的遮陽棚,四周每隔 2 米就擺一台巨型的噴霧涼風扇,勉強壓制了遮陽棚下的氣溫上升。福建的民眾陸陸續續來到了現場,此時,25 輛載著 900 多名搭渡輪前來之金門民眾的巴士,也抵達現場。

遮陽棚旁邊架設了一面寬 12 公尺、高 6 公尺的大看板,上面畫的是有 4 座主橋高塔之南廈金大橋的 3D 鳥瞰圖,搭配蔚藍的天空、水藍的海面及岸邊美景,塑造出廈門與金門之間的海上新地標。

8 點 30 分,金門來的縣長、縣議員、立法委員及「廈金大橋興建促進會」理事長,被逐一唱名、引導進入貴賓席,其他金門來的居民,則坐在四周的觀眾席。

當司儀介紹今天的上級貴賓、國台辦主任陳仁濤進場時,現場立即響起如雷的掌聲,陳仁濤邊走邊與熱情的金門鄉親握手,僅 10 公尺的進場紅毯,足足走了 5 分鐘。

《保庇:保佑金廈大橋工程順利進行》。9 點 10 分,現場響起在台灣曾紅極一時的「保庇」名曲前奏,早在 2011 年,原唱者王彩樺本人就在廈門春晚上,帶領電音三太子表演過,輕快的舞曲加上造型奇特的電音三太子,讓福建人留下深刻的印象。時隔十多年,電音三太子再度現身,演唱者則是目前在台灣頗具知名

度的動感歌后黃采華，帶領五大一小的電音三太子華麗登場，在她青春洋溢、充滿活力的帶動唱之下，觀眾亦隨之跳起保庇舞。

接著表演的是在地的民俗技藝，也是開工典禮必有的祥獅獻瑞節目，由廈門的神龍醒獅團和金門的天威醒獅團互相較勁，喧天的鑼鼓聲及精彩的舞獅表演，在開工典禮正式開始前，就鼓動了全場的熱鬧氣氛。

9 點 36 分，司儀：「啟動廈門、金門一日生活圈的南廈金大橋開工典禮開始～，鳴～炮～(拉長尾音)。」

「典禮儀式開始，請主典者就位，陪典者就位，來賓請起立，禮生請上香……。」

典禮儀式、上香祝禱，完全符合福建民俗的開工儀式，一點兒也不馬虎。

司儀：「現在，恭請省長為今天的典禮講幾句話。」

省長：「尊敬的國台辦陳主任、謝市長、金門縣的王縣長、李議長、陳立委，以及各位鄉親、媒體朋友，大家早上好！今天是福建鄉親們大喜的日子，是南廈金大橋的開工典禮，承蒙各位在百忙之中撥冗參加，身為福建省的大家長，在今天的大暑艷陽天，對於大家的熱情參與，表示衷心的感謝。」

「大家都知道，早在 1,200 多年前唐朝時代的文獻中，廈門與金門就是一體的生活圈，古代福建沿海的居民，多以漁業為生、靠天過活，生活過得很辛苦，即使是現在的廈門與金門，仍需靠渡輪往來，海象不佳時，就得停駛，時間難以掌握。如今，即將動工興建南廈金大橋，請各位鄉親看我右手側的看板，完工之後，

可以將廈門和金門更緊密地結合在一起,共享繁榮、祥和的社會,希望在 4 年之後,我能夠有機會到小金門參加通車典禮。天氣很熱,我就不多說了,謝謝大家,接下來由國台辦陳主任,為大家帶來習近平主席的賀詞。」

司儀:「接著,我們很榮幸請到尊貴的國台辦主任陳仁濤先生致詞祝福。」

陳仁濤:「王省長、謝市長和金門縣的王縣長、李議長、陳立委等貴賓,以及現場熱情參與的鄉親,大家早上好～!」

「陳主任好!」現場觀眾鼓掌並大聲的回答陳仁濤的問候語。

「今天的開工典禮,是實踐習近平主席指示的『兩岸融合發展示範區』的重要里程碑,廈金大橋是廈門和金門同胞的共同盼望,只是,過去幾年的台灣當局,未能體諒金門鄉親的需求,百般刁難,不願意配合興建。如今,我們辦實事、做好事、應做就做,不再等待台灣當局的同意,我們決定自行興建廈金大橋,造福兩岸同胞。」

「習近平主席秉持海峽兩岸一家親的理念,除了提撥經費,在去年 10 月開始興建北廈金大橋之外,今天,南廈金大橋也動工了,只要台灣當局不反對,我們全力以赴,預估在 4 年之內,就可以完工通車。你們說,興建南、北廈金大橋好不好?」

「好!」現場再度爆出如雷的掌聲。

「廈金大橋完工之後,歡迎金門鄉親來大廈門地區上班、創業,而內地的同胞也可以很方便的前往金門觀光,順便購買高粱酒、貢糖、麵線、牛肉乾及一條根等特產,促進金門產業的蓬勃

發展。最後，預祝南、北廈金大橋順利興建、完工，並祝福各位鄉親們，身體健康！萬事如意！謝謝大家！」

司儀：「工程簡報，請廈金大橋施工單位的總工程師為我們作簡報(略)。」

10 點 16 分，司儀：「禮～成～，鳴～炮～。請各位鄉親不要離開，現場準備了珍珠奶茶、綠豆湯等冷飲，歡迎自行取用，消消暑氣；表演節目即將開始，由台灣及內地來的 10 多位知名藝人，為鄉親們帶來精彩的表演節目。」

表演熱鬧收場之後，廈門市政府準備了 30 多輛巴士，將金門來的 1,000 多位鄉親和台灣來的新聞媒體，載往 15 分鐘車程遠的廈門國際會議中心酒店的國宴廳，參加「廈金生活圈座談餐會」。

12 點 30 分，國宴廳內的 160 張圓桌已坐滿人，人聲鼎沸、熱鬧非凡，由金門來的居民就佔了四分之三，其他四分之一的人，是福建省各縣市之台商服務辦公室的主任，和在福建省事業有成的金門人，分配坐在每一桌，與金門民眾閒話家常、拉攏感情。顯然，這場開工典禮及座談餐會，是為了拉攏金門人而辦的。

座談餐會是由廈門市政府所舉辦，福建省省長、廈門市正副市長、國台辦主任、金門來的縣長、正副議長、立委，和金門民間的「廈金大橋興建促進會」理事長，坐在最前面中間的主桌。

餐會司儀：「各位貴賓，今天的餐會即將開始，首先，讓我們歡迎今天座談餐會主辦單位的廈門市長上台致詞，請各位鼓掌歡迎市長。」

廈門市長：「國台辦陳主任、王省長、金門縣長、李議長、陳

立委等貴賓，以及各位金門的鄉親，大家好！今天，首先要感謝習近平主席的政策和支持，南廈金大橋終於要動工興建了，完工之後，就能真正地實現「廈金一日生活圈」的夢想，想出國的金門鄉親們，不用再舟車勞頓到台灣的桃園機場搭飛機，由北廈金大橋到翔安國際機場只要10分鐘；想到泉州、上海、北京的人，由南廈金大橋到廈門車站只要20分鐘，你們說，方不方便？」

「方便！」每一桌的台商服務辦公室主任，帶動現場回答和掌聲。

「到目前為止，台灣當局一再阻撓，不願配合興建廈金大橋，不過，沒關係，為了金門鄉親的福祉，我們將獨資同時興建南、北廈金大橋，希望金門鄉親們回去後，能夠全民動員，向台灣當局爭取同意由我們來興建南、北廈金大橋，好不好？」

「好！」

「今天的座談餐會，每一桌均有早期來福建發展、事業有成的金門人，與各位分享他們的成功經驗，還有福建省各縣市台商服務辦公室的主任，與各位鄉親說明、溝通，辦公室主任會記錄你們的意見，作為以後為金門鄉親服務的參考。最後，祝福大家身體健康、用餐愉快！」

司儀：「接下來，請尊敬的國台辦陳主任上台致詞，請鄉親們鼓掌歡迎。」

．

．

．

司儀：「最後，我們請金門縣的大家長，王海福縣長上台致詞，

請各位鼓掌歡迎。」

王縣長:「尊敬的國台辦陳主任、福建省王省長、廈門市謝市長、各位長官,以及金門的鄉親大家好!」

「今天的南廈金大橋開工典禮,讓我感動萬分,金門鄉親期盼 20 多年的廈金大橋,終於指日可待了,而且是南、北廈金大橋一起施工。我代表金門鄉親,向習主席、陳主任、王省長、謝市長等領導,致十二萬分的謝意。」王縣長情不自禁地熱淚盈眶,他摘下眼鏡、拿手帕擦拭眼淚。

各桌的台商服務辦公室主任又再度帶頭鼓掌。

「我回金門之後,將與金門縣議會和民間的『廈金大橋興建促進會』,共同全力推動『金門非軍事區運動』,而陳立委也會在立法院會期中,全力爭取台灣當局的支持,金門人的福祉,要由金門鄉親們自己奮鬥、爭取。最後,預祝南、北廈金大橋順利完工通車,讓金門與廈門能同步發展,成為『兩岸融合發展示範區』的典範。」

此時,國宴廳四周的六面大螢幕,同時播出節奏輕快、歌詞易懂的《廈金生活圈快樂頌》MV,描述南、北廈金大橋完工通車後,金門繁榮發展的景象。

2 小時的座談餐會,就在持續播放《廈金生活圈快樂頌》和《2035 去台灣》等洗腦神曲 MV 的背景音樂中進行。

(202X-4)年 9 月 14 日～【台灣,立法院】

金門縣的唯一立法委員陳麗香,是金門在立法院的女戰神,為了金門縣的福祉,問政犀利、氣勢凌人。她曾經為了金廈大橋、

金門駐軍及金門福利等問題，數次對陸委會主委、國防部長、國安局長和行政院長等人提出質詢。本次的立法院會期，她再度以「興建金廈大橋」為題，槓上列席備詢的行政院長及國防部長。

陳立委：「上週金門縣政府委託 2 個幕後無政黨屬性的民調單位，以『你是否支持興建金廈大橋？』為題，對常住人口做問卷調查，2 個民調單位的調查結果，分別有 97.6% 和 96.9% 的金門人支持興建金廈大橋，這麼高的民意，請問院長怎麼看這個結果，難道不應體恤民情、支持興建金廈大橋嗎？」

行政院長：「金門人的心聲，政府聽到了，只是目前沒有預算，還需要再考量⋯⋯。」

「沒有預算？你這 2 年動用了數千億的特別預算來收買民心、騙選票，難不成金門的人是細姨囝仔、不值得照顧？好！沒有預算也沒關係，2 個月前，廈門市政府舉行南廈金大橋開工典禮，宣稱要在 4 年之內同時完工南、北 2 座金廈大橋，他們在蓋橋時，你要不要派軍艦驅離？等到他們蓋到大金門、小金門的海岸邊時，你要讓中國工程隊上岸興建邊橋及引橋嗎？」陳立委不等院長說完，即大聲連環砲反問。

院長苦笑著回答：「交給幕僚再研究看看。」

「請問部長，蓋 1 座金廈大橋為什麼會不安全？」陳立委這次的砲口對上了國防部長。

「為什麼會不安全？看俄烏戰爭就知道，俄軍就是利用克里米亞大橋入侵烏克蘭的。」國防部長這次似乎是有備而來。

「共軍會由金廈大橋入侵金門？」

「對！很有可能。」

「那你不會在金廈大橋的五龍山橋哨，設置 3 道攔截路障，等一整團解放軍及戰車上橋之後，再叫士兵打幾顆榴彈砲、迫擊砲炸橋嗎？請君入甕、甕中捉鱉、以逸待勞，一班的士兵就可以擊垮一團的解放軍，國軍以一擋百，你就可以晉升五星上將、名留青史。」

「二次世界大戰期間，當滿載日軍的火車正行駛在(泰國)桂河大橋時，盟軍炸毀整段橋樑而重創日軍；烏克蘭的敗筆，就是害怕俄軍的報復，沒有等到俄軍在大橋上時，炸掉整段橋樑，而僅炸損部份橋面而已。你是聰明人，為什麼不興建金廈大橋？你給個理由……。」陳立委像機關槍似的，一口氣講了 3 分鐘。

「也許如此，但好像不太妥當，要再研究看看。」國防部長來不及思考，一時之間不知如何回答。

「本席再問你，你認為現在剩不到 3,000 人的駐軍，能守得住金門的海灘、擋得住解放軍搶灘嗎？如果解放軍真的同時砲轟太武山的金防部營區及太湖營區，金門還剩多少兵力可以還擊？」

「國防部智庫『國防安全研究院』的一份報告，明確指出：『一旦共軍對金馬發出攻擊，我軍將難以防守，因此，金馬必須獨力防衛固守，在戰爭時牽制共軍，以利本島保存戰力。』」

「你認為 2,000 多名駐軍的戰力能撐多久？還是要金門人每人拿 1 支 AK-47 衝鋒槍，一起參與戰鬥、當砲灰？再度重現當年八二三砲戰的慘況？還是兩岸一旦開戰，因為金門沒有納入我國的領海範圍，就立即宣告放棄金門？部長大人，你可不可以給

個明確的答覆？」

陳立委不等部長回答，話鋒一轉：「如果廈門方面擅自興建南、北金廈大橋，到了湖井頭或五龍山的海岸時，請問部長，你要不要下令駐軍攻擊、炸橋？」

「金門、馬祖雖然未列入我國的領海基線範圍，但是，金門、馬祖有禁限制水域的規定，所以中國只要進入禁限制水域，我們一定打！」部長被逼急了，已忘掉前面的一連串問題，只回答了最後的一個問題。

「一定打？真的？他們只是興建橋樑，並不是派兵、派艦搶灘攻擊，你真要金門駐軍發動第一擊？如果引發大戰，你負責？」陳立委氣勢洶洶、咄咄逼人，不讓部長有喘息的機會。

「感謝委員的提醒，我們會再仔細研究，看看要如何做才妥當。」部長低聲下氣地回答。

(202X－4)年 11 月 13 日～【金門縣議會、台灣總統府】

金門縣議會決定召開臨時會議，19 位縣議員在議長帶領之下，不分黨派，在 20 分鐘內全數通過臨時動議案，舉辦全縣公投：

> (1)你贊成金門成為永久非軍事區嗎？□贊成；□不贊成。
> (2)你贊成興建南、北廈金大橋嗎？□贊成；□不贊成。

就連唯一的民進黨籍縣議員李答，也不顧民進黨高層的勸阻，支持臨時動議案。

3 個月之後的公投結果，贊成第 1 條及第 2 條公投案的比例均為 98.67%。

金門早已成為以戰爭為主題的觀光市鎮，剩下不到 3,000 名駐軍僅是象徵性的守備而已。台灣當局也知道，如果從金門撤軍，每年約可減輕 500 億元以上的負擔。其實，早在 1994 年時，民進黨高層就有人提出「棄金馬論」，如今台灣當局順水推舟，做個順水人情，同意了金門縣議會的第 1 條公投結果。

總統府發言人在記者會上表示：「尊重金門縣民的公投結果，在未來 2 年，將逐年減少駐軍，讓金門成為永久非軍事區，並將現有太湖營區的幹訓班設施，改建為漆彈野戰育樂營，以吸引觀光客。」

但是，為了政治尊嚴，行政機關對於第 2 條公投案的結果，仍然採取技術性擱置，不予執行、以拖待變。

(202X－1)年 3 月 16 日～【大金門、五龍山】

光陰似箭、日月如梭，施工中的北廈金大橋，已經完成第一座主橋了。

距離休閒景點區的五龍山，僅剩下不到 1,000 公尺遠。施工單位在第 1 座主橋的橋面上，架設了移動式「北廈金大橋完工日倒數計時」看板，橋面每前進 10 公尺，就再將看板往前推進。

以五龍山的成功堡景觀台為中心，周邊地區逐漸熱鬧了起來，腦筋動得快的金門百姓，開始擺攤賣小吃，還出租望遠鏡，每 10 分鐘租金 50 元，假日時，觀光客還得排隊等著租用望遠鏡。在此處，除了可以看到活動看板的倒數計時天數之外，尚可眺望僅 2 公里外之翔安國際機場的飛機起降情形，吸引許多台灣的飛機迷前來朝聖。

　　台灣當局開始緊張了，國防部下令金防部派一班士兵前往驅離民眾，不過，聚集的民眾已達近百人，班長立即電請上級派兵支援。30 多名的步兵排，由排長帶領前來時，民眾已達 200 人以上，整排士兵見狀，也不敢強制驅離，反而被民眾阻擋前進，被迫離開。最後，金防部也只能妥協，僅留下一班士兵，每天陪同金門鄉親們，倒數完工時程的天數、監督北廈金大橋的施工進度。

　　廈金共融生活圈，將因南、北廈金大橋的完工而實現，金門即將跳脫海中孤島的宿命，殷殷期盼的民心所向可想而知。

　　金門的民眾眼見即將完成「金廈共融生活圈」的最後一里路，因為台灣當局仍然阻撓南、北廈金大橋的興建，居民的抗議聲浪逐漸沸騰，就連民進黨籍的金門縣議員，也宣佈退出民進黨，隨同縣長、議長及立法委員，高舉「我要廈金大橋」的旗幟，然後率領民眾車隊衝過與太湖營區一段交會的擎天路口崗哨，繼續前往金門防衛指揮部大門，而指揮部大門早已架好拒馬，嚴陣以待。

　　在抗議衝突中，因部份民眾與企圖阻擋的士兵發生推擠、受傷的意外，而引發民眾更多不滿，進而推倒拒馬衝進指揮部大門，負責守衛的士兵不敢攔阻，民眾一路衝到指揮官辦公室，最後由金防部副司令陳少將出面，將 300 多名的抗議民眾，帶往擎天廳內溝通。

(202X－1)年 7 月 15 日～【金門，縣議會】

　　金門縣議會不顧台灣當局的強烈反對，再度由縣政府自行舉辦「你是否同意回歸中國」的第 3 次公投案。縣政府找來 TPVS 電視台，做公投日當天的實況轉播並採訪居民的心聲。

　　下午時分，縣議會門口聚集了數百位民眾，僅有 30 人進入議會旁聽席，縣政府還特別在門口架設了大型的電視牆，供民眾觀看「回歸中國」的開票實況。

　　下午 5 點 30 分，唱出最後一張的贊成票，統計結果以 98.4% 贊成、1.3% 反對，通過「回歸中國」的公投案。投票率高達 92.2%，創下台灣史上空前的投票率紀錄，可謂是近乎「全金門共識」。

　　台灣總統府發言人發表簡短聲明：「此次金門縣政府舉辦的公投，涉及變更國土，不符合地方性公民投票的適用事項，所以，公投結果無效。」

　　金門民眾一面倒的抗議聲浪持續擴大中。此時，台灣與金門間的 3 條中華電信海底電纜之中，有 2 條突然因不明原因斷訊，造成網路大塞車。民眾抱怨連連，不滿的情緒達到了臨界點，金門民眾自動自發，不斷地往太武山金防部的大門口聚集、圍堵。

　　眼見大勢已去，台灣當局於不得不宣佈：「棄金馬、保台澎，將於 3 個月內全部撤軍，以保留台灣的戰力，堅守抗中保台的立場。」台灣領導人萬萬沒想到，當時為了保留政治尊嚴而阻撓南、北金廈大橋的興建，最後卻成為壓垮台灣當局的最後一根稻草。

　　2 天之後，中國再出奇招，得了便宜還賣乖——國台辦舉行國際性記者會，由陳仁濤主任親自說明：「福建省興建南、北廈金大橋，僅是為了服務台灣同胞，建設『兩岸融合發展示範區』。台灣當局竟然棄金門、馬祖同胞於不顧，至少在南、北廈金大橋，以及榕馬大橋(福州及馬祖間之大橋)興建完工通車之前，台灣有義務照顧金門及馬祖百姓的生活。」

「我們呼籲聯合國的國際人道救援機構，敦促台灣當局放棄政治意識形態，為金門、馬祖及台灣同胞的福祉，盡應有的義務與責任。中國願意讓台灣當局繼續治理金門、馬祖，讓金馬作為海峽兩岸的溝通橋梁。在此，我們再釋出善意，自 9 月 1 日起，全面開放對台灣團體旅遊業務，以促進台灣的觀光相關產業。」

中共要了一計回馬槍，以道德綁架，將球丟還給台灣當局，成為台灣當局的燙手山芋。要收回"放棄金馬"的成命嗎？面子往哪兒擺？要接受中國包藏禍心的旅遊團嗎？不接，擋得住觀光相關產業醞釀已久的抗議潮嗎？對於"永不認錯"的台灣當局，已經陷入兩難的局面。

金門花絮：

為了寫此篇文章，筆者於 2023 年 9 月 21 日，特地參加山友社的「金門 3 天 2 夜遊」；帶隊的山友老溫，40 年前在金門當砲兵，當一夥人來到翟山坑道的崗哨前時，他一時興起，表演砲兵操，並大喊：「趴下！」，此時我正與犬子開麥克風講電話，他緊張的問：「發生什麼事了？」

我開玩笑的回答：「老共的砲彈打過來了！」

晚餐時，我將此事說給大家聽，有人問：「那你兒子怎麼說？」

「我兒子問我：『老爸！你的存摺、印章放在哪裡？密碼幾號？』」惹得大家笑歪了。

第 3 章 新概念武器：茶葉蛋

二次世界大戰末期，美國在日本投下 2 顆原子彈之後，日本立即宣佈投降。繼美國之後，野心國家爭先恐後的研發核子武器，進行無數次的核子武器試爆，目前全球至少有 9 個國家擁有或多或少的原子彈、核彈及氫彈，哪一個國家會率先以核子武器攻擊對方，仍屬未知數(※會叫的狗未必會先咬人)。

俄羅斯雖是軍事強國，擁有數千顆的核彈、氫彈等毀滅威力大的戰略性武器[11]，卻不敢用在俄烏戰爭中，也只能以傳統武器打拖泥帶水的戰爭。雖然是擁有核武、氫彈的軍事強國，但是，對於動用核武仍有所顧忌，深知一旦動用核武，可能迫使敵方亦以核武反擊，導致己方重創和全球毀滅的危機。

> [11]**戰略性武器(Strategic Weapon)**：係指具有大面積、大破壞力作用的武器，具有癱瘓敵方整體作戰能力的武器，第二次世界大戰之後，通常是指核武器。
>
> **戰術性武器(Tactical Weapon)**：係指以敵方的軍事基地、油庫、機場、軍艦等局部區域為攻擊目標，毀滅力較小的武器，多是指非核的傳統武器，但也有小型核武器是屬於戰術性武器，例如美國的 W48 核彈，爆炸威力僅相當於 72 噸 TNT 炸藥。

自俄烏戰爭之後，中國積極研發適度破壞力的戰術性武器[11]，例如，電子砲、雷射砲、電磁砲、氣象武器等針對攻擊特定目標的新武器，其中，雷射砲、電子砲、電磁脈衝砲等新概念武器，均已成功的安裝在部份戰艦及戰機上，唯獨氣象武器尚未有突破性的發展。

(202X－1)年 7 月 10 日【中國，泰山氣象站】

中國山東省的泰安地區，閃電之多是全國之冠，其實是有原因的。

泰山是中國五嶽之首，是著名的風景名勝區，也是世界自然與文化的雙重遺產；日觀峰，位於泰山主峰玉皇頂(以玉皇廟而聞名)的東南側，跟台灣的阿里山一樣，以觀賞日出而聞名。

泰山氣象站[12]，是設於日觀峰的氣象站，是一個兼有解放軍研究氣象武器任務的氣象站，除了企圖捕存自然閃電的能量外，還經常利用下雨天製造人工閃電，企圖研發人造的雷電雲及閃電砲等氣象武器。

[12]泰山氣象站：於 1936 年由中華民國政府建造於泰山的日觀峰(海拔 1,534 公尺，玉皇頂海拔 1,532.7 公尺)，於 1953 年 10 月，由中國人民解放軍在原地重建，全名為「中國人民解放軍山東軍區泰山氣象站」。

1978 年鄧小平提出改革開放之後，由中國氣象局接手，擴大觀測站的功能，除了地面氣象、航空氣象之外，還有雷電觀測、大氣化學觀測、都卜勒雷達觀測及衛星地面接收站等多用途的現代化氣象站，由於有人民解放軍的背景，難免有軍事用途之聯想。

為避人耳目，中國解放軍的閃電武器研發單位，稱為「閃電災害防禦研究小組」。「茶葉蛋」是人民解放軍，依「閃電災害防禦研究小組」在泰山氣象站觀察閃電所搜集的數據，所研發成功的新概念武器。

陳萍，是「閃電災害防禦研究小組」的小組長，與 3 位中國

氣象科學院雷電物理實驗組的工程師，4 人奉軍方領導的指示，常駐在泰山氣象站，針對大自然閃電做記錄、分析，包括每一次閃電的類型、磁場強度、輻射量、電壓、電流及放電功率等各種參數，並模擬、試驗人造閃電和可能的閃電武器。

距上次來視察「閃電武器」研究小組的研發進度時間已經快 2 年了，中國氣象科學院之「雷電物理實驗組」組長陳浩，再度來到泰山氣象站。與陳浩同來的，還有中國人民解放軍的武器專家楊忠上校，陳浩同時被告知，今天尚有位高層領導會來視察。

上午 9 時許，一架軍方直升機，緩緩降落在泰山氣象站的停機坪，直升機停妥之後，率先走出 1 名身材壯碩、留著小平頭的隨扈，接著走出來的，是 1 位戴著黑框眼鏡、看似學者型的吳烈大校[13]，最後踏出直升機的是胸前掛滿勳章的將官——林強，他調整了頭頂上軍帽的角度，大晴天的陽光直射在肩章上的 2 顆星星，顯得格外耀眼。

[13]大校：中國解放軍的軍階，是比上校高一級的校級軍官，再上一級是少將；美國的軍階中，上校上面是准將(是將級軍階)，再上一級是少將。台灣軍人職銜中，上校再上一級是少將，沒有大校及准將的職銜。

林強將軍，有軍人特有的直挺腰桿，感覺身高在 178 公分以上，身穿軍服、戴著軍帽，配戴一付雷朋(rayban)太陽眼鏡，在他身上可以感受到一種說不出來的威嚴，或許這是胸前勳章的加成效應吧！

泰山氣象站首次有 2 顆星星的將軍來視察，所有的工作人員莫不戰戰兢兢。

高級將領突如其來的視察，目的何在？莫非氣象站出大事了？

陳萍，少校官階，畢業於國防科技大學的氣象海洋學院，是軍中唯一具有博士學位、專攻雷電物理研究的女性科學家，她將負責在會議中對林將軍等人做簡報。

平時，陳萍身著洋裝、留著長髮，展現出女性嫵媚的一面，今天，她刻意地將長髮紮成髮髻、身著軍裝，一副幹練的模樣，給人不一樣的感覺，氣象站的同仁，還顯得有些不習慣。

年僅 55 歲就官拜中將，並不多見，因此，沒有人懷疑林強將軍的軍事才華，但是，他對閃電科學了解多少，沒人知道、也沒人敢問。

站在簡報桌前，陳萍臉上稍有不安的神色：「將軍，以及各位長官，上午好！」再向林強將軍行個舉手禮。

在放下右手時，不小心將簡報報告書拍落到地面，她急忙的蹲下來，撿起報告書。

1 位同仁在旁手忙腳亂地調整投影機的角度與焦距，這原本該是在簡報前就已做妥的事，此刻是愈調愈糟。

氣象站站長趕緊上前幫忙，並忍不住地小聲嘀咕了幾句。

陳萍正為該從哪裡開始切入簡報主題而煩惱時，林將軍面露微笑地開口了：「別緊張，各位在高山上工作辛苦了，今天我是來學習閃電新知識的，跟平常你做簡報的方式一樣，盡量用非專業語言做說明即可。」

「是！將軍！」陳萍再度向林將軍行個超標準的舉手禮，林將軍也略帶微笑的回敬了舉手禮。

陳萍小心翼翼地從閃電成因開始說：「閃電，是一種靜電放電現象，以空氣為介質，空氣中的微粒互相碰撞、摩擦，而持續累積空氣微粒中的正、負電荷量，此正、負電荷之間的電壓也會隨之增加，當電壓達到空氣的擊穿電壓時，將成為電漿似的導電體，能使電流瞬間通過原來絕緣的空氣，正、負電荷接觸時，如同電器設備的短路現象，瞬間的巨大電流會將空氣急劇加熱、發光(閃電)，並使空氣膨脹爆炸而產生雷聲。」

她深呼吸並停頓了一下，隨著轉換簡報畫面，繼續說：「簡單的說，閃電具有超高電壓、超大電流、超高溫及超短時間爆發的特性[14]，閃電能量若能轉為民生工業或是軍事武器用，會有很大的發展潛力。」

> *[14]閃電：電壓可達100萬伏特以上，瞬間電流可達10萬安培以上，放電時間在0.01～0.05秒之間；以閃電的放電電壓為500萬伏特(V)、瞬間電流20萬安培(I)、放電時間為0.02秒(t)為例，此次閃電的釋放能量(E)為：$E = VIt$ =20億焦耳=5,556kWh(度電)。*
>
> *註：1度電=1kWh=3.6 x 106焦耳(J)。*

陳萍操作著筆電的滑鼠，接著說：「通常，閃電的電壓多在100萬至1,000萬伏特之間，瞬間電流至少在10萬安培以上。因此，想要儲存閃電的能量，必須有一類似水管減壓調節的節流裝置，這個問題我們克服了。」

「我們捕捉閃電能量的導線中，分為4條並聯電路，其中一條是以10,000伏特為上限的電路閥，專供儲存閃電能量用，超出的高壓電流，則經由其他3條並聯電路，導入避雷針的接地系統。」

螢幕上秀出了一張看似 20 呎貨櫃的照片，標題為「閃電儲能系統」。

「在研究閃電的同時，我們與科學院的理化技術研究所合作，成功地開發出一種可以儲存部份閃電能量的『超導閃電電池模組』，這是全球首創的『閃電儲能系統』，科學院已取得多國專利。」

陳萍用雷射筆指著螢幕上的照片說：「這是 1 座置放在氣象站左側 600 公尺遠、10,000 伏特高電壓的『閃電儲能系統』實用機組，再經由變壓器轉為低壓供電用。目前，氣象站約有三分之一的用電，是由此套功率 500kW、容量 20,000kWh 的閃電儲能系統所供應，已經使用 7 個月之久。」

「若將『閃電儲能系統』的邏輯控制迴路系統稍做修改，則可應用在太陽能及風能的儲能系統上，用以解決綠能發電之尖離峰供需不均的問題，有助於達到『2050 淨零碳排』的全球性共同目標。」

「閃電儲能系統的最大困擾，是閃電發生時間、地點無法掌握，只能在泰山 2 個閃電發生頻率最高的地方，守株待兔、等待捕集閃電能量，由於閃電能量的有效轉換率仍然不高，每個月大概要捕集到 4、5 次閃電的能量，才能供泰山氣象站使用 1 個月。」

陳萍偷偷瞄了一下林將軍的表情，只見林將軍專注地看著螢幕上的內容。

陳萍放心不少，繼續說：「接下來，為各位長官介紹這 3 年多來閃電武器的研究成果。」

「4 年前之所以選擇在此研發氣象武器，是因為泰山的閃電

發生機率高，為了就近觀察、搜集各種大自然閃電的參數。到目前為止，雖然可以製造人工閃電，只是威力大概不到自然閃電的萬分之一。」

「至於軍事應用方面，離閃電武器的目標仍有一段距離，主要是目前尚無法控制閃電的方向，打不到移動性目標，也無法準確的擊中地面固定目標。」

「不過，我們以所搜集的數據做分析，導出了球狀閃電的物理數學方程式。此外，在研發閃電武器的過程中，共拍攝到 12 次球狀閃電[15]的影片。」

「近 1 年來，我們學會了捕捉球狀閃電的技巧，共捕捉過 9 顆球狀閃電，只是仍然無法完全了解球狀閃電的形成原因與內部成份，紅外線熱顯像儀甚至感受不到閃電應有的高溫，而是一個常溫的電漿體。」

> *[15]球狀閃電：一種有理論基礎的可能氣象武器，中國解放軍軍報及美國空軍「天火計劃」等，均曾提及氣象武器之研究。球狀閃電形狀如火球一般，是一種極罕見的自然界現象，通常與雷爆有關，有人認為球狀閃電是一種漩渦狀電漿體(Plasma，又稱等離子體)，亦有人認為是二氧化矽經閃電電擊之後，汽化矽與空氣中的氧結合所產生的熱量使球體發光。真正的成因仍然未知。*

此時，陳萍將簡報畫面轉為球狀閃電的影片，顯示 1 顆呈黃色透明狀、接近圓形的球狀閃電，似乎在尋找目標似的，漂浮不定，不到 10 秒就轟的一聲、爆炸消失了。

「此影片是自然界球狀閃電的真實錄影，爆炸瞬間的震波強

度，影響範圍約有 6 公尺半徑，大概是 8 公斤的 TNT 炸藥能量，這種衝擊波的威力，大概和一枚 155 毫米的榴彈砲威力差不多。」

「我們發現球狀閃電內部有一種自然界極少見元素的電漿體[16]，根據所搜集到的參數，進行物理場模組分析，可確定只要有適當的激發能量，就可產生比天然球狀閃電更大的爆發能量，我們暫時取名為電漿砲。」

> **[16] 電漿體(Plasma)**：物質三態(固態、液態和氣態)以外的第四態，是一種導電率超高、易受電磁場影響的流體物質。某種氣體在經過高溫或強大電磁場的作用時，圍繞在原子核旋轉的電子，會脫離電場束縛而被電離，氣體完全被電離時，就成為電漿體，又稱為等離子體。距離地球表面 60 公里高處，即是充滿低密度電漿的電離層，太陽即是一種表面溫度高達攝氏 5,500 度的電漿體。電漿砲是目前只出現在科幻電影或電玩(DOOM，毀滅戰士)中的武器。

「電漿體？是 Plasma 嗎？」

電漿體 3 個字，觸發了與林將軍同來之吳烈大校的能源敏感神經，他摸了摸眼鏡，未等陳萍回答，就提高尾音接著問：「有核融合效應嗎？」

陳萍先是點頭、輕咳 2 聲，再略微搖搖頭，好像是回答「是，但也不是。」

「確實是 Plasma，但是，卻沒有一般電漿體應有的高溫，所以，應該不是核融合[17]效應，倒是比較像反物質[18]與物質結合時的能量釋放，此電漿體是反氙[19]原子核。」陳萍一口氣說出了

3 個專業名詞。

[17]核融合(Nuclear Fusion)：中國稱為核聚變，是指二個較輕的核，在極高溫高壓條件下，原子核相互聚合，成為較重的核；例如，氫原子核的重同位素氘(重氫)，經高溫高壓融合而釋出能量。核融合除了武器用途(純氫彈)之外，亦被視為可能取代核電的乾淨新能源，太陽是氫的核融合。核能發電或是原子彈，是屬於核分裂(Nuclear Fission，中國稱核裂變)的能量。

[18]反物質(antimatter)：普通物質(matter)是由普通的粒子所組成，例如，一顆(正電)質子與四周的一顆(負電)電子形成一顆氫原子；反之，反物質是由反粒子所組成，例如，一顆反質子(負電)原子核與四周的一顆反電子(正電)，形成一顆反氫原子。目前在自然界中難以找到反物質，人造反物質是利用粒子加速機，加速粒子撞擊固定靶而產生反粒子。

[19]氘：又稱重氫，是氫的穩定同位素，原子核是由一個中子及一個帶正電的質子所組成(氫原子核不含中子，僅有一個帶正電的質子)，圍繞原子核四周的是一顆帶負電的反電子。在自然界中，氘的含量約為氫的七千分之一，是太陽進行核融合的原料。氘的反物質是反氘，原子核由一顆帶負電的反質子和一顆反中子所組成，圍繞原子核四周的是一顆帶正電的反電子。

陳萍想到剛才林將軍提及盡量用非專業語言說明，不由得再稍作補充說明：「舉例來說，純氫彈是一種核融合能量，而原子彈是核分裂能量，核融合產生的能量可為輸入能量的 1.5 倍以上。」

「以一般物質之最小單位原子的觀點來看，原子是由1顆正電原子核與圍繞在原子核四周的帶負電電子所組成。若為反物質，那麼，原子核帶負電，周圍的反電子帶正電，球狀閃電是內部有反氘原子核的電漿體。」

「氘就是重氫，是太陽進行核融合的原料。氘原子核是由1顆帶正電的質子與1顆中子所組成，而反氘是反物質，其原子核是由1顆帶負電的質子和1顆中子所組成。當物質和反物質以光速結合而湮滅[20]時，會依愛因斯坦的質能關係式 $E=mc^2$，產生比核融合更巨大的能量。」

[20] *湮滅(annihilation)：物質與反物質的碰撞、結合，會如同粒子與反粒子的結合一樣，導致二者湮滅，因而釋放出高能光子，或是轉為較低能量的正反粒子對。*

反物質武器的理論依據，是愛因斯坦質能關係式($E=mc^2$)，目前只出現在電玩遊戲及科幻電影中，例如，天使與魔鬼(Angels & Demons) 及 ID4 星際終結者(Independence Day)等。

「怎麼可能？反物質是從哪裡來的？在自然界怎麼找得到反物質？」吳大校拿下眼鏡，往椅背一靠，又驚訝的連三問。

「是的，長官，在目前的自然界中，幾乎沒有反物質存在的證據，但是，球狀閃電確實是反氘原子核，在常態下，僅會存在不到15秒鐘的時間，就會消失或爆炸。」陳萍謹慎地回答著。

「空氣的成份中，氫的體積佔比，只有0.05ppm，而氘更少，僅有氫的七千分之一；所以，球狀閃電會消失，可能是在有限的時間內，找不到匹配的氘原子核，就如同童玩吹泡泡一樣，數秒

鐘後就消失了。」

「我們推測爆炸的原因，可能是球狀閃電的反氘原子核，與四周剛好出現的氘原子核結合而產生湮滅效應。由於含量可能是千分之幾或萬分之幾毫克，加上是在開放的戶外空間，所以，釋放能量的衝擊波威力不大，爆炸聲音仍在人耳可承受的 140 分貝以下範圍，爆炸時閃光亮度也遠小於閃光(震撼)彈的亮度。」

「因為自然界難以找到由 1 顆質子和 1 顆中子組成的氘原子核，我們突發奇想，或許，沒有中子而僅有 1 顆質子的氫原子核，可以替代氘原子核，來與反氘原子核結合，我們利用強力電磁場所產生的超高頻電磁波，讓氫氣電離而成為電漿體，結果竟然成功地以氫原子核代替了氘原子核。」

「球狀閃電內的反氘電漿體，若遇上氫原子核，加以適當的激發能量，就瞬間爆發而釋放出更大的能量。」

在吳大校尚未再提問之前，陳萍快速的敲下鍵盤，螢幕上出現 1 顆淡黃色半透明球狀閃電的持續錄影，並繼續說下去。

「這 3 年多來，我們共錄下捕捉到 9 顆球狀閃電的全程錄影，有爆炸的，也有不爆炸就消失的。球狀閃電直徑多在 10～18 公分之間，較大的球狀閃電，爆炸的能量、亮度、聲音及震波也較大，但是，存在的秒數也較短，從出現到爆炸或消失的時間，多在 10～15 秒之間。」

「每次球狀閃電出現的時機，均是在連續幾天下 2、3 天雨之後的 3 小時內出現。球狀閃電就出現在離氣象站後面約 300 公尺遠的一塊 6 米高巨石附近。為了知道它是如何出現的，我們在

巨石附近共裝設了 24 個攝影鏡頭，總算發現球狀閃電是由石壁上一個直徑 8 公分的小孔噴出。」

螢幕上的畫面，跳到一面巨石壁上，在靠近中間偏右、距離地面約 2 米高位置的一個小孔處，圈了個紅圈。

陳萍的雷射筆紅光指著小孔說：「球狀閃電就是從這個小孔冒出來的。球狀閃電噴出前，會先冒出淡淡的白煙，大概會直線噴射 1 公尺左右，再轉為漂浮狀態，由此猜測，球狀閃電冒出時，孔內應有氣壓存在。」

「我們在洞口裝一只氣壓探測頭，發現洞口平時的氣壓與四周的氣壓相同，此地的海拔是 1,500 公尺，平時氣壓為 0.85 個大氣壓；但是，球狀閃電噴出時的瞬間壓力約是 1.1 個大氣壓。」

「球狀閃電噴出後，小的像棒球、大的像排球，然後在 15 秒之內，就爆炸或消失，不過，不管是消失或爆炸，現場均可聞到像是在溫泉區的硫磺氣味。如果爆炸，會產生每秒約 15 米的強風，略小於輕度颱風的中心風速(每秒 17.2 米)。」

「由於球狀閃電有時會爆炸，為了安全起見，我們已將此塊巨石方圓 100 公尺，列入氣象站的管制區範圍內。同時，在距離洞口 3 公尺的四周，設置一個由超高導電率之石墨烯合金的金屬籠，這是為了捕捉球狀閃電所特製的移動式法拉第籠[21]，待會兒我們可以去現場看看。」

*[21]法拉第籠(Faladay Cage)：是一個由金屬或者優良電導體
形成的籠子。由於金屬的靜電等勢性，可以有效地遮蔽
外電場的電磁干擾。法拉第籠無論被加上多高的電壓，
內部也不存在電場，而且即使籠子通過大的電流，內部*

的物體也不會有電流通過，也可以有效的阻止電磁波的
干擾。在汽車、飛機等交通工具中的人，不會被雷擊的
原因，就是法拉第籠的屏蔽作用。

螢幕上的影片繼續播放著，陳萍暫停下來，喝了一口水。

「有了法拉第籠，球狀閃電不會由法拉第籠孔跑出去，不過，大概在 60 秒之後，還是會不爆炸的憑空消失，就像變魔術一樣。」

「後來，如影片中的工程師老丁，他穿著防爆衣接近球狀閃電，用二氧化碳滅火器噴向閃電球，可能是零下低溫的關係，球狀閃電慢慢地靜止在空中，並未消失。不動的球狀閃電，很像拍賣網站就可買得到的魔法閃電球。」

「接著，老丁冒險將球狀閃電套入內有乾冰的小透明塑膠袋中，再拿了一個更大的透明塑膠袋，內裝 2 公斤的乾冰，把球狀閃電，連同原有的塑膠袋放進去，只要塑膠袋內溫度高於負 10℃，就再補充乾冰，這樣將球狀閃電掛在樹下 2 天，一直用攝影機監視著，確認球狀閃電沒有爆炸的疑慮後，再移到一台負 20℃的冷凍櫃內。目前冷凍櫃內尚有 2 顆球狀閃電，和我們要吃的肉品放在一起。」

此時，畫面播出一台立式冷凍櫃，裡面最上層右側有 2 顆分別裝在透明塑膠袋的淡黃色球狀閃電，中下層則是一袋袋分別包裝的雞肉、豬肉和牛肉。

「肉吃了不會中毒或肚子痛嗎？」陳浩組長半開玩笑的問著。大夥兒莫不笑了出來，會場顯然輕鬆多了。

陳萍也忍不住掩著嘴巴，笑出聲來。「不會、不會。冷凍庫內

中裝設了有毒氣體探棒及蓋格計數器探棒，測不到毒氣反應及輻射劑量變化。」

「球狀閃電看起來好像沒有那麼恐怖，確實像我家小寶的魔術閃電球玩具。」

「妳說的電漿砲威力有多大？原理是什麼？怎麼製造的？」

與陳浩同來的武器專家楊忠上校，本能的對特殊武器產生興趣，連續提出 3 個問題，但是，林將軍仍不發一語，耐心的等待著陳萍的進一步說明。

陳萍回答說：「依愛因斯坦的質能關係式 $E=mc^2$ 公式計算，0.5 公克之反物質與等量物質的撞擊結合湮滅能量，約可產生 90 萬億焦耳的能量，這個能量相當於二戰末期日本長崎原子彈爆炸的能量，也就是 2.15 萬噸 TNT 能量。」

「$E=mc^2$ 公式並不完全適用於球狀閃電的爆炸，因為 c 是光速，每秒 3 億米，現實的物質不可能達成如此高的速率。根據我們的數學模型分析，加上修正係數之後，由直徑 12 公分球狀閃電製成的電漿砲，至少可產生約 933 公斤 TNT 炸藥的能量，對現代的飛彈而言，這種威力很小，頂多算是一顆由轟炸機拋射的傳統砲彈而已。」

「根據美國軍方的實測紀錄，1 顆 MK-84 砲彈，重量 910 公斤，內裝 400 公斤 TNT，由飛機在高空投擲到地面，砲彈動能加上 TNT 的爆炸威力，約相當於 980 公斤 TNT 的爆炸能量，僅炸出 1 個 11 米深、15 米直徑的坑洞，爆炸衝擊波範圍 90 米。不過，我們想到的是武器的奇襲性概念。」

「要將球狀閃電作為武器用，先要解決二個問題，一是自然界哪裡有氕原子？這個問題的解決方式，就是前面所說的，用氫原子取代。空氣中的氫含量也很少，僅 0.05ppm，所以，我們利用 1 台醫院常用的氫氣製造機，就可以產生足夠的氫氣。」

「其次，要解決的是如何使電漿砲撞擊而爆發能量？」螢幕跳到下一個畫面，是 1 張電腦繪製的 3D 透視圖，乍看之下，像褐色雞蛋的透視圖，有蛋黃區、蛋白區及氣室。

陳浩組長在看到電漿砲透視圖的瞬間，不禁驚叫：「好大的 1 顆雞蛋！比我媳婦(太太)常買的褐色雞蛋大 10 倍！」

曾經參訪過台灣日月潭的林將軍，立刻聯想到在日月潭玄光寺碼頭吃過的金盆阿嬤茶葉蛋。

「電漿體的特色之一，是其形狀會隨容器不同而改變，我們算出的反氕電漿體與氫電漿體結合時，可產生最大威力的體積比，氫電漿體與氕電漿體的體積比，大概是 2.1 比 1。」

陳萍繼續說：「電漿砲的內部結構類似雞蛋，中心蛋黃區，是帶負電的反氕電漿體，蛋白區，是帶正電的氫電漿體，蛋黃區電漿體的密度，略小於蛋白區電漿體的密度，所以，負電的反氕電漿體懸浮在氫電漿體的中間位置。」

「反氕電漿體被密封在石墨烯奈米膜中，氫電漿體則由強化的透磁合金薄片包覆著，這 2 種特殊保護膜是由科學院的稀有材料科學組所製作。大頭端的氣室，是可由我國北斗衛星導航系統控制設定的慣性導航系統。最外層則是耐高溫熱蝕的褐色保護殼，整體來說，確實是像陳組長所說的褐色雞蛋。」

「最外層的褐色保護殼，是太空梭等級的耐燒蝕隔熱層，是為了防止電漿砲如同小隕石一般，在通過大氣層時，被燃燒汽化而消失。同時，為避免體積過大而引起美國間諜衛星的注意，整顆電漿砲的前端直徑 22 公分，尾端直徑 17 公分，長度 30 公分，重量僅 12 公斤。」

「電漿砲的製作，需要 1 台至少 9,000 伏特的高壓電池。氣象站附近 10,000 伏特的『閃電儲能系統』模組，剛好能派上用場。電漿砲內的正極電漿體和負極電漿體，結構類似 1 顆超大的電容電池，可將 10,000 伏特的電池能量，如同汽車電池的充電方式一樣，對電漿砲充電蓄能。」

「電漿砲可以在泰山氣象站以外的地區製造嗎？」武器專家楊忠上校提問。

「只要有剛才所提的 10,000 伏特儲能系統，在任何地方均可將捕捉到的球狀閃電，製造成不同能量等級的電漿砲。」陳萍謹慎又自豪的回答著。

「電漿砲雖然只有 1 顆橄欖球的大小，如果由 400 公里高的近地軌道拋射，其撞擊地面的速度至少在 20 馬赫[22]以上(6,860m/s)，是電漿砲激發速度 5 馬赫的 4 倍，反氘原子核與氫原子核的結合能量，加上電漿砲的動能，可產生 1,983 公斤的 TNT 能量，大概是 2 顆美國 MK-84 砲彈同時爆炸的威力。」

[22]馬赫：高速飛行物的速率單位，1 馬赫即是 1 倍音速，等於 343 米/秒(1,235 公里/時)。大多數隕石墜入大氣層的速度多在 25 馬赫以上，會因與空氣衝擊而產生高溫、發光燃燒殆盡。中國的長劍-10 飛彈的飛行速度 255 米/秒，

中國復興號高鐵的營運時速為 350 公里(100 米/秒)，155 毫米榴彈砲的出口速率是 828 米/秒。

「電漿砲目前仍無法由艦艇、戰車或戰機發射，但是，可由太空軌道發射，用於攻擊地面的雷達站、彈藥庫、油庫、機場跑道、軍港設施及變電站等重要目標。只有橄欖球大、12 公斤重的電漿砲，在撞擊地面爆炸後，會煙消霧散，幾乎找不到砲彈的殘骸，找到的可能也只是外部被覆的隔熱層材料。敵人多會誤以為是太空垃圾或是隕石碎片撞擊所造成的損壞，是神不知鬼不覺的威懾性武器。」

「存放電漿砲有沒有爆炸的危險？」林將軍首次發問了。

「電漿砲需要有 5 馬赫以上的撞擊速度，才能激發爆炸，速度小於 5 馬赫之任何砲彈的撞擊，無法激發電漿砲的爆炸。所以，沒有庫存爆炸的危險，比存放 TNT 炸藥還安全。」

「我國即將對台灣採取行動，此顆電漿砲，似乎可作為威嚇台灣的秘密武器。」林將軍心中如此的想著。

簡報結束後，陳萍帶著林將軍等 8 人，走到一塊巨大石壁前，指著石壁上的小孔說：「這個孔我們用直徑 0.3 公分細的塑性通管條，大概前進了 3.8 公尺就停住了，不知是已經到底，還是卡在彎頭處。改用內視鏡攝影機時，大概前進了 1.6 公尺就卡住了。」

「我們請國家科學院材料科學組，化驗了石壁的成份，主要是氧、矽、鋁、鐵、鈣、鈉、鎂等常見的岩石成份，以及極少量的鉀、氫、硫等成份，球狀閃電冒出洞口之後，不管爆炸或消失之後，現場均會遺留硫磺的氣味。」

「球狀閃電是我們此次來的主要目的，有沒有可能挖大洞孔，往裡面瞧個究竟，解開球狀閃電產生之謎？」林將軍問了身旁的吳大校。

吳大校站上梯子靠近洞口，用手機的手電筒照著洞口，先凝視了一下，再走下梯子往後退 2 公尺，抬頭看了整塊大石壁，約思考 30 秒後，說：「球狀閃電可能是巨石中的某種成份，經過連日雨水侵蝕之後，才釋放出來，在沒有找到第 2 個球狀閃電產生地之前，最好不要，以免殺雞取卵、斷絕來源。畢竟，現在每逢下大雨後，還是有機會冒出球狀閃電，挖大洞口，也許就不會形成球狀閃電體了，就暫時留住金雞母吧。」

林將軍右手摸著下巴，低頭想了想之後，說：「好，就這麼決定，我們回去找科學院江院長，看看這個新概念武器是否可行。」

(202X－1)年 8 月 11 日【新疆，羅布泊】

美國的間諜衛星，自 2024 年 3 月起，發現中國在新疆羅布泊核試場[23]，再度出現直升機起降、人員往來、卡車、機具進出的頻繁活動，顯示正在進行某種工事的跡象。

> [23]新疆羅布泊：中國第一顆原子彈(威力 2.2 萬噸 TNT 當量)
> 的試驗場，於 1964 年 10 月 16 日 15 時，在一座 102 米
> 高鐵塔上試爆成功，也是 1967 年 6 月 17 日試爆一顆氫
> 彈的試驗場。迄 1996 年 7 月 30 日中國宣佈停止核試爆
> 為止，試驗場共進行了空爆、地爆、井爆、平洞爆等 45
> 次以上的核試驗。

今天，是茶葉蛋進行最後一次撞擊試爆的日子，天候不佳、陰雨不斷，這對常年乾旱的羅布泊地區而言，是相當特殊的。

在山洞隧道入口的閘門內，約有 10 人正在等候林強將軍等將領的到來。

此次前來督導的總指揮是林強將軍，隨同前來的高級長官不少，共有三架直升機陸續降落，光是將軍就超過 7 顆星星。

第二架直升機平穩的降落距隧道入口前 5 公尺處，2 個人帶著雨傘快跑至直升機門口，撐開傘之後，林強將軍走出直升機，隨扈則淋著雨觀望四周、戒護著。

現場試爆的技術人員已準備就緒，領導們被帶往離試爆點 4 公里遠的掩體屋內，正準備觀看大螢幕的試爆實況轉播。此次，負責做簡報說明的人，是去年前往泰山氣象站的解放軍武器專家楊忠上校，因成功地製作出茶葉蛋，如今已晉升為大校了。

楊忠大校說：「此條筆直的隧道，寬 6 米、高度 3.6 米，長 4.8 公里，終點是抗爆的結構體。在離地 120 公分高處架設著 1 支直徑 200 厘米、3.9 公里長的真空導管，每隔 300 公尺就裝設 1 台電磁線圈加速器，電漿砲經過 5 次的加速後，可被加速到 6 馬赫以上，用來撞擊導軌出口 1 米處的固定標靶。」

「這條導管是由『北京正負電子對撞機』[24]的工程團隊所建造，對於曾經建造過粒子速度高達 99.9999%光速之雙環式正負電子對撞機的團隊而言，是輕而易舉的工程，此條導管目前加速的最高實測紀錄是 9.8 馬赫。」

[24]北京正負電子對撞機(BEPC)：繼瑞士日內瓦歐洲核子研究中心(CERN)建造長 27 公里的環狀大型強子對撞機(LHC)之後，中國建造於北京市近郊的雙環式正負電子對撞機，對撞前的速度可達 99.999991c(c 是光速≒3.0*108

> *米/秒)。粒子對撞機目的是用來探索人類的未知領域，如*
> *宇宙演化、暗物質、黑洞、上帝粒子及物質和反物質的*
> *不對稱性等，反對粒子對撞機的科學家，認為可能產生*
> *巨大黑洞，導致地球毀滅的危機。*

由林強將軍親自按下啟動鈕後，茶葉蛋咻一聲的往前飛，不到 3 秒鐘的時間，遠處傳來巨大的爆炸聲，撞擊速度是 7.6 馬赫 (2,607 米/秒)，爆炸威力相當於 1,022 公斤的 TNT 炸藥。

掩體屋內傳出了一陣長達 30 秒的鼓掌、歡呼聲，大螢幕上重播茶葉蛋試爆過程的慢動作，林強將軍也頻頻點頭，露出滿意的笑容，向楊忠大校說：「恭喜任務成功。」

(202X－1)年 10 月 18 日【新疆，羅布泊】

中國第 1 顆原子彈試爆用的 102 米高鐵塔，已支離破碎、鏽跡斑斑的躺在沙漠中達 60 年之久，就連 1986 年 10 月 16 日設立在一旁之「中國首次核試爆心」紀念碑的右下角小字，也已有些模糊了。

距鐵塔核爆心約 2 公里遠處，1 輛看似被棄置多年的 5 頓解放軍 MV3 卡車，車身已覆蓋了一層厚厚的沙塵。

晚上 7 點 33 分，此台廢棄的大卡車，被 1 顆後面拖著長長火焰的隕石砸中，地面炸出一個 30 米深、直徑 40 米的大洞，這正是由近地軌道發射之茶葉蛋的最後一次試射，準確地命中目標。

中央電視台晚間 8 點的新聞播出：「新疆羅布泊的舊核爆試驗場，1 顆掉落的隕石，在地面上炸出一個直徑 40 米的大洞，其爆炸威力相當於 2 噸的 TNT 炸藥，所幸該地區已荒廢多年，無人傷亡。」

美國指控中國不遵守條約，繼續進行核試爆，已不是新聞了。

(202X－1)年 10 月 21 日，美國國務院再度指控「中國政府在新疆羅布泊的新建平洞地下核試場，進行「零當量」[25]的核武測試，諸多間接證據指出，自去年 10 月起，經常出現不同程度的爆炸，懷疑中國再度進行核彈試驗，要求中國遵守『全面禁止核試驗條約』，停止核試。」

> *[25] **零當量核試**：是指不產生連鎖反應之非核分裂原料的試驗，是一種小型核試驗。*

中國外交部發言人矢口否認，強調中國自簽屬「全面禁止核試驗條約」之後，已完全停止核武試爆，抗議美國的指控毫無根據、並非事實。

真相確實如此，解放軍並不是在山洞中進行核爆試驗，而是在進行茶葉蛋的試爆，觀察、記錄在不同劑量組合下的爆炸威力。

NOTE

第 4 章 雷達站的隕石空爆事件

戰略支援部隊，是中國人民解放軍繼陸軍、海軍、空軍及火箭軍之後，於 2015 年 12 月成立的第五軍種，是負責太空戰、網絡戰(網路戰)、電子戰、心理戰、情報偵察、衛星管理，以及中國航天研發和運營等任務。戰略支援部隊不僅要負責維護、管理中國所有的衛星系統，也要研發太空新武器，和研發打擊敵國衛星的反衛星武器。

2023 年 4 月 5 日，由酒泉衛星發射中心發射的可重複使用試驗航天器(太空梭)，在太空飛行 276 天之後，於 2024 年 1 月 8 日成功的返抵酒泉衛星發射中心附近的東風著陸場。

此次 276 天的太空飛行旅程中，共進行了 10 多項試驗，包括擊落已報廢的海洋衛星、以機械臂抓取退役的導航衛星，移到更高軌道的衛星墳場拋棄、測試太空梭之變換軌道飛行的能力、測試干擾偵察衛星的性能，以及與自己航太器進行互動對接的機能性演練等任務。這些在軌衛星作戰相關的能力，也是近幾年美國 X-37B 太空梭一直在進行試驗的殺手衛星或是太空戰機的功能，美國軍方從不公開 X-37B 的任務與行蹤，只知道 X-37B 太空梭在太空的最長飛行紀錄是 718 天。

(202X－2)年 5 月 20 日，14：00【中南海，習近平辦公室】

習近平此次召見戰略支援部隊的司令員，一則想了解中共解放軍的太空武器和反太空武器能否與美國相抗衡，二則應林強的要求，希望戰略支援部隊單位，能加快進行天宮太空站[26]的第二期擴建工程，供茶葉蛋使用。

[26]天宮太空站：是繼蘇聯和平太空站(2001 年 3 月退役)及
美國國際太空站(預定 2031 年 1 月退役)之後的第 3 座大
型太空城，由中國獨立建設的太空站，軌道高度 389.4 公
里，軌道週期 92.2 分鐘，以(天和)核心艙、(問天)實驗艙
Ⅰ 及(夢天)實驗艙 Ⅱ 三艙所組成的模組化 T 字型太空站，
已於 2022 年底完成組裝，並正式啟用，可視需要擴張續
接成干字型太空站。

戰略支援部隊的司令員王斌上將，被帶進習近平辦公室，此時，習近平、科學院楊院長與林強正在喝茶、話家常，等著王司令員的到來。

「主席同志，下午好！」王司令員向習近平行個舉手禮，再向楊院長及林強打招呼。

習近平：「坐！坐！王斌同志辛苦了！這個月初返航的太空梭任務還順利吧？」

王司令員答說：「報告主席，太空梭的此行任務大致符合預期，其中也發現一些小缺失，我們已著手研擬改善方案。不過，最大的困擾是我們在測試各項任務時，美國的 X-37B 無人太空梭也在旁監視，也就是說，我們在做什麼，老美都知道。」

「我們反太空武器的動能性攻擊能力，已達到實用階段，只是因為體型過大，一舉一動都在美國間諜衛星的監視下，無法隱密的執行攻擊任務，如果我們打下美國的太空梭或衛星，他們也可以以牙還牙、立即報復；此結果就像毀滅性的核子武器或生化武器一樣，我們有，老美也有，大家有所顧忌、都不敢率先使用。」

「嗯！」習近平點點頭，未置可否。

習近平轉向楊院長說:「楊同志,你概略說明一下茶葉蛋的功能及使用需求,讓王斌同志了解他可以協助解決的地方。」

「是,主席同志。」楊院長先回了習近平的話,再面向王斌做了 15 分鐘的茶葉蛋說明,順便也報告了研發茶葉蛋的最新進度,讓習近平及林強了解。

王斌聽了之後,似乎恍然大悟的說:「看來,楊院長所說的茶葉蛋,才是我們真正需要的太空武器,威力雖然不大,但是有體型超小、雷達難以偵測的優勢,可以避開美國間諜衛星的監視,神不知、鬼不覺的攻擊地面目標,地面目標被炸之後,也難以找到茶葉蛋的殘骸,可能就像被小隕石砸到一樣。」

楊院長對著王司令員說:「茶葉蛋的相關配件,均會在我們的實驗室完成,唯有最後一道的充電及封裝程序,基於安全考量,需在太空站實驗室進行。因此,希望貴單位能配合加速進行第二期的天宮太空站擴建工程,將原有 T 字型太空站,擴建為干字型太空站,增設二組實驗艙供茶葉蛋使用。」

「將來,擴建工程完工之後,所有的茶葉蛋所需的設備及零組件,尚需要貴單位的天舟飛行船協助,送到太空站實驗艙。此外,我單位需要派 4 名工程師到太空站執行組裝及測試作業,這 4 位工程師,還得請貴單位協助,進行太空人的基本訓練,才能搭乘貴單位的神舟飛行船到太空站進行任務。」

習近平:「茶葉蛋工程勢在必行,請王斌同志的單位,務必全力配合進行相關作業,後續的細節事項,就由林強老弟負責和你連繫。」

王司令員:「是!一切遵照習主席的指示辦理,天宮太空站的二期工程原本已在規劃中,我回去後會交代部屬,改列為第一優先待辦事項,應該可在 600 個日曆天內完成,工程進行中,我會主動的隨時與林強同志聯絡,協調相關事宜。」

「天宮太空站的第二期擴建工程,可利用長征五號 B 遙一運載火箭,來執行大噸位的太空載具發射任務,由低緯度的文昌太空發射場發射。天宮太空站第一期的三個重量級主艙及實驗艙,均使用長征五號 B 遙一火箭,由文昌太空發射場的一號發射工位發射,已有豐富的經驗,必可順利達成第二期擴建的任務。」

習近平轉向林強問道:「林強老弟,你身為第一線領導人,有沒有什麼需要補充的?」

「報告主席,剛才楊院長和王司令員的說明已經了解,沒有需要補充的,等我選定幾個適合茶葉蛋攻擊的台灣目標之後,再向主席同志請示。不過,未來,神舟飛行船載送茶葉蛋工程師升空時,我很想去文昌太空發射場一趟,一則為茶葉蛋工程師打氣,二則……」林強停頓了一下,笑了笑繼續說:「二則聽說有文昌雞的海南島美食,想順道趁機去品嚐一下。」

「好,要去時記得約我一下,我也想品嚐一次久聞其名的文昌雞,了解在地民情風俗。」習近平輕鬆的對林強說。

王斌:「我已去過文昌太空發射場多次,可算是老文昌了!我們一起去,我作東,不僅要吃文昌雞,另外 3 樣值得推薦的海南島美食,嘉積鴨、東山羊及和樂蟹也要一起品嚐看看。」

文昌太空發射場,位於中國海南省文昌市龍樓鎮,是中國唯

一的濱海發射基地，此是中國重點開發的商業太空發射場，除了基本的火箭發射基地外，亦開發了航天主題公園區、商業休閒區、生態度假椰林區等旅遊觀光的配套區，帶動旅遊經濟。」

「民眾可近距離觀看火箭發射升空的情景，也設有通道供民眾參觀航太中心，是結合航太科技及商業旅遊的海南自由貿易港特區，整個特區成為航太工業、商業市場及旅遊產業結合的「文昌國際航天城」。

自今年下半年開始，文昌太空發射場的發射任務開始熱絡起來，長征5號、7號及8號系列的運載火箭經常升空出任務，帶動了觀光人潮，使得海南島的四大名菜：文昌雞、嘉積鴨、東山羊及和樂蟹美食之名，不脛而走、享譽華人世界。

202X 年 1 月 4 日，09：30【中國】

林強、王斌和習近平3人開啟了視訊會談。

林強：「茶葉蛋雖然是神祕的新武器，但如果經常使用的話，遲早會被發現。所以，宜重點使用，用來恫嚇、威懾台灣當局。在茶葉蛋未曝光之前，僅當斬首及打瞎用。根據我們的軍事衛星在台灣上空所做的偵蒐，我初步選定三個攻擊目標，一是台灣總統府、二是衡山指揮所、三是樂山雷達站[27]。」

「要炸毀總統達到斬首目標並不難，只要瞄準4樓的總統辦公室，再由我們在總統府內任職的細胞，告知我們總統的行程，即可在適當的時間點，轟炸總統府、達到斬首的任務。只是，總統府在台北市中心，可能傷及非軍事人員，恐會引起一般台灣同胞的反感。」

[27]樂山雷達站：位於新竹、苗栗交接處，海拔 2,620 公尺的高山，是由美國雷錫昂公司建造的鋪路爪相控陣列 (PAWS, Phased Array Warning System)遠端預警系統雷達站，也是全球僅有的五面鋪路爪雷達之一，於 2013 年 2 月正式啟用。總工程造價 410 億元，日後核心技術設備的維修費是每年 30 億元。

雷達站正面是面向西北的中國大陸及台灣海峽，可有效監控中國內陸及台海的軍事動態，追蹤 3,300 公里範圍內的巡弋飛彈和彈道飛彈，對於台灣海峽的艦艇活動，也一目了然。

台灣國防部表示，樂山雷達站是一座可 360 度掃描、24 小時全天候掌握彈道飛彈動態的雷達站；北韓多次由西海衛星發射場發射火箭，從火箭升空到墜落日本海的全部過程，均被樂山雷達站所掌握。

「所以，斬首攻擊的最佳目標應是台北衡山指揮所，台灣一旦認為台海即將開戰，台灣的總統會進駐衡山指揮所，但是，尚需有正確的情蒐，確定台灣總統確實在衡山指揮所內，一次同時丟 3 顆茶葉蛋，即可達到斬首的目標。」

「至於打瞎台灣最佳的攻擊目標，是美國為台灣所建置的樂山雷達站，此攻擊目標較簡單，也不會誤傷一般老百姓。而且，因為難以查到真正的爆炸原因，可以讓台灣及美國感受到震撼性的恐懼。」

「透過我國對台灣所設 10 多顆衛星的偵察，可確定樂山雷達站是 1 座三面陣的鋪路爪雷達，西北向的相位陣列雷達，除了可監視整個台灣海峽的空域及海域之外，其有效監視距離 3,300

公里，有 120 度的監視角度，幾乎涵蓋我國所有飛彈、導彈發射基地。此外，東北向陣面的監控範圍，涵蓋東海、北韓、南韓及日本，西南向陣面的監控範圍，則涵蓋了中國海南島、菲律賓及南海。」

「由此可知，東北向雷達及西南向雷達，是台灣應美國要求所建構的，這是 1 座由美國主導使用、台灣出資的 270 度扇形監視預警雷達系統。所以，我們不需要炸掉整座雷達站，僅需以 1 顆茶葉蛋，炸毀西北面的相位陣列雷達，即可打瞎台灣的遠程預警雷達系統，台灣剩下 10 幾座分散在全台各地的雷達站，僅是小區域的近程監視用，監視能力有限。」

「炸毀樂山雷達站的西北面向雷達之後，台灣及美國對台灣海峽面向的防空預警能力，就會癱瘓一大半。將來，即使我們要由台灣海峽登陸攻取台灣，樂山雷達站的西北面向雷達，也是我們攻擊第一波的首要目標。」

「因此，炸毀西北面向的相位陣列雷達之後，再透過我方之網軍、媒體的大幅渲染、報導，台灣及美國會以為我國即將發動台海登陸攻擊，必會造成台灣民眾的恐慌，讓台灣執政當局自亂陣腳。」

「但是，因茶葉蛋是由太空軌道發射，要如何作適當的目標參數設定，才能精準的打中目標，還是得依賴王斌同志部隊的專業了，我們只能提供樂山雷達站西北面向的經、緯度及海拔數據，這些數據是由我國北斗星導航系統所提供，誤差應小於 2 公尺。」

王斌：「由太空軌道發射導彈攻擊地面目標，確實需要再考慮大氣層、雲層、天候及發射時間等因素的影響，不過，這不是大

問題，我們會在新疆的核爆基地試射幾次，就可以依數學模型分析、邏輯演算，找出設定參數的修正訣竅。」

習近平：「那麼，天宮太空站擴建完成後，你再連絡楊院長、林強等人，根據新疆羅布泊的核爆試驗基地進行實彈射擊的數據，找出正確的修正參數，務必讓茶葉蛋能夠精準命中樂山雷達站。」

王斌：「是！主席同志，只要楊院長能提供我們在新疆羅布泊試射的數據，便可以分析出茶葉蛋適用的修正參數，根據以往我們對極速巡弋飛彈攻擊目標的修正參數經驗，必可解決茶葉蛋攻擊目標的精準度問題。」

202X年1月9日【天宮太空站】

第二期的天宮太空站擴展工程總算如期完成，由第一期工程的(天和)核心艙 I 前端的對接口，續接第二期工程的(天祥)核心艙 II，這是個可供 4 名太空人居住、活動的空間，左側連接(測天)實驗艙 III，右側連接(成天)實驗艙 IV，而使天宮太空站由原來的 T 字型，擴展成干字型的太空站。

新增之 2 個實驗室的功能，依中國載人航天工程辦公室的官方說明，此為「太空太陽能發電研究實驗室」。

太空太陽能(SBSP，Space-Based Solar Power)，又稱天基太陽能，有別於安裝在地球表面的傳統太陽能，這一直是綠能科學家的夢幻能源。外太空的太陽光經過大氣層、臭氧層及雲層等的折射、反射及吸收，照射到地球表面時的光能，只剩下不到太空太陽能的十分之一能量。

所以，如果能在與地球同步運轉軌道上的太空(36,000 公里

高)，設立太陽能發電站，則可以不受天候、氣溫及雲層等影響，24 小時、日夜不停地收集大量的太陽光能，利用微波、激光或雷射等如科幻電影情節的方式，將太陽光能送回地球的接收站，再轉換成一般的電能使用，這是一種理想的乾淨再生能源。

美國航太總署(NASA)於 1974 年，曾主導過一項與民間科技業合作的太空太陽能研究計劃，因造價過於昂貴、傳輸技術尚未成熟而終止。2015 年初，日本三菱重工成功地將功率 10 仟瓦(kW)的太陽能，以微波方式，傳送至 500 米外的接收器，證實了無線傳送太陽光能在技術上的可行性。

自 2015 年以來，美、日、英、中等科技大國，一直在進行太空太陽能的研究計劃，英國預計在 2040 年傳送 2 吉瓦(GW，1GW ＝百萬 kW)的太空太陽能回地球(※英國尖峰電力需求約 45 吉瓦)；中國則已在重慶市壁山區，建設了接收太空太陽能的試驗基地，目標是在 2049 年的中國建國百年慶時，太空太陽能的總發電規模達 2 吉瓦(※中國最大的紅治河核能電廠之總機組容量為 6.71 吉瓦)。

中國曾在 2018 年 12 月啟動關於太空太陽能電站的「逐日工程」計劃，並在 2022 年 6 月公開宣佈，將成立推動「太空太陽能發電開發計劃」。

第二期工程所採用之太陽能翼板的外觀，與第一期天宮太空站的太陽能翼板明顯不同，是一種柔性捲狀的新世代太陽能翼板，完全展開時的吸收光能效率高達 69%，比舊太空太陽能翼板的效率高了 21%。而且，擴建的(天祥)核心艙Ⅱ、(測天)實驗艙Ⅲ及(成天)實驗艙Ⅳ，均各有獨立的太陽能翼板，看起來與高效率的吸收

太空太陽能設備極為相似，可謂是名符其實的「太空太陽能發電站研究實驗室」。

這是由中國解放軍主導的茶葉蛋武器研發實驗室，依(測天)實驗艙Ⅲ的空間容積，利用「H 橋級聯式儲能電路」，組裝了 1 座特殊規格的儲能系統，是 1 組 10,000 伏特高壓、小容量 500 千瓦時(kWh)、低功率 50 千瓦(kW)的小型儲能設備。(成天)實驗艙Ⅳ則是供工程師進行茶葉蛋及其推進器充電、封裝、測試的工作室。

在(成天)實驗艙Ⅳ面向後方太陽能翼板的艙面，開設了一個 0.6 立方米遞物用隔離氣室，前後各有一不能同時開啟的氣閘門，供將茶葉蛋送出(成天)實驗艙Ⅳ用。

「茶葉蛋」要由太空站發射，攻擊地球表面的目標，除了茶葉蛋本體之外，尚需一電能推進器，將茶葉蛋送至比天宮太空站軌道更低的適當軌道上。推進器及茶葉蛋本體，均分別在地球上的實驗室完成個體，由天舟貨運太空船，送到天宮太空船的(成天)實驗艙Ⅳ，再由工程師進行茶葉蛋及其推進器的充電程序，然後再將茶葉蛋與推進器封裝為一體，成為一支直徑 22 公分、長 37 公分的[茶葉蛋＋推進器]組合錐狀體。

神舟二十七號載人太空船，與第二期擴建工程的(天祥)核心艙Ⅱ對接之後，3 名茶葉蛋工程師，順利地經由氣閘門進入(天祥)核心艙Ⅱ，這是他們未來幾天的起居活動空間。其中 1 位女性工程師，她不是別人，她正是常駐泰山氣象站、開發茶葉蛋的元老級工程師——陳萍小組長，經過 2 個月的訓練，她成為負責此次發射茶葉蛋任務的女性太空人。

一名太空人在(成天)實驗艙Ⅳ內，緩緩打開實驗艙Ⅳ遞物隔

離氣室的內閘門,將錐狀體推入遞物隔離氣室內,先關妥內閘門、減壓,再遙控打開遞物隔離氣室的外閘門,錐狀體緩緩飄出遞物隔離氣室,太空人啟動推進器的電源開關之後,[茶葉蛋+推進器]錐狀體即將被送往預設的太空軌道上。

　　錐狀體藉著推動器的電能動力,逐漸往地球方向飛行,數分鐘後飛抵距地球表面 352 公里高的軌道上,錐狀體改以慣性力在軌道上繞地球飛行,約每 90 分鐘繞地球 1 周,每天可繞行地球15 圈,並在每天某一時刻會飛越台灣北部上空。

　　拜中國獨立開發的第四代北斗星導航系統之賜,工程師在(成天)實驗艙IV內,即可設定茶葉蛋即將攻擊的地面目標。

　　‧
　　‧
　　‧

　　陳萍既興奮又緊張,能夠受到長官的青睞,擔任此次即將改變台灣未來的任務,就是一種殊榮,雖然前 2 次在新疆羅布泊的試射,均成功地命中目標,但是,要打樂山雷達站,沒有試射機會,對於這個「只許成功、不能失敗」的任務,心情難免緊張萬分,根本不敢想像萬一失敗的後果。

　　陳萍在電腦的鍵盤上,做最後一次的功能性操作,確認電腦系統程式無誤;其實這些步驟程序,她在地球上的太空無重力訓練艙內已演練多次,背得滾瓜爛熟了。最後一道步驟,是輸入茶葉蛋即將攻擊之目標的座標數據,在電腦螢幕上複誦一次,再次確認無誤之後,深深的吸了一口氣,敲下「Enter」鍵。

202X 年 2 月 11 日，10：00～14：58【台灣，樂山雷達站】

　　樂山雷達站的正面是西北向，面對台灣海峽及中國大陸腹地，因此，一旦共軍決定攻打台灣，樂山雷達站必然是中國"打瞎台灣"的第一優先毀滅目標。

　　樂山雷達站於 2013 年 2 月正式啟用的 18 個月之後，中共解放軍在距離樂山雷達戰正面僅 240 公里遠的福建省惠安鄉，建構了 1 座面積為樂山雷達站 1.5 倍的單面有源相控陣列雷達，方位角對準樂山雷達站的西北向鋪路爪長程預警雷達，意圖偵測記錄鋪路爪雷達的發射波頻率、脈衝頻寬和輸出功率等數據，在必要時，瞬間快速啟動、干擾樂山雷達站的偵測功能。

　　樂山雷達站，是台灣空防的鎮台之寶，地處於 2,600 公尺的高山，俯視台灣海峽全貌，對於飛彈、導彈監控的有效距離達 3,300 公里，是面對來自台灣海峽海空攻擊的預警系統。因此，除了佈署在新竹、桃園的防空砲兵營區之外，樂山雷達站也由空軍 302 防空砲兵營第 1 連駐防，負責雷達站的最後一道空防任務。

　　防砲營的基本武器配備，是(1)偵測來犯飛彈及戰機的機動式天兵雷達、(2)防範來襲共軍戰機及無人機的雙管式 35 公厘快砲系統、和(3)攔截共軍飛彈、導彈的天弓(三型)防空飛彈系統；每套天弓(三型)防空飛彈系統，包括(1)四連裝垂直飛彈發射(器)架、(2)相位陣列雷達車、(3)戰術指揮車、(4)通信指揮車及(5)電源車 5 項裝備。

　　防砲連弟兄們每天須依部隊訓練計劃的標準作業程序(SOP)，演練各項武器裝備，其中天弓(三型)飛彈系統的全套戰備演練，由啟動發電機開始，到完成發射架放列就定位的待命射擊準備，

整個演練時程大約 15 分鐘，每項步驟均須按部就班、反覆練習。

　　這是一個氣溫 14℃，天氣晴朗無風的上午時分，由於有陽光照射，並不感覺寒意，反而覺得清爽無比。今天，將有高級長官蒞臨視察、督導。

　　直升機停機坪一架黑鷹直升機緩緩下降。停妥後，國安會秘書長及空軍司令等人走下直升機，直接前往防空連聽取任務簡報。

　　國安會秘書長係奉總統指示，前來樂山雷達站督導防空演習，先了解天弓(三型)防空系統的實際作業情形之後，再前往樂山雷達站建築下方之「空軍偵蒐預警中心」的指揮中心。

　　正式的防空演習不同於日常的戰備操演作業。指揮中心假設偵測到由青海飛彈基地，發射一枚東風-21 型中程飛彈，正朝向樂山雷達站而來。此時雷達站戶外之刺耳的蜂鳴器響起，因為已事前公告防空演習時間，並未引起雷達站人員的緊張。

　　4 名負責天弓(三型)機動發射架的士兵，立即迅速就定位，依照操作準則熟練的操作著，從平放狀態到垂直列放發射架，並等待指揮中心通知，準備發射防空飛彈。當然，此時 35 公厘雙管防空砲的 3 名作業士兵也已就定位，待指揮中心指示，發射砲彈。

　　最後，預警雷達系統研判，此顆東風-21 型飛彈將飛越樂山雷達站上空 90 公里，掉落在距花蓮瑞里海岸 160 公里的太平洋中，指揮中心隨即通知砲兵連取消發射準備狀態。

　　在指揮中心的國安會秘書長，目不轉睛注視著 200 吋 LED 電視牆螢幕的小區塊，看著防空連士兵的操演。5 分鐘的防空演習，在蜂鳴器響聲終止後而結束。

　　國安會秘書長點點頭、拍拍手表示滿意，工作人員也立即鼓掌附和。然後，他轉向左側的空軍司令，雙手握手表示讚賞與感謝：「部隊弟兄姊妹們，負責盡職、操演熟練、表現良好，回去後，我會秉告總統，樂山的空防能力無懈可擊。最近兩岸關係相當緊繃，鬆懈不得，感謝防空連的各位弟兄姊妹們，以及戰情中心的工作同仁，不分晝夜監視共軍動態及台灣海峽。」

　　防空演習結束後，全體防空連官兵鬆了一口氣，留下值班的弟兄，其他士官兵則離開砲兵陣營，準備前往餐廳用餐。

　　宛如小顆隕石的茶葉蛋組合，在距離地球表面 352 公里高的軌道繞地球運轉著，中午時分，茶葉蛋組合即將運轉到台灣北部的上空。

　　在飛抵台灣北部上空時，茶葉蛋組合加速脫離軌道，往地球表面飛行，不到 20 分鐘，即飛抵大氣層外緣(約距地表面 100 公里高度)，因為大氣阻力的關係而開始磨擦、溫升、燃燒，推進器沒有耐燒蝕層的保護，數分鐘之後已燃燒殆盡，僅剩下茶葉蛋本體宛如小流星一般，拖著紅光尾翼，繼續飛往預設的台灣樂山雷達站方向。

　　此時正值樂山雷達站工作人員及防空連隊的用餐、午休時間，除了值班人員之外，大多數已回宿舍休息，另有 3～5 人正在戶外走動、吸菸、聊天，而國安局秘書長、空軍司令及 5 位雷達站高級長官，雖然已用完餐，但是仍留在餐廳聊天。

　　突然間，1 顆尾端拖著長長紅光的火球，擊中雷達站主體建築物的正向西北面，巨大的爆炸聲伴隨著一股脈衝強風，雷達站 150 公分厚的抗炸結構發揮了功效，僅西北側正面的結構被炸出

一個 16 米直徑、1.2 米深的凹洞，建築物是不燃的 150 公分厚抗炸結構體，雖然因火球高溫而著火，但是，並沒有造成大火。

不過，雷達站前方的設施、國旗及路燈桿等，大部份已被脈衝強風吹毀，位於雷達站左後方約 80 公尺遠之工作人員的營舍建築，則因受到 40 米高雷達站主體的遮擋、掩護，並未受到損壞。

茶葉蛋的 1,983 公斤 TNT 威力，雖然炸毀了西北面的鋪路爪雷達，但仍未炸透雷達站的結構體，然而，結構體內部天花板已呈龜裂現象，且雷達站下方指揮中心的部份監視螢幕消失、電腦機體短路著火，雷達站主體內的人員一陣慌亂，立即拿起滅火器滅火，不一會兒，所有的火源均撲滅了，機房內原本瀰漫的煙霧，隨著消防排煙系統的啟動，煙霧逐漸消失了。

技術人員正忙著檢視儀器的損壞程度，雷達站西北側之雷達陣面斜面屋頂，雖然沒有被炸穿，但是，宛如 6 級地震的震動搖晃，讓內部工作人員一陣驚嚇，還好沒有人重傷或死亡，不過，因為建築物內的部份燈具、天花板及管線掉落，而傷及數名工作人員，其中，包含 2 位美籍工程師。數十人由宿舍棟驚慌的跑出觀望，並往雷達站方向急奔。

尚在餐廳聊天的國安局秘書長、空軍司令及 5 位雷達站高級長官，聽到巨大的爆炸聲響之後，先是驚嚇失神 3 秒鐘，然後不約而同地衝向餐廳門口，跑到室外時，卻看不到任何異常狀況。

此時，刺耳的蜂鳴器聲再度響起，空軍司令大叫：「這不是防空演習！快！」，一夥人快速奔向雷達站基座下方的指揮中心，而留守的防空連士官兵們，立即各就各位，操作各項防空武器設備。

國安局秘書長等一夥人跑進指揮中心後,看到西北面雷達的各個監視畫面一片空白閃爍,只剩下防空連之機動式天兵雷達仍然可用,但看不到任何異常狀況。

這是前所未見的狀況,空軍司令趕緊聯絡台灣中北部沿海雷達站的指揮中心,要求回報現況。國安局秘書長則與總統連線報告現況,總統立即聯絡「聯合作戰指揮中心」,並離開總統府前往衡山指揮所。

由於樂山雷達站遭受不明來源的攻擊,衡山指揮所內「聯合作戰指揮中心」的「戰備警戒燈號」由第三級「戰備整備」的藍燈,提升至第二級「全面作戰」的紅色警戒燈。

雷達站外防空飛彈連的值班士官兵,立即豎起所有固定式、機動式的天弓飛彈及 35 快砲系統,所有的砲管均呈不同角度朝向台海。

樂山雷達站正面西北向的鋪路爪雷達系統已經受損、無法使用,但是,佈署在台灣沿海的海軍與空軍雷達站,均未偵測到中國東部戰區及南部戰區的異常軍事活動。台海上空看不到中國戰機飛行,台海海面也不見中國軍艦蹤跡。

「紅色火球」的撞擊,如同極少見隕石空爆[28]一般,現場多找不到隕石碎片。

> [28]隕石空爆(Meteor air burst):1908 年 6 月 30 日發生在俄羅斯西伯利亞的通古斯大爆炸,約 2,500 平方公里的樹林被燒毀倒下,因未發現隕石坑,而懷疑是隕石在高速接近地表前,即已高溫爆炸,被稱為「隕石空爆」,爾後全球各地也陸續出現隕石空爆的事件。

經過寧靜恐怖的 68 分鐘之後，國安局秘書長及空軍司令最後共同認定是隕石墜落的意外事件。國安局秘書長再度聯絡總統。在衡山指揮所的總統，綜合各地雷達站的報告之後，下令解除「全面作戰」的紅色警戒狀態。

202X 年 2 月 14 日～【台灣】

國防部對樂山雷達站被炸的事件保密到家，外界沒人知道。2 天內，國防部派了一群專家搭乘黑鷹直升機，來來回回往樂山雷達站作調查，模擬飛彈入射角度、研判遭飛彈砲擊的可能性並蒐集證據，將現場殘留的可疑碎片，分別裝在透明塑膠袋中，再送到中科院的材料實驗室，進行碎片材質分析。

中科院研判疑似有類似太空梭隔熱防熱蝕的材質，只是因為殘餘碎片太小、數量不足，無法拼湊出明確的證據。國防部最後決定透過樂山雷達站的維護廠商──美國雷錫昂公司，送往美國太空總署(NASA)化驗。2 天後，軍方決定放出消息給某偏執政黨的政論節目主持人，爆料、抨擊，試探中國軍方的口風。

偏執政黨的電視台政論名嘴，強烈指責中共以飛彈攻擊台灣的雷達站，但駁斥「中國即將攻台」的假消息，要民眾安心，並不時播放國軍軍演、發射防空飛彈的影片，不過，此舉似乎是提油救火，讓民眾更相信海峽兩岸即將開打的可能性。

隔天上午 9 點鐘，國防部發佈新聞稿:「2 月 11 日中午時分，樂山雷達站疑似遭受墜落隕石擊中，損壞部份雷達設備，有七人受輕傷，並無生命危險，實際事故發生原因，仍在調查中，初步研判並非遭受飛彈攻擊。」

美國方面懷疑中國發射某種新武器，只是軍事衛星在太空軌道上，尚未發現任何異狀。中國方面則由外交部發言人發表聲明：「在台灣樂山雷達站遭受隕石擊中的期間，中國的各地飛彈基地並未發射任何飛彈、導彈，此事件與中國無關。」

全聯、家樂福及 Costco 等大賣場，開始出現搶購民生用品的人潮，在網路上也傳出美國、日本及韓國已開始撤僑，儘管美國、日本及韓國政府正式否認，但事實上，世界多國已將台灣列為「旅遊一級警示區」，香港、澳門民眾也開始返國。

中國政府宣佈自 202X 年 2 月 16 日～2 月 25 日，在台灣四周舉行 10 天軍演，並明確地公佈 6 個演習地區的經緯度，呼籲國際船隻、飛機勿接近這些區域。

台灣股市已連跌 4 天，且跌幅愈來愈大，盤中最大瞬間跌幅 9.6%，幾乎 3/4 的股票呈(10%)跌停狀態，金管會立即啟動台股史無前例的「熔斷機制」[29]，宣佈停止股市交易 5 天，以免股市繼續狂跌而影響民心。

[29]熔斷機制：在股市交易中，當價格漲、跌幅處及所規定的上、下限時，則暫時停止交易數分鐘，或直接休市，讓投資人稍微冷靜一下，不盲目跟進。

繼樂山雷達站爆炸事件之後，更多的意外即將發生……。

第 5 章 零接觸的台海空戰

自 1949 年台海兩岸分治以來，兩岸軍機在台海上空發生多次空戰。1967 年 1 月 13 日，雙方戰鬥機在金門空域發生「一一三空戰」，這是雙方實際戰鬥的最後一場空戰。此場空戰是一場羅生門戰役，雙方公開的戰鬥成果，均傳出捷報、相互矛盾。

60 年來，台海未再發生空戰；然而，自 2022 年 8 月美國眾議院議長裴洛西訪台之後，共機飛越海峽中線擾台已成常態，台灣戰機也立即起飛追趕驅離。這種"貓追老鼠"的遊戲，成為中國與台灣雙方各取所需的宣傳噱頭，台灣國防部也經常公佈雙方軍機對峙、互嗆的影片，就連美國的反潛機，也經常到海峽中線與中共戰機隔空叫陣。

台灣海峽極可能因為擦槍走火而引爆戰爭；「駕駛人被按喇叭，情緒失控，下車理論而爆發衝突」的新聞時有所聞，萬一有一天，中國或台灣的飛行員因憤怒、失控而按下飛彈按鈕，那麼，很可能下一個戰爭就真的爆發了。

202X 年 4 月 10 日【南京，中共東部戰區機關總部】

「301 工程」火速動起來了，經過 90 天的前置作業，不斷聯繫、溝通、整合之後，已大致準備就緒，即將進入第二階段的模型演練期。

林強自從接下「301 工程」團隊的負責人委任之後，一直希望能有所表現，不負習近平主席之託。

「鈴！鈴！」林強與東部戰區司令員張德律上將電話接通之後，「報告司令員領導同志，我是屬下林強，關於 301 工程的進

度,目前是謹慎樂觀的進行中,經過屬下與團隊同志檢討分析之後,認為(中國軍事科學院)楊院長所說的三種新產品(新概念武器)中,除了茶葉蛋(電漿砲)之外,珍珠奶茶(電磁脈衝砲)和鹹酥雞(駭客手機),應不需要其他單位的支援,可由我單位自己來執行。」

「此外,珍珠奶茶在楊院長的單位中,已用無人機試用過,不過,無人機是在預設情境中的演練,並沒有面對敵機的實戰壓力,可能會有不可預見的突發狀況發生,仍然有潛在的風險,保險起見,屬下認為還是得讓飛行員在台灣海峽上空實戰演練一番。詳細情形,屬下想跟您約個時間,當面向您報告。」林強在電話中,盡量避開武器的關鍵詞。

上一週,林強已和東部戰區司令員,敲定了今天的會面時間和商討事宜。

東部戰區,隔著台灣海峽與台灣相望,最近的距離不到 200公里,如果奉命攻取台灣,東部戰區理所當然會擔當第一線作戰任務,因此,面臨武力統一台灣的壓力,比其他的 4 個戰區都大。

南京,是中共解放軍五大戰區之一的東部戰區總部。林強中將,是東部戰區的陸軍副司令員,常駐在福建省福州市。今天一早,由福州機場搭乘中國東方航空的首班國內航機,歷經約 90 分鐘的飛行時間,準時抵達南京機場。

一輛頂級的紅旗牌 H9 座車停在南京機場的國內旅客接送區,正等待迎接林強中將的到來。林強身著便裝,由隨扈陪同走向掛著軍方車牌的 H9 座車。

林強被帶往東部戰區司令員的辦公室,張德律上將起身迎向

林強中將，親切地打招呼。2 人現在是命運共同體；如果林強任務失敗，自己會有連帶責任。反之，林強如果成功，張德律自然能更上一層樓，也許會成為進入最高領導階層的政治局中常委。

不久後，空軍司令員帶著 1 位約 35 歲的中校飛行官走進來，林強是第一次與空軍司令員和飛行官見面，他主動向前和 2 人寒暄、握手致意。

辦公室的幕僚們已架妥了 1 座大型觸控螢幕，顯示在螢幕上的是台灣海峽空域圖，依經緯度區隔劃分，並明顯的將台灣海峽中線[30]以紅線標示。

> [30]台灣海峽中線：台灣海峽的無形分界線，簡稱「台海中線」或「海峽中線」。台灣國防部的認定是「由北緯27 度、東經122 度，延伸至北緯23 度、東經118 度的直線，呈東北—西南走向，全長約500 公里」；中國則稱台灣海峽中線不存在。自蔡英文連任總統之後，中國軍機、船艦經常性越過台灣海峽中線。海峽中線距桃園海岸約50 海哩(92.6 公里)。

4 個人一起走向大型的觸控螢幕前。

「感謝張上將領導同志的支持，今天，小弟是來請求空軍部門的協助，沒有你們的幫忙，無法完成此項任務。」林強在大型螢幕上，圈出 2 個地方，一是東部戰區空軍基地之一的龍田基地，另一個地方是台灣的新竹空軍基地。龍田基地與新竹基地遙遙相對，直線距離約 180 公里，戰鬥機的飛行時間僅需 6 分鐘。新竹空軍的主力是法國幻象 2000 戰機。不過，我們此次任務並不是要突襲新竹空軍基地，也不是要在台灣海峽上空擊落幻象 2000，

而是要打一場沒有煙硝味的誘敵戰。」

　　林強繼續說明作戰策略：「我相信李中校同志的飛行技術是一流的，實彈對決時必能克敵制勝，但是，我們的目標是不發射砲彈的誘敵戰，需要仰賴李中校的駕駛技術和應變能力，要能引誘幻象 2000 進入我們預設的陷阱區，再由二線的友機發射電磁脈衝砲，來擊落幻象 2000。而且，要讓幻象 2000 飛行員，有按鈕彈跳逃生的機會，這將是一次史無前例的寧靜空戰。」

　　經過 1 個多小時的討論，林強在觸控螢幕上點了一下，經緯度座標顯示〔N 25°17'21.1"，E120°45'32.4"〕，4 人終於選定了自 1967 年 1 月 13 日台灣海峽空戰(一一三空戰)之後，中國與台灣戰鬥機的決戰點，就在桃園外海的台灣海峽中線附近。

　　李中校是由空軍司令員掛保證的飛行員；2 年多前，中印邊境再度引發嚴重衝突時，雙方動用空軍助陣，當時的李少校曾駕駛殲-11 戰機，與印度空軍的幻象 2000 戰機對決過。他在了解此次作戰的真正目的與策略之後，認為戰機的武器配備不是重點，決定駕駛自己最熟悉的殲-11 戰機，除了 GSh-30-1 機砲為實彈之外，火箭彈及空對空導彈，均改掛載空包彈各一枚，以減輕飛機重量，增加戰機操控的靈活度。

　　李中校自知此行責任非同小可，任務的成敗就在他身上，因此，決定先去海峽中線以西(不越線)演練數次之後，再故意跨越海峽中線飛行，測試台灣幻象 2000 的出勤反應，了解台灣戰機的驅離作業程序。

202X 年 4 月 30 日，17：00【桃園外海，海峽中線以西 1 海哩處】

　　美國和中國均有集電子、電磁、雷達等多種儀器的組合機組，具有預警、情蒐、干擾、欺騙、反電戰及攻擊等不同功能的電戰機，例如，美國的 EA-18G 咆哮者及中國的殲-16D，均是已公開的現役電戰機，多具有情蒐、干擾及欺敵等功能，但是否具有攻擊破壞功能，則不得而知。

　　中共的一款攻擊型電戰機問世了，這款攻擊型電戰機的攻擊範圍很小，是單一目標型，必須先以雷達鎖定敵機的飛行方向，並在十分之一秒的時間內，向敵機前方發射電磁脈衝波，才能使敵機的電子晶片短路、斷電，而使敵機失速墜毀。這對於如果本機與敵機不是等速或近速度飛行時，想要擊落敵機，是有相當的困難度，不過，在中國的第四代北斗星衛星導航系統(BDS)開始運作之後，問題解決了。今天，中共空軍將首次以攻擊型電戰機，對台灣戰機開刀。

　　平潭島是隸屬福建省福州市的第一大島，隔著台灣海峽與台灣的新竹市南寮港僅 68 海哩(126 公里)，是台灣與中國之間，大陸民眾及台灣通緝犯偷渡的熱點。此外，平潭島與台北港及台中港之間，每週均有定期的渡輪航班。

　　由於中國漁民常採用滾輪式拖網漁船濫捕魚源，導致中國沿岸漁源枯竭，因此，平潭島的漁民，經常在台灣海峽中線捕魚，有時候還會冒險進入台灣的限制海域中捕魚，與台灣海巡艇玩著貓捉老鼠的遊戲。

　　台灣海峽的航運量驚人，每天往來客貨運輸的船舶約 3,000艘，中國與台灣的漁船要在繁忙的航線中捕魚討生活，有相當的危險性。通常，只要中國漁船不進入 24 海哩的限制水域，台灣的

海巡艇也不會前往驅離或扣船。

　　一艘中國的 90 噸(CT4 級)中型近海作業漁船，停在桃園外海的海峽中線以西約 2 海哩處，船上有 2 位漁夫，看似正準備進行撒網作業。其實，這是一艘偽裝成漁船的電戰攻擊船，以敵方的軍艦或低空飛行的戰機為攻擊目標。

　　台灣自 1997 年起陸續向法國購買的 60 架幻象 2000 戰機，就駐守在新竹空軍基地，20 多年來，沒有與共機對戰的機會，倒是在例行的飛行訓練時，已因機件故障而損毀六架。

　　幻象 2000 的例行性訓練多在白天起降，偶爾也有夜訓，多在晚上 9 點前結束。附近的居民對於巨大的轟轟隆隆起降聲，早已習以為常了，不少軍事迷也會聚在新竹空軍基地的外圍適當處，拍攝幻象 2000 戰機起降的英姿。

　　隸屬空軍作戰指揮部的樂山雷達站，發現一架中共戰機，由中國的龍田基地起飛，正在接近台灣海峽中線。

　　新竹空軍基地接獲指令，二架幻象 2000 戰機，分別駛離 58 號及 59 號的 RC 結構停機庫，緩緩滑行至跑道的起飛點；由戰機後方看去，可看到發動機尾部後燃器噴出的熊熊火焰，加上起飛時轟隆怒吼的震撼聲，幻象 2000 戰機是玩真的，掛載著二枚火箭彈及空對空飛彈，順利地升空、往北飛去。

　　幻象 2000 飛抵桃園以西的海峽中線處時，看到一架殲-11 戰機，在桃園西北側的海峽中線飛行，時而飛越海峽中線；先由西南往東北飛行，飛到北緯 24 度線時，再折返，由東北向西南飛行，依舊是跨越了台灣當局所稱的台灣海峽中線。

　　按照台灣國防部對台灣海峽中線的定義，殲-11 戰機確實是越線了，在台灣海峽中線以東 560 公尺處飛行，挑釁的意味濃厚，就看幻象 2000 戰機如何接招。

　　殲-11 戰機與機號 2038 號幻象 2000 戰機，幾乎是並排飛行，依照台灣空軍的執行驅離共機 SOP，距離共機的距離宜保持 3 海哩(5.56 公里)以上。殲-11 不退讓，幻象 2000 只得硬著頭皮逼近，兩機距離已不到 100 公尺，機尾機號已清晰可見。另一架機號 2036 號的幻象 2000，則在 500 公尺遠處，等速飛行戒備著。

　　機號 2038 號的幻象 2000 的飛行員發聲了：「中華民國空軍廣播，位於台灣北部空域高度 4,200 公尺的中共軍機注意！你已進入中華民國空域，影響我飛航安全，立即迴轉脫離！」

　　以往，中共軍機飛越海峽中線時，會與台灣軍機互嗆幾聲，就會離去，今天卻有點反常。

　　「Hello！2038 號機老兄，怎麼又是你阿！咱上週五才打過照面，記不記得？」殲-11 戰機的飛行員正是李中校，仍無退讓之意，反而故作相識的打招呼。

　　幻象 2000 飛行員再度發聲警告：「你已進入中華民國領空，立即迴轉！立即迴轉！」並稍微再向殲-11 逼近 10 公尺，殲-11 戰機則往西退讓 30 公尺，如此一來一往，好像在玩躲貓貓遊戲。

　　兩機平行並列的由東北往西南飛，飛到台中港外海時，兩機很有默契， 180 度迴轉，再由西南往東北飛行，殲-11 上升，幻象 2000 也跟著上升，殲-11 低飛，幻象 2000 也跟著低飛，兩機表演的精采程度，不亞於每 2 年舉辦一次的珠海航空展特技飛行

表演，就差兩機尾端沒有噴出彩色煙霧而已。

殲-11 戰機逐漸退讓至海峽中線以西，最後，殲-11 飛行員說：「好吧！今天再給你面子！保重啦！」殲-11 戰機左右搖擺機翼數次之後(表示了解、照辦)，一反常態，瞬間降低高度 500 公尺，再轉向中國沿海方向飛去。

靠近海峽中線西側 200 公尺的 4,000 公尺高空，一架中國新舟 700 型客機，維持等速飛行中。此架新舟 700 型客機，由中國西安飛機工業公司所製造，是一架供中航程用的雙渦輪螺旋槳飛機，原本是 70 個座位的雙駕駛客機，機艙內的座椅已全部拆除，改為電戰攻擊用的電子儀器機組。

這是一架中國尚未曝光、以民航機偽裝的電戰攻擊機，在國際上空中防撞系統(TCAS)的航空管制雷達上，仍顯示為民航班機。2 位人員正在操作電腦，1 人在鍵盤上快速地輸入數據，另 1 人調整雷達追蹤裝置，試圖鎖定東側 300 公尺遠的機號 2038 幻象 2000 戰機。

在殲-11 戰機瞬間下降後，幻象 2000 飛行員才發現新舟 700 型客機，剛才因被互嗆飛行的殲-11 戰機擋住視線，而未注意到此架客機的存在。

不過，對於飛行速度 2,500 公里/時的幻象 2000 戰機而言，新舟 700 型客機是龜速機(650 公里/時)，因此，幻象 2000 對新舟 700 型客機也不在意，飛行員心想：「怎麼連小型的民航機也飛到台灣海峽上空了？真是的！」

二架幻象 2000 戰機正準備返航時，其中較靠近台灣海峽中

線的 2038 號幻象 2000，瞬間失去動力、斜飛下墜，所幸飛行員即時按鈕、炸開座艙蓋、彈射開傘，降落傘緩緩降落在台灣海峽中線以西的公海領域。

另一架機號 2036 號幻象 2000 的飛行員，宛如遇上晴空亂流，感受到一陣震波的搖晃，正想與友機對話時，發現友機已失速墜海，等他回過神來，立即向基地回報，再準備掉頭低飛，返回事發現場，確認同事是否安全落海。

依幻象 2000 的飛行手冊，最低安全彈射逃生的飛行高度是 2,000 英呎(610 公尺)，機號 2036 號的幻象 2000 戰機，將飛行高度降至 650 公尺高度低飛，凝視著海面上友機的降落傘，想確定 2038 號飛行員是否生還。

不幸的是，在海面上偽裝成漁船的電戰攻擊船已鎖定他了，同樣地，2036 號幻象 2000 也立即失去動力而墜海，飛行員雖然也順利的彈射跳傘，但因為高度太低，降落傘的高度稍嫌不足，落海時撞擊力道大，激起不小的水花。

在附近不遠處，中國的海巡 06 輪，正在桃園外海海峽中線以西 10 海哩處航行，美其名是在執行台灣海峽中北部聯合巡航巡查任務。這是一艘 2022 年 7 月才編制於福建海事局的 5,000 噸級大型巡航救助船，顯然是衝著 2022 年 3 月才開始服役的台灣 4,000 噸級新竹艦而來。

台灣海巡署新竹艦是一艘 4,000 噸級、隸屬於北部機隊的最大巡防艦，通常，只要海巡 06 輪在北台灣海峽現身時，新竹艦也會現身，海巡 06 輪偶爾也會越過海峽中線，但因船艦速度不快，所以，即使海巡 06 輪稍微越界，新竹艦也不會立即執行驅離任

務，僅會保持約 1 海哩(1,852 公尺)距離，持續監視任務。此時，新竹艦在距離海峽中線以東 10 海哩處，監視著海巡 06 輪的動向。

在海巡 06 輪左舷處，1 名海員正在操作遙控器，將快速救難艇由原來的固定位置，緩緩下降至甲板上。於 3 名救難員登上快速救難艇之後，海員又開始操作遙控器，讓救難艇上升逾左舷邊緣高度，再將救難艇往左平移，超出了主船船體的外緣，再續按遙控器的向下鍵，讓快速救難艇降到海面上為止。

現在海象是 4 級風，浪高僅約 1.2 米，對救難艇而言，算是幸運的好天氣。救難員熟練地解開吊掛鋼索、啟動船引擎，以 30 節(1 節＝1 海哩/時)的高速，往台灣海峽中線駛去。

就在 2038 號機飛行員落海不到 2 分鐘時間，快速救難艇駛抵現場，2 名救護員合力將飛行員拉上救難艇。

「帥哥，還好吧？有沒有受傷？」救難員 A 親切地問候著。

「還好，好像沒有受傷，只是頭有點暈。」飛行員回答。

「我們是海巡 06 輪的救難員，我們得趕快將你送到大輪上，利用船上的醫療設備幫你做檢查。」

就在第一艘快速救難艇載著幻象 2000 飛行員駛向海巡 06 輪時，另一艘快速救難艇接踵而來，彷彿是預知另一架幻象 2000 即將墜海似的。果然，2036 號戰機飛行員也墜海了，只是，救護員救起他時，飛行員已呈昏迷狀態。

二架戰機陸續墜海，發生在短短 5 分鐘之內，遠在 10 海哩以外的新竹艦，急忙以 25 節最高速度，駛向飛行員的落海現場。

當前來救援的新竹艦及黑鷹直升機趕到事發地點時，只看到

漂浮在海面上的降落傘,已看不到落海的幻象戰機飛行員和中國快速救難艇的蹤影。

一次墜毀二架戰鬥機,顯然非比尋常,但因為自 1997 年 5 月中華民國空軍接收首架幻象 2000 以來,60 架幻象機隊已發生過 8 次事故、5 人殉職、折損 6 架戰機的記錄。所以,台灣空軍並未作太多的聯想,在未找到機體殘骸及黑盒子作分析之前,台灣國防部為避免引發民眾的恐慌,也不過度的揣測,暫時當成機件故障的墜機事件。

202X 年 4 月 30 日,19：00～【台灣,晚間新聞】

晚間 7 點,台灣各電視台陸續出現「二架幻象 2000 戰機在台海上空執行驅離共機任務時,疑似不明原因,先後墜海,飛行員下落不明,詳細情形,軍方將於 8 時舉行記者會,公開說明。」

「台灣海峽開戰了,解放軍殲-11 戰機,以 1 敵 2,擊落二架幻象 2000 戰機!」中國的網軍首先開砲。

「二架幻象 2000 戰機的墜海點,均是在台灣自訂的海峽中線以西,明顯越界挑釁,被打下活該!」

於是,網路上的 PTT、DCARD 等平台上,開始出現論戰了。

「不可能!幻象 2000 性能優於殲-11。」

「台灣空軍不堪一擊,台海制空權是我們中國的!」

「阿共空軍沒有實力,只會打嘴砲!」

「會不會是電視台又出包了,弄錯跑馬燈?」

但是,多家台灣電視台均已出現「二架幻象 2000 戰機墜海」

的號外新聞，台灣網軍即使想大聲回嗆，怎麼也嗆不出來，只好啞巴吃黃連，等到空軍司令部晚間 8 點的公開記者會後再說吧！暫時任由中共網軍嘲諷了。但是，很意外地，中共網軍竟然突然斷線、停止揶揄調侃。.

習近平在第一時間內，就接獲林強的捷報通知，他掩住了喜悅之情，立即指示國台辦陳仁濤、林富寧及李忠毅等人低調處理，畢竟還有很多任務需要秘密推動，不宜得意忘形、露了餡。

中國中央電視台在 7 點 30 分時插播一則新聞：「我國的大型巡航救助船海巡 06 輪，於台灣海峽北部執行例行巡航任務時，二架台灣空軍幻象 2000 戰機，在平潭外海的台灣海峽中線以西空域，疑似迴轉不慎、擦撞，先後墜海，我國海巡 06 輪的快速救難艇及時趕到墜機現場，救起飛行員，快速送往海巡 06 輪。」

電視上播出海巡 06 輪航行、飛行員被抬上直升機，以及救難直升機起飛離艦的畫面。

播報員繼續說：「其中 1 名飛行員墜海時一度昏迷，經由船上醫療團隊細心照護，目前已無生命危險。2 名台灣飛行員，已由救難直升機轉送福州總醫院，進行 X 光檢查、斷層掃描及核磁共振等進一步檢查。」

中央電視台的新聞報導中規中矩，並未加油添醋，其他民間新聞台，彷彿不知道此事似的，並未報導。顯然，中國軍方刻意對此事低調處理。

二架幻象 2000 戰機墜海的公開記者會，於 4 月 30 日晚間 8 時在台灣空軍司令部第二會議室舉行，由參謀長主持、說明。

「今天下午 5 點 33 分左右，二架幻象 2000 戰機在桃園外海台灣海峽中線附近執行任務時，機號 2038 號戰機的光點突然由雷達螢幕上消失，4 分鐘後，另一架機號 2036 號戰機的光點，亦由雷達螢幕上消失⋯⋯。」

「據附近作業的我國漁船表示，兩架戰鬥機飛行員均及時彈射跳傘降落海面，再由二艘中共救難艇先後救起，往中國方向駛去。中國海協會已主動通知我國海基會[31]，目前 2 位飛行員在福州總醫院接受觀察、治療，已無生命危險。」

[31]**海協會：**中國負責與台灣溝通交流的民間機構，對等窗
口是台灣民間機構的**海基會**。
陸委會：台灣監督**海基會**的官方單位。
國台辦：中國監督**海協會**的官方單位，**陸委會**與**國台辦**
是對等的官方機構。亦即是，**海基會**與**海協會**是兩岸官
方協商的民間先遣單位，而**陸委會**與**國台辦**是兩岸政策
的政府決定機構。

「機號 2038 號戰機是由黃捷智中校駕駛，有 9,600 小時的飛行經驗，機號 2036 號戰機是由趙智強中尉駕駛，有 4,200 小時行經驗。幻象 2000 戰機之墜海原因，初步研判與中共戰機無關，我方正嚴密監視中，中國沿海共軍並無異常的軍隊活動，請民眾勿聽信謠言、不要緊張，一切以國防部的正式公告為準。」

為了安撫現場記者們的疑慮，記者會上當場公佈幻象 2000 戰機執行驅離任務時的錄音檔，及 2038 號幻象 2000 最後驅離殲-11 戰機的影像，確定 2038 號幻象 2000 的墜機事件是在中共殲-11 戰機離去 1 分鐘後才發生。不過，台灣國防部心知肚明，沒有

擦撞且一次墜毀二架戰機的機率實在太低，法國原廠也不認為機件故障是墜機原因；中共必然有鬼，只是沒有證據，無法反駁。

隔天上午，由國台辦發言人發佈新聞稿：「昨日(30 日)傍晚 5 時 25 分，我軍一架殲-11 戰機，在平潭外海領空，完成飛行訓練返航之後，5 時 33 分二架台灣的幻象 2000 戰機，疑似飛行距離過於接近，不幸墜機。我方海巡救難艦海巡 06 輪，正好在附近航巡，及時對台灣同胞伸出援手，救起 2 名飛行員送往醫療設備完善的福州總醫院治療，目前 2 名飛行員已無生命危險，待 2 人完全康復之後，基於兩岸一家親的民族情感，將循例由我方海協會與台灣海基會，協調 2 位飛行員的遣返事宜。」

國台辦的新聞稿，明確地說明二件事，第一、幻象 2000 戰機墜海是發生在殲-11 戰機返航之後，墜機事件與中國戰機無關；第二、飛行員康復之後，將交由海協會與海基會協調遣返，這是民間交流事項，而非官方事件。

國台辦的新聞稿，斷然否認共軍與幻象 2000 墜機事件有關係，並且顯然是要降低兩岸的溝通層級，交由中國的海協會與台灣的海基會處理。

自從務實台獨工作者的台灣 A 總統上任以來，一直想與國台辦協商，甚至想與習近平共進晚餐。只是，習近平已經對台灣總統數次的「聽其言、觀其行」感到失望，國台辦已關閉溝通大門，不再回應台灣海協會的軟性呼喚。此次，2 位飛行官的遣返事件，正好給了國台辦一個大好機會，必然會趁機宣揚和平統一台灣的統戰思想。

為了盡快接回 2 位飛行官(中校及中尉)，台灣海基會董事長

甚至想親自到中國，與海協會會長協商，只是海協會刻意降低層級，只同意由副董事長陪同飛行官的家屬前來會面，至於何時及如何送回 2 位飛行官，並未提及。

最後，海基會副董事長與飛行官家屬一行共 9 人，由台北松山機場直飛福州機場，希望能順利同時接回 2 位飛行官。

海基會一行人在加護病房(ICU)的大型玻璃窗外與 2 位飛行官揮手致意，醫院以病人狀況為由，拒絕海基會副董事長進入加護病房，僅允許家屬進入病房探視；福州總醫院主治醫生表示，病人仍需要住院觀察。

何時可以接回 2 位飛行官，海協會與海基會協商了 1 個月仍無結果，台灣的民情輿論開始發酵，網路上及電視政論節目上，不滿政府處理方式的聲浪愈來愈大，要求政府儘快接回飛行官，給家屬一個交代；然而，發球權在中國的手上。

海協會終於正式發函給海基會，海協會的遣返條件，是由中國負責執行北台灣巡航任務的海巡 06 輪，直接由平潭港，護送 2 位飛行官至台北港，交給海基會。

台北港與平潭港之間，平時就有「海峽號」及「麗娜號」的定期渡輪航班，若採取權宜措施，讓海巡 06 輪進入台北港並非不可，只是，這是海峽兩岸的意識形態之爭，台灣當局無法接受。

中國網軍出招了：「台灣當局把飛行官當人球踢，沒有人性，只搞意識形態，不顧親情呼喚！」

「兩岸一家親，台灣當局將心比心，讓飛行員盡快回家與家人團聚吧！」

台灣民眾要求盡早接回飛行官的聲浪愈來愈高，台灣當局招架不住了。

202X 年 6 月 13 日，11：00【金門，水頭碼頭】

由廈門五通碼頭啟航的中國海巡 06 輪，經過 20 分鐘的航行，緩緩地往金門的水頭碼頭停靠。

水頭碼頭鑼鼓喧天、舞龍舞獅，由金門縣長、議長及立法委員等，共同主持噴水暨祈福儀式，見證歷史性的一刻。海巡 06 輪停靠妥當之後，走在最前頭的是國台辦主任，海協會會長緊跟在後，接著是 2 位飛行官，4 人不斷地向迎接他們的人潮揮手示意。

在由金門縣長主持的「歡迎台灣飛行官歸來」的儀式上，國台辦主任面露笑容、得意地致詞：「這是我個人的一小步，卻是海峽兩岸溝通的一大步，展現兩岸一家親之中華民族的大融合，期待兩岸雙方能為和平統一的良性互動打下基礎，秉持善意，建立起嶄新的溝通橋樑，共飲兩岸和平統一的金門高粱酒。」

國台辦主任話中有話，互信與否，就看台灣當局了。

接著是 2 位飛行官與家人擁抱而泣的感人畫面，現場人潮掌聲不斷，站在一旁的台灣陸委會主委，只能面帶尷尬、露出苦笑，還得隨之鼓掌。

台灣當局誤判局勢，未能當機立斷接回飛行官，事件持續發酵。整整拖了 1 個多月的飛行官遣返事件，對中國而言，是打贏了一場始料未及之認知作戰的無形戰役，台灣當局輸了這場戰役，比掉了二架幻象 2000 戰機的問題還嚴重。

然而，中共出招的還不止這些，⋯⋯。

第 6 章 大停電元兇抓到了

台灣的「非核家園」能源政策，並非是缺電/限電的絕對因素，問題是出在脆弱的輸配電系統[32]。

[32]台灣輸電是以交流 345 kV 為主幹，由南到北三迴路，合計六條輸電線路交叉配置，以降低一座鐵塔倒塌而導致全島電力系統崩潰的風險。超高壓變電所(E/S)，是指設有 345 仟伏(kV)變壓器、開關場及控制室等超高壓輸電設備的場所。

一次變電所(P/S)，是指為了大型工廠、高鐵及捷運等大電力需求而設置的 161 kV / 69 kV 變壓器等高壓變電所，尚有配電變電所(D/S，161 kV / 22 kV 或 161 kV / 11kV)及二次變電所(S/S，69 kV / 22 kV 或 69kV / 11kV)等應付不同電力、電壓需求的變電所。

此外，開閉所是指沒有設置超高壓變壓器，只有開關場，設有超高壓斷路器、隔離開關、接地開關、匯流排、控制機構及監控室等的調節控制電力輸出之場所。例如，位於南投縣的中寮超高壓開閉所，負責控制南電北送或北電南送的任務，共有約 30 條超高壓輸電線進入或送出，形成控制南北電力平衡的重要天秤。

因此，只要任一電力迴路出現異常，保護開關、電驛即會跳脫，而可能造成全台無預警的大規模停電事件，如 2022 年 3 月 3 日 21 點，因為興達發電廠人員的操作失誤，卻引起大規模的連鎖效應，波及龍崎變電所，導致全台 549 萬戶受到不同程度的停電影響。

(202X－5)年 1 月 10 日，19：00～【廣州，瑰麗酒店】

珠江新城的廣州周大福金融中心是 530 米高、108 層的廣州市最高建築，70 樓以上的樓層為廣州瑰麗酒店，是全球最高的五星級酒店，於 2019 年 9 月開幕。

今天，王安和黃倩在廣州瑰麗酒店 108 層的麗雅閣宴會廳舉行婚禮。在農曆春節即將到來的週末良時，能夠訂到如此高檔、豪華的宴會廳，新人的家長必然是有相當的財力和人脈關係。

鴻賓電子公司是最早到中國廣東省深圳工業區及江蘇省昆山台商工業區設廠的台商之一，如今已發展成以中國為主要生產基地的第 19 大台商。

王安是台商第二代，台灣出生，大學畢業自廣東最高學府，也是全球大學學術排名第 79 名的廣州中山大學電機系，之後前往產生 10 位諾貝爾獎得主的美國南加州大學，僅花 2 年的時間，取得電機資訊和企業管理雙碩士學位，顯然有準備當企業接班人的企圖心。

碩士畢業後，王安返國，在父親開設於深圳工業區的鴻賓電子公司當董事長特別助理。3 年前隨同父親出席廣州台商春酒聯誼會，因與廣州市商務局副局長的女兒黃倩同桌，才知道她是中山大學的學妹，並開始交往。黃倩畢業於計算機科學院碩士班，專攻軟件(軟體)工程與網絡(網路)空間安全領域。

今天婚禮的證婚人，是黃倩的舅舅林強將軍，他正是數年後將執行「301 計劃」的領導，主婚人更是不得了，透過林強將軍請到國台辦主任當主婚人，可想而知，今天的婚禮聚集了海峽兩

岸的政商名流，能夠獲邀的出席者，也與有榮焉。

　　林強一向低調行事，今天他未著軍裝，僅穿一套深藍色的西裝、白色襯衫配上淺藍色領帶。不過，因他的上班地點就在廣州，且經常任務性的參與台商聯誼會，與不少出席婚禮的台商熟識，女方家長的親友也都知道林強是將軍的身份。

　　經由婚禮主持人的介紹，身著便服的證婚人林強，不提自己的將軍身份，開始低調的致詞：「各位嘉賓、女士、先生們：晚上好！今天晚上，我們在全球最高的酒店，歡聚一堂，我是新娘黃倩小姐的舅舅，從小看著她長大，她美麗善良、乖巧聰慧，從小到大學業成績優良，畢業於中山大學的計算機科學院碩士班。」

　　「新郎王安先生，我是在 3 年前廣州台商春酒聯誼會上認識的，當時，他還是中山大學的學生，我在春酒聯誼會上介紹新郎和新娘認識，所以，我也是介紹人。」

　　「如今，新郎已獲得美國南加州大學的電機資訊及企業管理雙碩士學位，目前在其父親王忠銘董事長開創的鴻賓電子公司擔任董事長特助，相信新郎必可依所學專長，讓鴻賓集團更上一層樓，發展成中國 500 大企業之一。」

　　「新娘與新郎 2 人我都認識，所以，今天很高興能為這對珠聯璧合、佳偶天成的新人當證婚人。現在，根據中華人民共和國婚姻法，為 2 位新人頒發結婚證書，我證明，2 人正式結為合法夫妻。最後，祝福你們早生貴子、永結同心、白頭偕老，攜手共創美好的未來。也感謝各位嘉賓的光臨，並祝願各位嘉賓身體健康、萬事如意，謝謝大家！」

證婚人致詞之後，輪到主婚人致詞。

婚禮主持人介紹主婚人：「接下來，我們請主婚人國務院台灣事務辦公室(國台辦)的主任劉君釧領導致詞，請大家鼓掌歡迎。」聽到了國台辦主任，熱鬧哄哄的宴會廳立即靜了下來，並報以熱烈的掌聲。

國台辦主任劉君釧的致詞，充滿了濃濃的統戰味：「尊敬的各位來賓、女士們、先生們，你們好！首先感謝和歡迎各位嘉賓的到來！新婚，是人生中的一個重要里程碑，它意味著一對新人從此肩負家庭與社會的責任，王安先生是個處事謙和、勤奮敬業、為人正直的好青年，黃倩小姐是個心地善良、個性開朗、美麗大方的好姑娘，2 人均是畢業於名校的碩士高材生，將在祖國共同創造家庭和平的美好未來。」

「希望 2 位婚後要繼續發揚中華民族的優良美德，當孝敬父母、尊敬長輩、兩岸團結的榜樣與模範。今天的婚禮，見證了『兩岸都是中國人、都是一家人，共圓中國夢』的理想，幸福安康是兩岸同胞的共同願望。」

「希望今天的新人，能夠用愛情締結誓約、以親情連結兩岸，長長久久在一起，同時希望兩岸人民會像這對新人一樣，珍惜目前得來不易的兩岸和平成果，能夠一起繼續向前進，成為真正的一家人。在愛情、親情的融合之下，沒有兩岸的界線，以兩岸婚姻家庭作為兩岸關係發展的正能量，用愛情、親情和血緣，把中華民族的心連在一起，身體力行詮釋『兩岸一家親、家和萬事興』的目標。」

「希望不僅是今天的新人，在座的各位、以及所有海峽兩岸

的全體中華兒女們，能夠堅持一個中國原則和九二共識，努力推動兩岸關係的和平發展，共創祖國統一的偉業，共享民族復興的偉大榮光。」

「最後，祝福王安先生和黃倩小姐新婚幸福，百年好合，並衷心祝福在座的各位來賓，身體健康、工作順利、家庭幸福！感謝大家！」會場再度響起熱烈的掌聲。

接著，宴會廳內輪流播放「坐上高鐵去台北」及「2035 去台灣」兩首輕快的歌曲，這是經中共高層讚賞、認可且首次曝光的統戰洗腦神曲，宴會廳四周的電視牆，也播出配合歌曲介紹台灣及中國風光的畫面。

3 個月之後，此 2 首對台統戰的神曲 MV，在微博等各大社群平台迅速火紅，也成為台灣立法委員在立法院質詢陸委會主委的話題。

202X 年 4 月 17 日，19：20～【台北，內湖區豪宅】

晚上 7 點許，王安與黃倩正在家裡一邊吃晚餐、一邊看電視，此時，電視正在播出「因鳥類觸碰高壓電線的礙子，導致礙子破裂，造成高雄市燕巢區及大社區 2,000 多戶停電。台電公司總經理表示：台電很多的停電事故，確實是因為鳥、蛇、松鼠，甚至猴子誤觸，而讓高壓電子設備損壞，造成停電的問題……。」電視新聞畫面配合播出喜鵲、蛇及松鼠的焦屍與配電箱、電桿在一起的佐證照片。

「啊！我想到了！」黃倩大叫一聲，不小心把口中的菜飯噴到餐桌上。

「想到什麼?莫名其妙!」王安白了黃倩一眼,並拿了紙巾慢條斯理地擦拭掉在桌面上的菜渣飯粒。

「欸!老公,春節期間我們回內地娘家時,舅舅不是跟我們說,希望在台灣找出一個既不傷人、又能造成民眾發火的可破壞設施嗎?我們想了不少破壞點子,但是,就是無法達到隱密破壞、不露痕跡的要求,我現在想到了!」

黃倩放下筷子,小心地擦掉黏在嘴上的飯粒,說道:「要搞一個不為人知的隱形破壞,可以從高壓電塔或高壓變電所著手。老公,你是電機系畢業的,這是你的專長,你馬上到台電公司的網站查資料。」

「老婆,我還沒吃完飯耶!好歹等我吃飽飯後再說!」王安邊嚼飯、邊回答。

「不行!打鐵趁熱,親愛的,我們一起馬上做!」黃倩親了王安臉頰一下。

「好!好!」王安放下碗筷,被黃倩拉著手,往書房走去。

由 2 人的互動行為,可看出 2 人結婚 4 年多,仍保持著恩愛的親密關係。

王安憑著他的電機專業,想了想,認為如果只破壞 1 座電塔,不到 24 小時就可以臨時救援搭接,繼續供電,所以應以超高壓變電所為目標。他開啟電腦電源開關,進入台電公司的網站,查詢超高壓變電所,出現了全台 300 多座的超高壓及一次變電所的統計表,王安列印出 7 頁的統計表,整理一下,發現台灣共有 29 座超高壓(345 kV)變電所(E/S)。

　　王安依停電時影響層面大小的原則，選出 6 座大於 3,000kVA 的超高壓變電所，再用消去法，刪除供給工業區少數高壓電力用戶用的超高壓變電所，最後，只剩下桃園龍潭、嘉義嘉民和台南龍崎的 3 座超高壓變電所了。

　　「欸！老公，你記不記得在 2022 年 3 月時，興達發電廠曾經發生電廠人員因操作不當而造成全台 500 多萬戶停電的事件？我們在別的發電廠有沒有可靠的細胞(間諜)可以搞破壞？」

　　「不行，台電公司在事件之後，已經修訂了更嚴謹的 SOP，同樣是人為疏失而造成大停電的事件，不能重複發生，否則必然會懷疑到我國的特工身上。我們隱藏在台灣政府機關及公營企業的細胞，只能負責提供情資、消息，不宜直接動手，搞破壞的任務還是要我們的自己人來做較可靠。」

　　「那好吧！就這麼決定！這個週末我們開車一路南下、觀察地形，由 3 座超高壓變電所中，挑個最合適的目標，再來研究適當的做法。」

　　「親愛的，抱歉！剛才的晚餐還沒吃完，我馬上去把菜加熱一下，都快 11 點了，就當夜消(宵夜)吃，為了獎賞你，我已用手機叫 Uber Eats 外送你最喜歡的 Cold Stone 冰淇淋當甜點。」

　　王安回嘴說：「是我愛吃？還是妳愛吃？真是的！小心發胖！」

　　「好吧！那……我們 2 人都愛吃！」黃倩嗲聲地說完之後，再親了王安一下，然後往餐廳輕快地走去。

　　王安就是林強將軍以自己的姪女施展美人計，成功吸收的心

腹細胞,平時沒有任務,過著如膠似漆的正常家庭生活;養兵千日、用兵一時,2 人即將在「301 計畫」中,負責 3 項重要任務。

202X 年 4 月 20 日,06:30～【台南,龍崎變電所】

龍崎變電所[33]位於平時少有人跡及車輛通行的台南市龍崎區內不到 3m 寬的南 163 鄉道旁,當兩輛汽車會車時,還得找適當處,由一方禮讓靠邊閃,讓另一輛車先行。

> **[33]龍崎變電所**：是台灣的第二大超高壓(345kV)變電所(3,500MVA,500MVA*7 座),有「北龍潭、南龍崎」之稱,位於台南市東南側偏遠山谷、人口最少(3,600 人)的龍崎行政區。利用削坡填谷方式,打造出上萬坪的台階地而施作戶外型超高壓變電所及開關場(設置隔離開關、匯流排等設備的場所)。電源端來自 345 仟伏的核三發電廠和興達發電廠,以及 161 仟伏的大林發電廠等中型發電廠,負載端負責北高雄與台南市的供電,並為南電北送的重要樞紐。

週六一大早,黃倩顯得特別興奮,如同小學生要外出郊遊一般,畢竟今天有個決定性的重要任務要做,可以對舅舅有個交代。

王安與黃倩 2 人早上 7 點由內湖豪宅開車出發,先後到龍潭變電所、嘉民變電所,中午在國三的關廟休息區用餐。依 GPS 導航前往龍崎變電所時,由於 163 鄉道上有不少無標示的歧路,經常走進死路,倒退嚕後再改道,抵達變電所時已是下午 3 點多了。

龍崎變電所並不對外開放,大門右側磚牆上有一小塊「台灣電力公司龍崎超高壓變電所」銅招牌、門牌及門鈴,厚重的電動鐵門關閉著。黃倩開車往大門左側的圍牆環道,緩慢行駛。

變電所的四周，雖然設有一道約 2 米高磚牆，上加 90 公分高鐵絲網，與鄉道隔開，但是，由於丘陵地道路上下起伏，開車路過時，即可看到裡面的變壓器、斷路器、開關場等部份變電設備之配置。

沿著龍崎變電所的外環鄉道約開了 20 分鐘，車子來到一處設有一道 4 米寬、2 米高的不鏽鋼格柵門，看不到監視器，站在丘陵道路上，就可看見格柵鐵門內部約 30 米遠處的超高壓變壓器配置場。比起龍潭及嘉民變電所的變壓器設置區，這個地方簡直是個天上掉下來的禮物，就選定這裡吧！王安心裡暗爽：「天助我也！」，就差沒有大聲喊出來。

2 人立即下車，黃倩忙著拍攝道路四周以及圍牆內變壓器各角度的照片，王安則以捲尺和紅外線測距儀，量測、記錄路寬、圍牆與變壓器的距離以及道路另一側隱密樹叢之距離。道路上雖然看不到變壓器的正確配置尺寸，但是，只要由舅舅出面調閱間諜衛星的照片，就可以一目了然。

王安站在格柵門旁預估，只要用力丟個手榴彈即可炸掉 1 座變壓器，只不過如此做，事故原因一查即知是人為破壞，不宜貿然行事，得再想想其他辦法。

數天之後，王安與黃倩懷著無比興奮的心情，由台北松山機場搭機前往廣州，找舅舅林強討論可行的方案。林強交代秘書，與位於瀋陽、全國最大的超高壓變壓器製造商聯絡，並安排 1 位上校，陪同王安與黃倩 2 人前往該變壓器製造廠參觀。

202X 年 4 月 29 日，08：40～【中國，廣州、瀋陽】

上午 08：40，王安夫妻及上校由廣州白雲機場直飛瀋陽桃仙機場，飛行時間 3 小時 50 分鐘。

特變電工瀋陽公司，是中國最大的超高壓變壓器製造商，目前正在製造一組 500kV、750MVA 的超高壓自耦變壓器。

下午 1 點 20 分，王安等 3 人抵達特變電工瀋陽公司之後，廠長及 1 名工程師陪同王安夫妻及上校參觀生產線。然後由廠長親自向王安等人做簡報，說明超高壓變壓器的原理、結構和保護裝置，以及發電廠輸電線路的系統架構。

王安陸續提出許多技術上的疑問；最後，王安提了一個出乎廠長意料之外的問題：「在不使用炸彈的條件下，如何使 1 座現場正常使用中的超高壓變壓器爆炸？」

聽到這個問題，廠長愣住了，以為自己聽錯，不知如何回答。他把目光轉向陪同前來的上校，似乎在徵求上校的意見。

「上級領導有交代，對王安先生的問題，知無不答。」上校嚴肅的回應。

這是個從未想過的問題，一時也不知道如何回答，趕緊要秘書通知總工程師、設計部經理前來簡報室討論。

會議暫時休息 15 分鐘，廠長等人緊張地繼續討論這個未曾想過的問題。

20 分鐘後，仍由廠長統一回答：「各位領導，很抱歉！這問題很特殊，我們也從未思考過，所以，才須先與技術部門討論後再回答。經討論後，我們一致認為，確實有 2 種方法可以使超高

壓變壓器在正常使用情形下爆炸、起火燃燒，第一種方法是⋯⋯。」

隔天上午 8 點 05 分，王安等 3 人由瀋陽飛回廣州，並直奔林強辦公室。黃倩向舅舅做完方案評估之後，提出架設龍崎變電所變壓器場之模擬場地的要求。

聽完黃倩的簡報之後，林強認為她的方案確實具有神秘的破壞威嚇性，立即決定架設模擬場地供其練習。林強吩咐部屬在軍區內，依王安所拍攝的照片、測量距離及間諜衛星的照片，架設現場的模擬場地，再購入 2 台任務所需、可負重 2 公斤的組合式無人機，供王安夫妻操作練習用。

模擬場地不到 2 週的時間就架設完成，接下來的 7 天時間，王安及黃倩 2 人學習操作無人機投擲物件，直到每次都能投中目標為止。

202X 年 6 月 24 日，18：30～【台灣，龍崎變電所】

下午 6 點 30 分，一輛男女共乘的機車——這 2 人正是王安與黃倩，在離龍崎變電所內變壓器配置場約 20 公尺處的鄉間道路旁緩緩慢了下來，一看四處無人，把機車騎進鳳梨田間的喬木叢中隱蔽處。停妥機車後，王安熟練的從背包中取出一架組合式無人機零組件，不到 3 分鐘即組裝完成，再由背包拿出一隻後腿繫有 4m 長 0.75mm² 裸銅線的死松鼠，放在無人機底部的夾具中。

在確定道路兩端均無來車、行人之後，黃倩負責操作無人機遙控器，讓無人機夾著死松鼠起飛，不一會兒功夫，由操作機螢幕上，可看到無人機已飛到 3 座並排的 345 仟伏 500MVA 變壓器正上方 2 米處。

待無人機穩定盤旋之後，黃倩按了無人機的夾具開關，死松鼠往下掉落，其腳下所繫的 0.75mm² 裸銅線與其中一座變壓器的電源側 2 條裸露電線接觸，引起相間短路而瞬間爆炸、起火燃燒，可憐的死松鼠被燒成焦黑、掉落在地上。

變壓器爆炸時，隔壁另 1 座變壓器受到絕緣油燃燒爆炸四射的波及而起火燃燒，火勢雖然不大，但已足以讓差動電驛、釋壓裝置、氣體偵測、溫度偵測等保護裝置作動，而切斷變壓器的開關。

無人機順利地飛回起飛點，王安迅速地拆解無人機、放進背包，並發動機車，載著黃倩往變電所反方向的關廟市區離去，2 人順利地完成一次無人知曉的破壞任務。

龍崎變電所的控制室內，紅色警示燈亮起、尖銳的警報聲響著。龍崎變電所共有 7 座 500MVA 的超高壓變壓器組，控制盤體面板上，5 號及 6 號變壓器組的異常警示紅燈不斷閃爍。

變電所同時跳脫了 2 座 345kV 變壓器，造成電壓驟降、系統頻率驟降，而使輸配電系統引發連鎖性的自動切離保護，因此，連同遠在高雄的興達發電廠、南部發電廠等之電力迴路的保護開關也跟著跳脫、亮起閃爍紅燈。

興達發電廠 2 部正在並聯運轉的 550MW 燃煤發電機組，因保護開關自動切離而跳脫停機，核三電廠的發電系統也因進入保護狀態而呈卸載狀態。

此時已是下班時間，控制室內尚有 4 名工程師留守，值班主任看著控制室的盤體燈示，立即指示 2 名工程師，1 人拿著滅火

器前往變壓器現場，另 1 人緊急聯絡消防隊請求支援，值班主任則向位於台北市羅斯福路三段的台電公司總管理處控制中心呈報現況。

等到變電所人員趕到現場滅火時，變壓器上方的接線絕緣礙子串已燒斷，上半部的礙子串連接在輸電線，而掛在半空中。

控制室內的電話響個不停，沒有足夠人手來回應所有的電話。

太陽已下山了，台南、高雄因大部份地區停電而一片漆黑，紅綠燈也停止作用，正逢下班顛峰時段，交通大打結，一片混亂，中部及北部少數地區的電力供應系統，也因北送輸電容量劇降而受到影響，造成部份地區停電。

龍崎變電所的變壓器爆炸與興達發電廠的發電機組當機，幾乎是同時發生，一時之間也搞不清楚停電的前因後果。不過，興達發電廠有多次意外事故的前科記錄，新聞媒體的號外報導，多把大停電的矛頭指向興達發電廠。

各電視新聞台均立即播出「興達發電廠當機及龍崎變電所變壓器爆炸，造成大停電，原因不詳…」的跑馬燈。

台電公司緊急發佈新聞稿，說明「因為龍崎變電所一部 500MVA 的變壓器，發生不明原因爆炸，導致相關電路系統保護開關自動跳脫而停電，部份地區的電力系統則低頻卸載供電，目前正在搶修中。」

因為停電的關係，大多數的民眾，只能藉由手機看新聞報導，所有新聞台均在報導全台各地因停電而造成混亂的狀況。

除了交通嚴重阻塞之外，百貨公司因為沒有空調而無法營業，

藉由緊急照明，陸續引導民眾離場之後關門；超商因收銀機無法作業，趕緊拉下鐵門停止營業；只有便當店與(夜市)攤販，以手電筒、緊急照明燈、小型發電機等小型照明設備勉強營業。不過，正值晚上用餐時間，許多民眾及外送平台的外送員，在便當店、小吃店門口大排長龍，均等著買外帶食品填飽肚皮。

晚上 7 點 50 分，各電視新聞台直播經濟部長率同台電董事長等高級官員的緊急記者會。首先，依慣例先為此次全台大停電的事故鞠躬道歉，做簡短說明之後，交由技術幕僚，以錄影帶做簡報，說明龍崎變電所現場的緊急維修作業情況。

螢幕畫面轉到地上一隻燒得焦黑的松鼠屍體(為了證明為真，未打馬賽克)，簡報人員說：「我們懷疑是松鼠在現場覓食、跳來跳去，不慎碰到變壓器電源端的裸露電線而造成短路爆炸」。這已不是第一次因鳥獸造成停電事故的新聞了 [34]，電視新聞已多次報導因鳥獸觸碰電路設備引起停電事件。

[34]經濟部網站 2022/3/16 17：59 新聞：因應近日社會關注鳥獸引起停電事故，台電今(16)日表示，部分鳥獸動物平時會於架空線路上攀爬移動，當翅膀、尾巴等部位不慎碰觸線路金屬設備或相鄰線路，會引起電流導通造成觸電，同時線路也會因啟動保護動作影響周遭部分用戶停電，這種事故過去就經常發生。台電統計，2021 年因鳥獸碰觸線路設備所引起的停電事件高達 1,780 件。

記者會場的記者們一陣譁然，雖然看到了松鼠的焦黑屍體，但仍有所懷疑。

事實上，就連台電公司的技術人員本身也難以相信、百思不

解，心想：「一隻(身體＋尾巴)總長不到 50 公分的松鼠，如何造成 2 條距離 1 公尺遠之變壓器接線礙子串的短路爆炸？不可能！！莫非是中國第五縱隊的破壞攻擊？」心裡雖然懷疑，但沒有技術人員敢說出口，這種揣測，只能由長官暗中透露，再由側翼或政論名嘴來說。

晚間 8 點政論節目，執政黨派的名嘴抨擊是中共間諜的破壞攻擊，在野黨派的名嘴，則把箭靶指向總統府，要求經濟部長、台電董事長及總經理立即下台，以示負責。藍、綠名嘴各擁其主，對同一件事情的看法，永遠是兩極化、背道而馳。

台灣南部縣市受到龍崎變電所變壓器爆炸燒毀的影響，造成總計 594 萬戶停電，部份地區用戶經過 24 小時後，仍無電可用。台電公司公告：「受到 2 組 500MVA 變壓器損壞的影響，龍崎變電所輸電線路供應量減少四分之一，即日起，採取輪流供電方式，民生及交通運輸用電優先，詳細分區限電時間，請上網查詢。」

台電公司隔天下午又發表新聞稿：「因為 500MVA 超高壓變壓器是訂製品，目前外國原廠的訂貨交貨期是 200 天，即使向國內廠商訂貨，交貨期也要 120 天，因此，預估全台灣的輪流限電措施，將實施到 10 月 30 日。台電公司正與大用電量的工廠用戶協調，在尖峰用電時間減少用電，大多數民生電力用戶不受影響。」

民眾的抗議聲浪愈來愈高，僅僅一週的時間，總統的聲望民調已下跌到 18%，台電公司董事長及總經理不得不提出書面辭呈，以示負責，經濟部長亦口頭請辭，總統最後批准了台電董事長的辭呈，而挽留經濟部長和台電總經理，理由是須留下來善後，辭職，等正式供電後再說。

此時正值 7 月的大熱天，還好學校已放暑假，不過，在家的民眾以及商業店家則叫苦連天。民眾上網查看限電時段，一窩蜂的民眾擠進不停電地區的大賣場、百貨公司和圖書館、運動中心等公家單位吹冷氣。不限電的台鐵、高鐵、捷運站及機場等的大廳，因為人太多，坐不到椅子的人，只好席地而坐。

不僅在野黨的政論名嘴，連執政黨的立委和名嘴，也開始抨擊經濟部及台電公司，認為買個國產之超高壓變壓器的交期也要 120 天，令人匪夷所思，有錢能使鬼推磨，要求台電公司在 45 天內全面復電，否則經濟部長和台電總經理同時下台。

202X 年 7 月 7 日～【中國】

特變電工股份有限公司，為中國變壓器行業首家上市的公司，是中國政府之重大裝備製造業的核心骨幹企業，也是全球第三、中國的最大變壓器廠商。

龍崎變電所事件發生後的第 13 天，鴻賓電子公司與特變電工公司簽約，訂了 2 組與龍崎變電所相同規格的 345kV、500MVA 超高壓自耦變壓器，交貨期是 15 天。

隔天，鴻賓電子公司董事長王忠銘，透過官網發佈消息：「敝公司與超高壓變壓器產能全球排名第三的中國特變電工股份有限公司協商，請求支援，提供 2 組龍崎變電所損壞的同規格超高壓自耦變壓器，他們可在 15 天交貨，政府如果不買，由鴻賓電子公司來買。」

在此同時，鴻賓電子公司公關部經理，提供特變電工的 345kV、500MVA 變壓器與台灣損壞變壓器規格之比較資料，給

TPVS 電視台的政論節目主持人。

當晚，主持人康紹在節目中爆料，揶揄政府的逢中必反症，如同 2022 年阻擋民間企業採購新冠疫苗一樣。4 位現場來賓更是火力十足，揪出 2022 年政府阻擋民間企業及宗教團體自費購買疫苗讓政府使用之舊事，加上特變電工公司提供的「由本公司製造的此二座變壓器符合龍崎變電所使用需求」保證書，加油添醋，要求政府立即向中國特變電工買變壓器。

當晚 8 點 40 分，讓節目平常只有 1.0% 左右的收視率，飆高至前所未有的 3.2% 新紀錄。

總統府的逢中必反症再度發高燒了，以國安為由，堅持不買中國的變壓器。

如此又過了 8 天，總統的民調又下跌至史上新低 13%。網路上開始出現「總統下台」的尖銳言論，雖然，這個涉及推翻政府的言論馬上被刪文，但第三勢力的小黨，為了搏版面、提高曝光率，民基黨的黨主席，除了自己的臉書之外，也連日在電台及電視台節目上，公開呼籲民眾於 7 月 21 日上午 8 點前往總統府前遊行抗議。

不少網紅也在臉書上表態支持，號召網友響應。"遊行 Me Too！"的聲量愈來愈高，人民已忍受了 20 多天大熱天輪流限電、無冷氣的苦日子，總統府仍堅持不買中國變壓器。

總統府發言人再度發表聲明：「因國內變壓器大廠的交貨期均在 120 天以上，台電公司改向大不同重機公司訂購兩組龍崎發電廠用的變壓器組，交貨期為 75 天。」

　　大不同重機公司？除了少數在炒短線股票的人知道大不同重機公司之外，大多數的人均未聽過，只知道有老牌的大同公司重電廠。

　　消息傳出後，大不同重機公司連續 4 天漲停板，被證交所列為處置股[35]。

> [35]在股票市場買賣過程中產生異常交易時，該檔股票會由正常股轉為注意股，若持續異常狀況，則轉為警示股而成為處置股。
>
> **注意股**：當股票的漲跌幅、交易量或週轉率等發生交易異常狀況時，就會被列為注意股，此時證交所尚不會有任何的後續處置。被列為注意股的條件共有 9 項，如果是突發事件所產生的異常狀況，最常見的是「近 6 個營業日累計漲跌幅超過 25%」
>
> **警示股**：如果後續交易仍持續異常，就會被列為警示股，在列為警示股之同時，會成為處置股。交易時，投資人須預付股款，交易時間也會延長。
>
> **處置股**：連續 3 天達到注意股程度、或是觸發警示股的條件，就會被公佈為處置股。例如高端生技公司(6547)在 2020 年及 2021 年曾多次因股價暴漲或暴跌，而被列為處置股。證交所採取處置措施的目的是希望投資人能對該異常股票冷靜思考後、再做決定。

　　大不同重機公司是 3 年多前才上櫃的公司，最大股東是已轉民營化的容敏工程公司佔 35%，生產超高壓變壓器的日本復仕電機公司佔 30%，其他個人董監事大股東有 10 餘人，在台灣的業務是以承接政府的公共工程標案為主，最大的高壓變電器製造實

績只有 161kV、600MVA，沒有龍崎變電所用的 345kV 超高壓變壓器製造實績。

網友上網查了大不同重機公司的股東資料，發現股東的其中 2 人，是總統府高層及軍方高層的親戚。經在網路平台、社群媒體上傳開之後，大不同重機公司連續 5 天跌停板。這個過程跟數年前政府決定採購國內雲端生技公司的疫苗如出一轍。

TPVS 電視台宛如撿到槍，主持人和 4 位來賓一搭四唱，嘲諷、抨擊政府所為，又讓收視上升至 4.2%。

一向與 TPVS 政論節目爭收視率王的山力新聞台晚間 8 點政論節目，主持人與 4 位固定班底的名嘴，同樣是在探討龍崎變電所變壓器爆炸事件。節目一開始，主持人便表態支持採購國產品變壓器：「因為採用中國變壓器會有國安資訊洩漏的風險，不要中了中共的詭計，請大家支持政府的立場，忍耐一下，夏天已過一半了。」

然後，主持人開放 15 分鐘電話投票：「你認為龍崎變電所變壓器爆炸事件的原因是：①阿共ㄟ陰謀、②松鼠惹的禍、③人為操作疏失？」

15 分鐘後的統計結果是：①阿共ㄟ陰謀的佔比是 91.24%。

主持人：「由民調結果可知，民眾普遍認為變壓器爆炸是中共特務的破壞行為，請大家認清中共對台灣不懷好意的本質，身為台灣人，應要抵制中共，不要去中國旅遊、拒買中國貨、不到阿裡八八及桃寶等中國的購物平台購物……。」

8 月 12 日，鴻賓電子公司又透過官網發佈消息：「敝公司日

前向特變電工瀋陽公司訂購 2 組龍崎變電所適用的超高壓變壓器，已運抵高雄港第 66 號碼頭，敝公司願意將變壓器無償、免費提供給台電公司使用，解決民眾無電之苦。提貨單、Invoice 及 Packing List 等報關用文件，已寄交總統府，請總統府自行提貨，趕緊送往龍崎變電所安裝使用。」

聽到此消息之後，激動的網友呼籲大家即刻到總統府前廣場集合、露營夜宿抗議，總統府的情蒐小組看到網路訊息之後，立即通報總統府。

燈不點不亮，這下子，總統府了解事態嚴重，立即在總統府前，架起長達 800 公尺的ㄇ字型拒馬，拒馬內側的總統府四周，多了許多著便裝的留短髮軍人。

到了下午 4 點時分，雖然仍是 8 月的大熱天，但已有數百人撐著陽傘，聚集在總統府前的南、北廣場；在懷寧街旁的二二八公園及介壽公園內的樹蔭、涼亭下，聚集了更多受不了酷熱的中、老年人。

總統、總統府秘書長、國安會秘書長及國安局局長等國安團隊成員，正在總統府內密商，混在抗議群眾中的國安特勤人員，不時的回報抗議民眾的人數、現況。國安巨頭們預估在晚間 7 點之後，抗議民眾可能突破 8 萬人，局勢將一發不可收拾。

下午 5 點整，總統府發言人出面發表簡短聲明：「總統體諒人民所苦，已函令台電公司專案處理龍崎變電所事件，明天上午 8 時前往高雄碼頭提領由鴻賓公司提供的 2 座超高壓變壓器，預計 10 天之內完成安裝、恢復正常供電，請民眾勿再聚集，影響總統府前的交通。」

聲明中並未道歉，也不接受記者發問，短短 2 分鐘的記者會結束，發言人面色鐵青、立即轉身走人。

當晚 8 點的政論節目，可想而知，必然熱鬧非凡，除了總統府是必然的箭靶之外，熱心過度的鴻賓公司，也有預謀通匪之嫌，而招致偏執政黨名嘴的慷慨、陳詞、義憤填膺的撻伐。

當晚的山力電視台政論節目，主持人曾鴻獨排眾議，認為鴻賓公司捐贈上億元的 2 座超高壓變壓器，其中必有緣故。再度開放電話投票：「你認為鴻賓公司董事長王忠銘是：①舔共賣國賊、②愛台商人、③大善人？」

15 分鐘後的統計結果是：①舔共賣國賊的佔比是 86.68%。

曾鴻：「王忠銘先生捐贈上億元的變壓器給台電公司，如果是做善事，為什麼有高達 86.68% 的觀眾認為他是賣國賊？這個結果很令人意外，來！我們現在開放 call in 連線，讓觀眾表達看法。」

電視畫面出現了 2 支電話號碼，不到 10 秒，電話鈴聲響起。

曾鴻：「您好！請問怎麼稱呼？」

「我叫阿榮，我跟你講齁，王忠銘絕對是阿共ㄟ間諜。」

「為什麼？有什麼證據？」

「證據？有啊！我以前是在大 X 重電廠上班，後來跳槽到東 X 電機公司當業務經理，就是在負責變壓器等重電產品的銷售業務，通常，像這種超高電壓的變壓器，公司規定的交貨期是 180 天呢。」

「等一下，交貨期要 180 天？哇哩咧！要這麼久喔！」

「很難想像對不對？從我們接到這種訂單開始，設計課要先

畫設計明細圖，採購課要列出採購部品料單，多達 1 千多項，光是行政流程、採購詢價、主管簽呈等作業，就要 45 天以上，像這種 345kV、500MVA 的超高壓變壓器，絕對沒有庫存品，我們 1 年都可能賣不到 1 台。」

「所以，鴻賓公司說中國變壓器的交貨期只要 15 天，絕對是中共特務預謀破壞，然後再以救世主身份，透過媚匪奸商鴻賓公司送我們變壓器，這不是統戰陰謀，什麼才是統戰陰謀？」

「好！各位觀眾，聽到沒有？超高壓變壓器的正常交貨期是 180 天，現在只需 15 天，這不就是中共預謀搞破壞的證據嗎？」

儘管龍崎變電所的變壓器爆炸事件，在台灣政治圈及社會輿論均鬧得沸沸揚揚，但中國官方及民間媒體，卻如同不知道此事一般，不見任何的聲明與報導。

直到台電公司到 66 號碼頭領走 2 座變壓器之後 2 天，在中國國民黨副主席率領台灣工商業團體到北京訪問時，國台辦主任趁著接見訪問團時說：「對於 6 月 24 日台灣龍崎變電所變壓器爆炸的意外事件，我們對台灣當局的做法深表痛心，習主席體會台灣同胞無電可用、忍受酷夏之苦，才指示特變電工公司，將 2 座原本要交給新建水力發電廠用的超高壓變壓器，先轉賣給鴻賓公司，所以，特變電工公司才能如此快速的交貨。」

「習主席一再強調"兩岸一家親、血濃於水，一切以台灣同胞的福祉為優先"，相信在不久後的將來，就會像「2035 去台灣」的歌曲一樣，台灣同胞即將回歸祖國，共創中華民族的榮光！」

2035 年會是中國統一台灣的最後期限嗎？大家都在猜。這話題已成為全球矚目的焦點。

第 7 章 華航客機迷航記

202X 年 2 月，歐盟航空安全局(EASA)再度提出警告，駭客(黑客)可能由地面或客機中，駭入飛機的飛航監控系統，進行劫機或恐攻行為。

Hack in the Box(HITB)的總部設在馬來西亞吉隆坡，每年會輪流在吉隆坡(馬來西亞)、阿姆斯特丹(荷蘭)等地，舉辦安全會議(Security Conference)，為期 2 天或 3 天的電腦安全及軟硬體技術相關的研討會與訓練課程，每年均會吸引不少網路安全顧問專家、駭客高手或資安人員參加。

HITB 也出版季刊雜誌，發表新世代之電腦軟硬體技術和網路安全的相關文章，探討各種網路的防禦或入侵做法與最新信息，包括美國白宮官網、台灣的總統府官網、台鐵新左營站大廳螢幕等被駭客入侵的消息，都曾被討論過。

202X 年 4 月 17 日，08：00～【泰國，普吉島】

今年的 HITB 安全會議，在泰國普吉島的喜來登酒店舉行。

半年前，黃倩試用了舅舅交給她的「駭客手機」程式，發現存在著 2 個難以解決的 bug。因此，她專程來參加會議，尋找解決問題的方法。

今天的這堂研討會，是由德國翔捷飛航安全顧問公司的 CEO ——Mr. Becker 演講，探討目前商業客機飛航安全的問題。他現場示範如何以一支智慧型手機，駭進客機的 ADS-B 和 ACARS[36]，他將手機畫面投射至螢幕上，展示一架虛擬客機的飛航系統，如何被操控飛行方向，甚至讓二架客機相撞。

[36]ADS-B 和 ACARS：是商業客機飛行時不可或缺的飛航安全監控系統，兩者的功能雖然有部份重疊，但是通信技術不同，故其應用場合與功能亦有所不同。

ADS-B(廣播式自動相關系統)：是一種衛星導航系統，可將飛機的位置、高度、速度、標誌、機型及航空公司等資訊，經由 ASD-B out 發射器，週期性的對外傳送給地面塔台、鄰近飛機及 Flightradar24、FlightAware 等公開網站使用，也可經由 ADS-B in 接收器，接收其他民航機或地面飛航管理機構所發送的信息，以提高飛行安全性。

ACARS(飛機通信定址與報告系統)：是一種用於飛機與地面通信的數字式系統，屬於特高頻(VHF)無線電波傳輸方式，可提供航班訊息(飛機位置、航向、速度等)、飛機資訊(燃油量、油耗、引擎參數等)及故障檢測數據等功能。

「Cyber Hijack(網路劫機)是真實可能發生的事情，原因是 ADS-B 及 ACARS 的加密驗證金鑰相當脆弱，對 PRO 級的駭客而言，可以說是不設防的飛航安全漏洞，只要一支手機、一些小工具，加上軟件(軟體)程式，就可以改變飛機的航向。」Mr. Becker 說。

會議室內坐了約 20 位來自世界各地對此主題有興趣的同好。專攻程式設計和網絡空間安全的黃倩，也坐在第一排認真聽講、做筆記。

會後，黃倩以請教問題為由，主動要求與 Mr. Becker 共進午餐。對於東方美女的邀約，Mr. Becker 焉有拒絕的道理，以為是飛來的艷福。

在酒店的中餐廳，黃倩點了 5 道她自認好吃的中式料理，還

教首次吃中餐的 Becker 如何使用筷子。吃飯後甜點時，黃倩拿出筆記向 Becker 問了許多問題，Mr. Becker 知無不答，並邀請黃倩前往樓上的酒吧續談。黃倩認為已了解差不多了，想要脫身，立即將左手伸入手提包中，按了王安手機號碼的快速鍵。

3 分鐘後，王安走到黃倩桌旁。

「Darling！這是飛航安全顧問公司的 CEO Mr. Becker。」、「這是我的先生，Andy。」黃倩介紹著。

「How do you do? Mr. Becker. I am Annie's husband, Andy.」

Becker 稍微錯愕了一下，沒想到面前共進午餐的美女已婚。

「Hello, Andy! Your wife is so beautiful. You are a lucky guy.」Becker 回答著。

「啊！我忘了時間了，和你相談甚歡，我們得趕 5 點 45 分的飛機回國，現在該離開前往機場了。再見！Becker，很高興認識你，今天我學了很多，所以我請客。」黃倩拿起桌上的帳單，交由王安去付帳。

Mr. Becker 一臉失望的表情，雖然是吃一頓免費的豐盛午餐，但是，對於這位名為 Annie 的東方美女，仍一無所知，連國籍都不知道。他大概永遠不會知道，Annie 經由他的指導，學會了網路劫機(Cyber Hijack)的關鍵性技術，而將改變台灣人民的命運。

202X 年 6 月 30 日，10：00～【中國，廣州】

從普吉島參加駭客安全會議回來之後，黃倩一直在思考以手機劫機的可行性，憑著自己的軟體設計專長，加上由 Mr. Becker 身上學到的關鍵知識，就充滿了信心。

黃倩先上網下載了與 ADS-B 和 ACARS 連結的公開程式，再依 Mr. Becker 指導的做法，不僅解決了 2 個 bug 的問題，也成功寫出入侵程式，加上 1 台由淘寶網購買的掌中型數據機 (MODEM)，就可在手機上完成虛擬劫機，達到改變飛機航向的目的。現在欠缺的是現場實務操作，這種事當然只能找舅舅幫忙了，不過，這個劫機構想無法以電話說清楚，最好還是當面解釋。

趁著中國勞動節的連續假期，黃倩與王安一起，帶著禮物到舅舅家拜訪。黃倩按了門鈴，林強穿了 POLO 衫和休閒短褲親自開門迎接。

見到黃倩，林強顯得非常高興，因為在上一週的龍崎變電所事件立了大功。進門之後，林強的太太也上前來打招呼。

「舅媽，您好！您變年輕、變漂亮、變苗條了！」黃倩對舅媽笑著說，還一邊認真的打量著舅媽的身材。

哪個女人不愛聽被讚美的話，林強的太太拉著黃倩的手往客廳邊走邊說：「小倩從小就是嘴巴甜，專說大人喜歡聽的話，我老囉！」

這時舅舅的女兒也從房間走出來跟黃倩打招呼。

「舅媽，您看！您跟表姐站在一起，就像姊妹花一樣，哪有老！」黃倩繼續說著舅媽愛聽的話。

「老婆！小倩這麼讚美妳，中午妳就親自下廚，做幾道好菜招待小倩和王安吧！」林強說。

「這是當然，我好久沒下廚了，今天得好好表現一番。」

接著，女傭大嬸端出一大盤的綜合水果，放在沙發前的茶几

上，招呼黃倩與王安和林強一家人吃水果。

對一般家庭而言，林強家的客廳算很大，約有 80 平方米(24.2 坪)，不過，客廳的裝潢、傢俱相當樸實精簡，客廳牆壁上掛著許多家人一起出遊、聚餐的照片，以及一個透明玻璃壁櫃，裡面掛著林強將軍獲得的各種勳章、獎章及紀念章。客廳亦也擺放六棵看得出經細心照料的盆栽，唯一比較豪華的是一台 76 吋的大型電視。

「唷！舅舅！你的勳章壁櫃快放滿了，應該換一個大一點的！」黃倩也沒忘記要誇獎舅舅幾句。

「哈！哈！還早哩！託你們 2 位的福，等台灣回歸祖國時再說吧！」

「哇！舅舅！你們家換大電視了，畫面好清晰喔！老公，我們回台灣時也要換一台大電視，家裡的電視已用 4 年多了，從結婚用到現在。」

「不用換吧！妳只顧滑手機，又不看連續劇；平時我們多是邊吃飯、邊看餐廳小電視的新聞報導，妳哪有時間在客廳悠閒的看電視，將就一點吧！」

王安雖然出身富裕家庭，但是，沒有紈褲子弟的習性，開的是安全為第一考量的 Volvo 休旅車，他的行事、購物，一律以實用、安全為優先。

「好吧！說的也是，聽你的，老公。」

「哈！哈！你們 2 個夫唱婦隨、勤儉持家不浪費，好現象。我們的舊電視在 3 個月前壞掉，妳舅媽平時除了整理盆栽之外，

現在最大的嗜好就是看韓劇，所以只好換台大的，讓她享受一下。」

　　經過三、四十分鐘的閒話家常後，林強和黃倩、王安走向書房。

　　「老婆，我和小倩夫妻有正事要談，待會兒再出來吃妳做的好吃料理。」林強對太太說。

　　林強的太太只知道丈夫擔負習近平交代的重要任務，也知道黃倩與王安亦有秘密性任務，只是不知道他們在做什麼，這是國家機密，老公不會告訴她，而她也知道問不得。

　　「好吧！我把水果盤端進書房內，你們慢慢談吧！我不打擾了。女兒，妳跟我到廚房去，幫忙我展現絕活！」

　　走進書房後，林強順手關了房門，說道：「這次你們在龍崎變電所的表現相當傑出，習主席及其他高層同志均十分讚賞。只不過，習主席交代，現階段一切低調處理，論功行賞，以後再說。」

　　「這一切都是舅舅的功勞，如果不是您安排我們去變壓器製造廠學習，以及建置了模擬現場讓我們練習，小倩和我也不可能成功。」王安帶著尊敬的語氣回答。畢竟他只是林強將軍透過小倩招募的細胞，他提醒自己不得放肆而忘了自己的身份。

　　「舅舅，我 2 個月前在普吉島的研討會中，學到一些新技術，簡單說，就是黑客(駭客)劫機，雖然我現在仍不知道將來可用在何處，但應該可以派上用場。」

　　「幾天前，台灣的中華航空公司，宣稱他們向空中巴士公司租賃的 14 架 A321neo 客機已全數交機，我想我們可以神不知鬼不覺的挾持一架華航客機，讓台灣當局嚇破膽。」黃倩對林強提

出建議。

「駭客劫機？好點子！不過，妳真的做得到嗎？」林強一臉狐疑。

「我是看一部劫機電影所得到的靈感。劇情是劫機者拆下前座椅背個人螢幕的傳輸線，轉插自己的平板電腦，以平板電腦駭進客機之飛航監控系統而達到劫機的目的。」

「劫機靈感雖然是來自這部電影，不過，這部電影也誤導了我的思考範圍，走了一段冤枉路仍不得其門而入。在參加了普吉島的飛航安全研討會，經由主講人的指導，才知道那種做法是不可能的。因為供個人用的娛樂功能螢幕系統，與飛航監控系統是兩個完全獨立、不相連的系統，無法直接駭進飛航監控系統。所以，需要改變做法，我已在電腦中模擬演練過，成功的改變模擬機的飛行方向。」

黃倩顯得有點興奮，繼續說：「我國在天津不是有一家與歐盟合作的空中巴士總裝廠[37]嗎？為了確保萬無一失，希望舅舅能安排我跟王安去總裝廠參觀，我需要了解空中巴士的飛航監控系統架構，必要時，修正我所寫的軟件(軟體)程式，然後先在客機的待機狀態做測試，再於最後的飛行途中，進行實戰演練，成功機率應該蠻高的。」

[37]空中巴士(天津)總裝公司：位於天津市空港經濟區天津濱海國際機場東側，在 2008 年落成並開始生產 A320 系列客機，是中國第一條大型客機總裝線，也是空中巴士公司在歐洲以外的第一條飛機總裝線。首架 A320 系列客機，是在 2009 年 6 月交付，而首架 A321 系列客機於

2023 年 2 月交付，進而組裝最新的 A321neo 客機。空中
巴士公司將在各地完成的客機艙體、機翼、引擎等零組
件，送到天津總裝公司做最後的組裝、噴漆、測試及試
飛程序，平均每週約可交付一架新機。

「嗯！試試又何妨？，新概念武器總是要先經過模擬、測試
才能真正使用，搞不好又可研發成另一種新武器。」林強低頭想
了一下說：「空中巴士的天津總裝廠，是解放軍支持的民營化航空
企業，現任的總裝廠 CEO 是徐忠剛，他是忠貞的共產黨員，曾經
擔任過共青團天津市書記。這樣吧！我先打電話聯繫，再派 1 名
大校跟你們去，大校會囑咐 CEO 配合你們的需求。」

林強接著說：「上週，我們在台灣國安高層的細胞回報說，他
的長官要他上網查詢 8 月份飛往大阪的班機及票價，因為只買 7
張單程機票，很可疑。可能是兩岸關係益加緊繃，有台灣高層正
在暗中安排眷屬前往日本避難了。我已吩咐部屬，要求細胞持續
回報最新狀況，也許可以劫持那架他們要搭的班機。」

202X 年 7 月 12 日～14 日【空中巴士天津總裝廠】

黃倩、王安及大校 3 人，從廣州白雲機場搭乘 8：30 的中國
南方航空班機，前往天津濱海機場，耗費 3 個小時的飛行時間，
為的是想了解空中巴士 A321neo 客機的技術資料。

走出濱海機場，已是 11 點 45 分了，總裝廠 CEO 徐忠剛，
派了廠長和技術總監來接機，正值中午用餐時間，廠長直接帶他
們去餐廳用餐。在黃倩前來之前，廠長已由高層領導得知黃倩的
身份，他們此行的目的是極機密的任務。

說正格的，如果總裝廠 CEO 不知道黃倩是林強的姪女，或

者如果沒有軍方大校的陪同，總裝廠 CEO 可能不會這麼熱心親自接待，畢竟每週幾乎都有不同買家的代表前來參觀。

到了工廠之後，廠長安排技術總監趙威全程陪同黃倩及王安，先到組裝線上參觀 A321neo 的駕駛艙，趙威向黃倩解釋各種儀表板的功能，尤其是黃倩想了解的 ADS-B 和 ACARS 系統。

技術總監對黃倩與王安做了詳細說明，此架幾乎已完成組裝的 A321neo，預定大後天試飛，因此，黃倩與王安只剩下 2 天的時間來完成靜態測試。

王安是電機系資訊工程組碩士畢業，雖然軟體程式不是他的強項，但對於電腦硬體也有一定的了解。

「ADS-B 和 ACARS 系統的安全性如何？其加密安全金鑰可能被破解嗎？」王安問技術總監。

「老實說，這種軟件上的資安問題，均由空中巴士原廠派來的技術顧問負責，他不做說明。不過私下閒聊時，他認為是有可能被破解的。」趙威回答。

趙威拿了飛機的操作手冊、ADS-B 和 ACARS 系統的技術手冊，讓黃倩和王安參考。

「明天您可不可以提供我們一間小會議室，我們要看書面資料，並做研究分析，還有我們來這裡的事，就不要跟原廠的老外顧問說了。」黃倩提出要求。

趙威回答說：「會議室已經準備好了，就在 2 樓的 201 室，上級領導已有交代，你們的身份和此行的目的，只有 CEO、廠長和我知道，其他人只會以為你們是 Buyer 的代表而已，因為每週

幾乎都有 Buyer 代表來視察組裝進度，前天中國南方航空公司也派人來過，所以不會有人知道，若有問題可以隨時聯絡我。」

7 月 13 日，黃倩與王安 2 人，一整天均在會議室內忙著研究資料，連中餐都由趙威幫忙向美團外賣(中國第一大外送平台)訂餐，外送 4 道天津百年歷史的美食小吃──狗不理包子、水爆肚、煎餅果子及耳朵眼炸糕。

忙了一整天，黃倩總算了解要如何切斷 ACARS 的控制電路，以及如何駭進 ADS-B 系統，讓飛機與基地雷達失去聯繫並改變飛行方向，黃倩修改了部份軟體程式。

7 月 14 日，今天的 A321neo 試飛測試，是由技術總監趙威負責，空中巴士的技術顧問原本也會隨行督導。廠長以中國東方航空公司(空中巴士在中國最大的客戶)要增購客機為由，要空中巴士的技術顧問一起去上海拜訪東航總裁。因此，今天的試飛任務就避開了原廠顧問的監督。

A321neo 客機被拖車由組裝廠內，緩緩地拖往位於總裝廠西側之濱海國際機場的專用 2 號試飛跑道。這條跑道是天津市政府，當年為了爭取空中巴士到天津市設立總裝廠而特別建造的跑道。

客機在 2 號試飛跑道的起點停妥，機長和副機長已根據 SOP，完成起飛前的檢查步驟。

通常，試飛分為二個階段──第一階段是初驗試飛，由總裝廠的高層自行監督；第二階段是交付試飛，會有 Buyer 的點交人員隨同飛行。

今天是初驗試飛，將由濱海國際機場 2 號跑道起飛，目的地

是內蒙古的浩特民營機場，飛行時間為 95 分鐘。起飛 65 分鐘後，黃倩開啟了手機上的劫機設定，果然，如預期般的改降在內蒙古的朱日和軍用機場，機長和副機長驚訝得說不出話來。

在試飛的回程飛行，先由機長預設飛行目的地是天津楊村軍用機場，起飛 65 分鐘後，再由黃倩將目的地變更為原出發地的濱海國際機場，30 分鐘後，也順利如預期般降落在第 2 跑道，證實了駭客劫機的可行性。

完成來回兩趟試飛的"駭客劫機"測試之後，趙威再度叮嚀機長與副機長等人，不得對外透漏任何消息。接下來的可能問題，是技術總監趙威要如何向基地的飛航監控單位解釋，為何試飛的 A321neo 客機，會在監視雷達螢幕上消失了 30 分鐘，然而，這不是大問題，在以黨領政的體制下，由黨中央出面解釋，即使是指鹿為馬，也不得不信。

202X 年 8 月 9 日，15：20～【台灣，高雄機場】

台灣的中華航空公司向空中巴士公司租賃的 14 架 A321neo 客機，自 2021 年 11 月起陸續交機，作為飛行日本、香港及東南亞等中短程航線用。

停在 23 號登機門的華航機身機號 B-18107 客機，是一架 180 人座(商務艙 12 位)的 A321 neo 型空中巴士。此客機是華航 CI176 航班，預定 15：20 由高雄飛往日本大阪關西機場。

12 位商務艙的乘客已就座。坐在第 3 排(商務艙最後一排，座位號碼第 12 排)走道右側 12H 及 12K 座位上的是一對 30 多歲夫妻，即王安和黃倩。由於第 12 排後面即是商務艙與經濟艙的

隔簾，算是商務艙最隱密的座位。此時經濟艙的旅客仍陸續入座中。

王安與黃倩自從結婚之後，先定居在台北市內湖區，開設鴻展貿易公司，經營三角貿易。因業務需求，又在台中港科技產業園區設廠，並在台中第七重劃區買了新宅，此後，經常往來於海峽兩岸之間。

坐在靠走道(12H)的王安，起身往前走到機艙最前方左側的廁所內(位於機長座正後方)，鎖上門後，從西裝口袋拿出 1 台掌上型的黑色機盒(modem)，熟練地彎下腰來，將機盒放進上面寫「PUSH」、供丟棄擦手巾的垃圾桶底部(已在天津總裝廠演練多次)。坐在 12K 座位的黃倩，正在操作手機，在手機上設定一些數據，不一會兒，在確定手機已可收到放置在廁所內數據機傳出的訊號後，將手機放入手提包中。

坐在經濟艙第 1 排至第 3 排(座位號碼第 40 排至第 42 排)的 18 位乘客，是由 3 個家庭所組成，買的是單程機票，顯然是短時間內不會回台灣的旅客。

江碧珠，1 位 50 多歲打扮時髦、體態優雅的熟齡婦女，她是國安會秘書長陳勝男的太太，也是此 18 位乘客的領隊。江碧珠左肩掛著塞得鼓鼓的 LV 大型皮包，並用左手護著皮包(看似蠻沉重的)，顯然並非只是裝飾用。她在機艙走道穿梭，逐一和另 2 位中年大媽低聲交談。江碧珠和這 2 位大媽是形同姊妹的閨密，3 位的丈夫均是現任的政府高層官員。

座位椅背的螢幕，正在播放救生衣、氧氣罩的使用方式與飛機逃生口的位置等安全事宜。

　　「各位旅客午安，歡迎搭乘華航班機前往大阪…」起飛前的制式廣播開始了，聲音甜美的空服員接著說：「我們即將起飛，為了您的安全，以及保障飛機導航與通訊系統的正常運作，請關閉手機、電腦、遊戲機等電子裝置，並繫妥安全帶，豎直椅背…，祝您有趟愉快舒適的旅程，謝謝！」

　　空中巴士緩緩向 27 號跑道滑行，飛機引擎的隆！隆！聲音逐漸提高，飛機也開始離地，飛機呈 12 度角逐漸向前攀升，所有的旅客——不，包含駕駛、副駕駛及 5 位空服員，都不知道這是一趟即將改變台灣命運的意外之旅。

202X 年 8 月 9 日，15：30～【台灣，東港—小琉球航線路徑】

　　藍白航運公司的「藍白 5 號」客輪，正緩緩離開小琉球，往東港方向航行，這是一艘總噸位 298 噸、長 40.5 公尺、可搭乘 220 人的快速客輪。

　　藍白 5 號，船如其名，船外觀底部為藍色、上半部為白色，船艙內採用藍色座椅，配合白色地板與天花板，頗有海天一色的感覺。只需 20 分鐘，即可抵達東港。

　　藍白 5 號啟航 15 分鐘後，已可明顯看見台灣本島，即將抵達東港碼頭時，在船首左前方遠處的高雄西側海域上空，可看見一架白色機身的飛機，那正是剛飛離高雄機場不久的 A321 neo 型空中巴士客機。

　　1 位坐在船頂座位的年輕人，拿著長鏡頭的專業攝影機，調整焦距，試圖捕捉仍在上升中的的飛機身影，由於距離遙遠，螢幕的飛機影像仍有些模糊，這是此架 A321neo 型客機起飛之後，

被目擊的最後影像。

此時，飛機尚未上升至預定的飛行高度，坐在商務艙 12H 的王安，對坐在他右側(12K)的太太比了一個 OK 的手勢。黃倩緩緩地從皮包中拿出手機，在操作了一些輸入步驟之後，先切斷 ACARS 的控制電路，再透過手機連上此架飛機的廣播式自動相關監視(ADS-B)系統。

不一會兒，黃倩就駭進「ADS-B out」的發射系統，使客機無法將相關信息發送給地面接收站和鄰近的飛機，而成為隱形機。飛機從高雄航空站塔台的雷達監視圖螢幕上消失，引起塔台工作人員的慌亂，電腦故障？墜機？無人知曉。

黃倩繼續操作手機，進而駭進「ADS-B in」的接收系統，重新輸入新的目的地——廈門高崎國際機場的座標，並切換成自動駕駛功能，讓班機往新目的地的航向飛行，再按確認後，黃倩將手機放回皮包內。

此刻，機長正準備轉向往北飛行時，突然發現螢幕消失，方向盤也無法操作，只能繼續往前飛行，他重新 on、off 數次螢幕開關，甚至慌張地左右敲打控制面板，也無反應。

飛機並未失速，但也不能加速，副駕駛忙著與高雄機場塔台聯繫，只是 ACARS 和 ADS-B 的通訊頻道已經斷訊，正駕駛彷彿感覺到有人在操控此架飛機。

202X 年 8 月 9 日，16：50～【台灣海峽上空，廈門高崎機場】

機長不確定飛機無法操控的原因，但至少飛機無失速墜海的危險，乾脆放棄重掌飛機控制權的嘗試，此時，飛機的導航電腦

已被入侵干擾，無法控制，機長及副駕駛開始觀察飛機前下方與左右下方的海域，但仍不知飛機飛向何方，不過，依太陽的方位判斷，應是往西方飛行。

約莫過了 50 分鐘之後，通訊系統的提示燈突然亮起，此時傳來不熟悉的呼叫：「這裡是廈門高崎機場塔台，你已進入廈門飛航區，為了飛行安全，你的飛機將被導引至高崎機場降落」，之後又立即斷訊。正駕駛雖然有些疑惑，但自己仍無法操控飛機，且眼前已可看到高崎機場的輪廓，飛機逐漸自動降低飛行高度。

「這是機長廣播：因為電子儀器故障的原因，為了安全起見，我們即將在廈門高崎機場降落、檢修，請繫妥安全帶、豎直椅背…」機艙內引起一陣騷動。數分鐘後，飛機在高崎機場跑道安全降落。

此時坐在 12H 的王安，起身再到廁所內，彎下腰來取出放置在擦手巾垃圾桶底部的數據機，擦拭後放進西裝口袋，再小便、沖沖水、洗洗手，然後打開廁所門，走回座位去。

飛機停妥之後，大部份乘客急著打開手機，想與家人聯絡，只是行動網路和 WiFi 上網的訊號全被干擾，均無法接通。此時，共有六輛地勤接駁巴士，分批送走旅客及機組人員，最後一輛接駁巴士，正逐漸遠去。

所有的乘客均被帶往 T3 航廈大廳，排成 5 列，由海關人員拍照，並登記資料，正、副機長及空服人員則被帶往另一房間。乘客們被留在 T3 大廳內，食用便當和飲料。

直到晚上 8 點多，乘客們才被送往機場附近的旅館住宿，紛紛以手機向家人報平安。此時，江碧珠總算與丈夫通上電話了。

「欸！老公！我們的飛機莫名其妙的飛來廈門了，剛才在機場時，手機沒有訊號，我們現在已住進旅館，海關對每個人拍照並登記資料，會不會出事了？」

「不會吧！剛才國台辦主任才告知陸委會主委，說是華航客機導航系統故障，才飛到廈門去的，並沒有提到別的事情，他說你們的班機明天上午 11 點就可以續飛到大阪去,應該沒事吧！」

「可是我總覺得心裡毛毛的。」

「好啦！不要胡思亂想，明天到大阪時，再跟我聯絡。」

「還有，剛才我們下飛機時，是被地勤巴士送到入境大廳，一路上看到機場內停了很多軍車、武器,還有阿共ㄟ軍隊在操演，會不會解放軍真的要攻打台灣了？」

「我們的情報單位認為是有這個可能，所以我才要你們去日本避風頭，妳放心，萬一戰爭真的開打，我馬上搭飛機去日本找你們。」

以地勤接駁車接送乘客，確實是中共故意安排的橋段，讓乘客們看見(或偷拍)舊航廈前的軍隊演練及擺在戰機與飛彈等，再去轉告他們的親友，比教條式的洗腦還有效。

202X 年 8 月 9 日，17：00～【台灣，台北】

在高雄塔台發現飛機失蹤後不久，山力新聞台就開始不斷地播出「高雄飛往大阪班機，起飛不久後失聯」的跑馬燈，而其他電視台在未經證實前，不敢報導此「號外新聞」，畢竟，此時正值台海兩岸的緊張時刻，誤報假新聞，很可能被 NDD 處以百萬罰款或立即關台的處分。

151

約在下午 6 時 10 分，山力新聞台率先播出飛機逐漸往高雄以西飛行的模糊畫面，這正是藍白 5 號客輪上之遊客，所拍下的錄影畫面，此時，其他新聞台也無暇顧及「影片是否為真」的考量，也隨即轉播並加註影片出處「山力電視台」。

自下午 5 時起，陸續有首長座車，1 台、2 台、3 台…駛入總統府。

A 總統、副總統以及行政院長 3 人，坐在會議桌的最前方，後方牆壁掛著國旗和黨旗，與會者尚有總統府秘書長、國安局長、國安會秘書長、國防部長、外交部長、陸委會主委、海洋委員會主委、海巡署署長、退輔會主委、軍事情報局局長及資通電軍指揮部指揮官等 11 位國安相關的重要人物。

國安局局長，身材微胖、頭頂無毛，在天花板 LED 燈的照射之下，禿頂的油光，格外顯眼。他左手拿著手帕，不時擦去前額不斷冒出的熱汗，不，應該是冷汗，因為他目前所知有限，接下國安局長不到半年，卻要硬著頭皮，向府黨三巨頭及執政黨的國安團隊，作「華航客機失蹤」的危機事件報告，以及猜測飛機失蹤的可能原因。此時，中國的南部戰區，正在台灣西南方的南海進行軍事演習。

(台灣)海基會董事長聯絡了中國的海協會長，(台灣)陸委會主委也與中國的國台辦主任視訊交談，均問不出個所以然。

事實上，海協會或許確實不知道，然而，以國台辦主任之層級而言，應該不可能不知道解放軍綁架華航客機的事件。

晚間 8 點開始的台灣電視台政論節目上，政論名嘴們南轅北

轍地猜測 A321 neo 型華航客機失聯的可能原因。除了中國南海軍演可能誤射客機之外，閃電擊中客機、台海空域神秘百慕達、外星人綁架等光怪陸離的原因，均列入討論。

各有政治立場的觀眾，也利用 call-in 專線加入戰局；有聽眾認為客機的機長及副機長可能被中共收買，才會把飛機故意開到廈門領賞金，政府應該去查清楚正、副機長的財務狀況。

202X 年 8 月 9 日，20：30～【中國，北京】

中央電視台上午新聞的頭條是「一架由高雄飛往日本大阪關西的中華航空班機，疑似導航系統故障，昨天傍晚誤闖廈門飛航區，基於人道立場，已引導降落於廈門高崎機場，並安排旅客住宿，及協助檢修飛機，該班機預定明早 11 點以前離開廈門，繼續飛往大阪。中國國台辦主任，也親自電告台灣陸委會主委，表達關切之意。」

事情就此告一段落，雖然台灣當局並不相信華航客機因儀器失常而誤闖廈門高崎機場的說法，但是，中國不承認搞鬼，台灣當局也只能默認。

然而，今天下午在台北總統府與會的 11 名高官們，有人自己心裡有數，因為他的家屬也搭乘這架華航客機，心想事情可能沒有這麼單純。

202X 年 8 月 22 日，10：30～【台灣，立法院】

此時，站在台上備詢的是國防部長，質詢的是在野黨立委陳嘉良，主席台背面巨大國旗左右兩側的螢幕，同時出現 18 個人名：江碧珠、楊秀霞、吳淑君…。

「請問國防部長，螢幕上這 18 個名字，有你認識的人嗎？」立委陳嘉良開始質詢，國防部長看了看，又看了幕僚，回答：「不知道。」

「前面 3 人分別是國安會秘書長、國安局副局長及陸委會副主委的太太，你不認識？」陳嘉良火力全開、繼續追問。

「他們的夫人我是見過，但不知道名字」國防部長據實回答。

「好，算你有理，那麼，這是什麼名單你知道嗎？」

「不知道。」

「不知道？這是 8 月 9 日迷航，飛往廈門班機上的部份乘客名單，此時正是台海緊張時刻，這些大官的太太及家人，是不是要落跑去日本避難了？」

「不會吧？他們的家人可能是去日本旅遊吧！」

「去日本旅遊？你知道嗎？這 18 人買的是單程機票，這不是落跑，什麼才是落跑？」

此時，不僅在備詢台的國防部長不知所以然，在場的立委們也一陣騷動，在右 2 樓記者席的記者們，趕緊抓起手機，聯絡報社、電視台，請求協助求證名單的真實性。

在名單的真實性尚未完全被證實之前，「政府高層家人落跑」的消息已在網路上開始發酵，不管是偏執政黨或是偏在野黨的網民，異口同聲一陣撻伐，電視新聞台的跑馬燈，不停地出現「戰爭未開打，高層家人已逃往國外」、「口口聲聲說要戰到一兵一卒，高官的家人先逃離台灣？」等字幕。

電視新聞台反覆播放全台民眾在銀行門前排隊提款、在大賣

場搶購民生用品的畫面。泡麵、食品、罐頭、生鮮蔬菜等任何可下肚食品、飲料的商品架上,皆一掃而空,賣場所有結帳通道已全開,但依舊看不見排隊長龍的尾巴,等著結帳的民眾也開始不耐煩。

突然 1 位民眾推著購物車,由最右邊的「未購物出口」往外衝,隔壁通道的第一台手推車,也跑著往外衝,剎那間,其他通道的顧客也跟著往外衝,一發不可收拾,變成了車倒、人倒的踐踏慘劇……。

202X 年 8 月 22 日,13:00~【台灣,總統府】

總統再度召集副總統、國安局長、國防部長及陸委會主委等國安幕僚,開會商討國安會秘書長等 3 位高官的家屬落跑,引起民眾恐慌、造成社會混亂的對策。

直到下午 5 點鐘,總統下令將國家的防衛等級由「戰備整備」階段提高為「應急作戰」階段。

華燈初上時分,大多數的店家均已提早關門,明天呢?

第 8 章 台海版木馬屠城記

「美日台軍事專家的思維,是假設我們會採取兩棲登陸戰方式攻打台灣,並且一路上與正規軍對戰、與民兵打巷戰,攻佔總統府。因此,我們需逆向思考,採取新概念的戰略,我們只需在台灣佔領一座穩若磐石的灘頭堡,再加上網絡戰、宣傳戰、認知作戰等心理戰術,以激起大多數老百姓的抗爭意識,逼迫台灣當局就範。」這是習近平在 2 年多前,對解放軍將領們的訓示。

木馬屠城記,是出自希臘羅馬傳說及荷馬史詩的神話故事,3 位女神為了爭奪「最美麗女神」的后冠,而引發一場長達 10 年的特洛伊戰爭。對於久攻不下的特洛伊城堡,希臘聯軍最後打造了一隻內藏伏兵的巨大木馬留在城外,並佯裝撤軍。

儘管有少數的智者認為這是敵人的詭計陰謀,但是,最後特洛伊當權者決定,將木馬當成戰利品而推進城內慶功。隔日深夜,躲藏在木馬內的伏兵伺機攻擊,並開門讓希臘聯軍進城,長達 10 年的對抗,特洛伊王國終於被消滅了。

台海戰爭即將引爆,這是一個長達近 20 年的佈局,而且還是經過台灣當局同意後才進行的。自 2009 年兩岸港口直航開放以來,台灣共開放 13 個港口與中國 72 個港口直航,除了貨輪直航外,還有客輪直航。木馬屠城記,在台灣已演變成渡輪攻港記。

202X 年 1 月～【廈門─台中港】

2010 年,台灣交通部核准中國遠洋運輸公司(中遠,COSCO),經營大陸港口與台灣港口的不定期航線,由於兩岸業務的需求,目前已為每週一、週五行駛於廈門與台中港之間的定期航班。台

灣當局同意開放廈門與台中港的客貨輪直航時,已為共軍渡輪攻港記埋下伏筆⋯⋯。

「中遠之星」[38],是一艘目前最豪華的客貨兩用輪,共有八層,有豪華套房、VIP 套房及標準房,除了可供 250 人同時用餐的中餐廳之外,尚有咖啡廳、KTV、健身房、棋牌室、三溫暖等育樂設施,可載 683 位旅客、裝載 256 只 20 呎貨櫃及 150 輛汽車,總噸位約 2.7 萬噸;相當於可搭載 900 名士兵之 2.5 萬噸的中共 071 型綜合登陸艦,就差沒有裝配槍砲武器而已。

[38] 中遠之星:船籍香港,為廈門—台中航線的客貨兩用(渡)輪,航行時間約 10 小時,每週三 1 航次,上午 7:30 到台中港,晚上 9:30 離開台中港,載客數 683 人,載貨數 256 個 20 呎貨櫃單位(TEU)及 150 輛汽車。總噸位 26,847 噸,船長 186 公尺、寬 25.5 公尺。

位於福建平潭的海峽高速客滾航運公司,自 2011 年開始營運海峽號[39]高速客滾船(台灣稱渡輪),經營平潭—台中—台北的客貨滾裝航線運輸,平潭—台中的航行時間僅需 3 小時。後來,又開啟平潭—台中之間的貨輪航線,魯豐號貨輪是每週 2 次直航台灣的集裝箱輪(台灣稱貨輪),可裝載 345 只 20 呎貨櫃。

[39] 海峽號:船籍中國,為平潭—台中航線的客貨兩用(渡)輪,航行時間約 3 小時,每週二、四、日共 3 航次,中午 12:00 到港,14:30 離港。載客數 760 人,承載貨 12 個 20 呎貨櫃及 260 輛汽車。總噸位 6,556 噸,船長 97.22 公尺、寬 26.16 公尺。

魯豐號:以福州市平潭島為母港、直航台灣的貨櫃輪,可承載 345 個 20 呎貨櫃。

　　鴻賓集團響應行政院推動的「台商回台投資行動方案」，於 2019 年在台中港科技產業園區，投資 15 億元台幣，買下 3,600 坪土地建廠，成立鴻康電子公司。建廠完成後，由王安擔任總經理。

　　隨後，王安在台中市的第七期重劃區買了一棟地坪 80 坪的 5 樓電梯獨棟住宅，作為夫妻經常性的住所，有業務需求時，才會回台北市內湖區的豪宅居住。2 人經常搭乘中遠之星渡輪，往來廈門與台中港之間，夜間啟航、清晨到港，比起搭飛機往返，方便了許多。

　　對於開放兩岸的港口直航，台灣當局也不是沒有警覺心，為了防範兩岸通航的客貨輪，被當成木馬屠城記的載具，國防部在 2023 年初，召集海巡署、警政署、港務局及行政院國土辦等單位進行研商，訂定「三級應變、區域聯防」的應對之策。只是，這已成為例行性公事，就像軍中的武器裝備檢查一樣，未徹底執行。

202X 年 7 月 29 日【福建，廈門 / 平潭—台灣台中港】

　　是一個週三的清晨，朝陽初升的金光，被東方的厚厚雲層遮住了光芒。昨晚駛離廈門國際渡輪中心的中遠之星客貨輪，已越過台灣海峽中線。上午 7 點 30 分，晨曦終於微微露出曙光，中遠之星鳴笛駛進台中港，緩緩的停靠在 19 號碼頭[40]。

　　[40]台中港 19 號碼頭：台中港直航廈門及平潭的上下船碼頭，緊鄰的是地下一層、地上五層、總面積 13,582 平方公尺、旅客大廳約 4,000 平方公尺的台中港旅客服務中心。距離服務中心 300 公尺處，即是大型的台中港三井 OUTLET 暢貨購物(遊樂)中心，年營業額逾 80 億元，每年吸引超過 900 萬的人潮。

　　這已是近 1 年之內，王安與黃倩第 6 次搭中遠之星渡輪由廈門返回台中港，為的是想仔細觀察、徹底了解客貨輪靠泊碼頭之後的「三級應變、區域聯防」作業的 SOP。

　　中遠之星在靠泊碼頭之後，海巡署指派 3 名檢查員，登船隨機抽檢船員室及裝備間等場所，帶隊小組長攜帶無線電，並於登船的前、中、後時段，將登船時間、檢查狀況與離開時間，即時回報給海巡署在碼頭的值班人員，如遇突發狀況，小組長可立即按下無線電緊急按鈕，值班台即派人支援，如遇不可控制狀況，再由港警、憲兵支援……。

　　中資企業無孔不入，早在 2009 年就租下高雄港的 65 號、66 號碼頭，並取得第 6 貨櫃中心的 50 年特許經營權。如今，食髓知味、又如法炮製。台灣經濟部投資審議委員會，經過 2 年的審查評估，認定總部位於香港的西方海外貨櫃航運公司，沒有中資疑慮、一切合法，同意西方海外貨櫃航運公司，租用台中港的 37A 號及 38A 號貨櫃碼頭，租期 30 年，每個碼頭面積 125,000 平方米，可堆放 4,000 個貨櫃。

　　不到 1 年的時間，37A 號及 38A 號碼頭，就完成了碼頭的基礎設施、電力供應、3 層樓辦公建築、控制塔、起重機作業場、貨櫃場、集散倉庫、暫存區、貨運站、調度室等硬體設施，並架設 2 部 55 噸及 2 部 40.6 噸的貨櫃起重機，同時成立了台灣西方海外公司，代理營運。37A 號及 38A 號碼頭，表面上是正常經營的貨櫃場營運公司，因為幕後是中資企業，有朝一日，就可能成為中共解放軍的營區。

　　37A 號及 38A 號碼頭開始營運之後，肥水不落外人田，中遠

之星號、海峽號的客貨兩用渡輪，以及魯豐號等中國籍貨輪的進出貨櫃，均改在這 2 個碼頭裝卸、存放，3 年多來為兩岸貨運提供了快捷、方便的服務，對於推動兩岸機電產品、農產品、食品及工業零組件的貿易往來，發揮了重要作用；同時，往來台中—廈門(中遠之星)及台中—平潭(海峽號)之間的旅客，也呈倍數成長。

台灣港口每年貨櫃裝卸總量高達 1,500 萬只貨櫃(TEU)，光是台中港，每年貨櫃裝卸量就有 190 萬只 TEU。所以，除非是線人檢舉或是政府情資的違禁品情報，海關才會進行貨櫃落地檢查，否則多不會查驗，每年有多少違禁品進入港口，就不得而知了。

鴻康電子公司，是符合成立滿 5 年、近 3 年無違規情事、每年進出口實績達 500 萬美元等條件的安全認證優質企業，其進出口貨櫃多是免驗放行。鴻康電子公司就是利用這個漏洞，最近 2 個月來，以鴻康電子公司之電子半成品名義報關，利用中遠之星及魯豐號的貨櫃，分批運送機關槍、手榴彈、突擊步槍(衝鋒槍)及點三八手槍等個人武器，再加上自走式及牽引式的榴彈砲、火箭砲及迫擊砲等輕量中型武器，以及 200 架的小型無人機。這些武器分別存放在 37A 號及 38A 號碼頭貨櫃場的 900 多個貨櫃中，就是為了將來長期固守台中港灘頭堡用。

202X 年 9 月 30 日，07：00～【台灣，台中港 18 號碼頭】

台中港每年約有 10 多艘大小的郵輪申請停泊，緊鄰 19 號客運碼頭北側的 18 號碼頭，是郵輪優先使用碼頭，可停靠 9 噸以下的郵輪。

「海洋詩歌」郵輪是巴哈馬籍的 9 萬噸級郵輪，每年必會來台中港 2 趟，每次停靠時，均會安排 3 天 2 夜的中部地區旅遊，

為台中的金流、物流、人流及觀光產業帶來可觀的商機;也為OUTLET 購物中心,增加不少的業績。

海洋詩歌郵輪,因為每次均會停泊 62 小時,較其他只停 12小時的郵輪停得久,噸位也較大,也為台中港帶來業績(靠港費以噸位、小時計算),是台中港務分公司目前極力爭取成為以台中港為(雙)母港的郵輪。

上午 7 點鐘,海洋詩歌郵輪已準時停靠在 18 號碼頭,此趟航行,由上海載來旅客 2,636 人。

由於港口代理公司事前曾向移民署申請前站檢查,已先完成人證之查核作業,只需要經海關、衛生、檢疫等人員登船執勤,旅客即可下船觀光。

上午 7 點 10 分,海關、檢疫、移民及安全等單位人員抵達台中港旅客服務中心,會同港務人員登上「海洋詩歌」郵輪,執行例行公務,一切符合規定,沒有發現違規事項。辦完相關手續之後,旅客分批下船、出關前往台中地區進行旅遊行程。

台中港停車場早已停著 53 輛遊覽車,準備載送海洋詩歌郵輪的乘客前往日月潭或阿里山風景區觀光,部份旅客則選擇自由行,自行前往台中市區的景點觀光,或在附近的三井 OUTLET 購物中心逛街、購物。

202X 年 9 月 30 日～10 月 1 日【廈門港及台中港 19 號碼頭】

台中港正在醞釀一場一夜變天的寧靜革命[41]。

[41]寧靜革命:通常係指沒有流血衝突的政變。對台灣政局而言,是由時任中華民國總統李登輝所主導的一場長達

數年的政局改變；這場運動並沒有發生流血衝突、革命顛覆、外國入侵或是軍事政變，而是透過修改憲法以及國會改革來進行，因而得「寧靜」之名。前後歷經十多年，一般認為，寧靜革命在1996年李登輝當選首次民選總統及2000年陳水扁當選總統後，確認成功。

10月1日是中國的國慶日，配合前後週末的彈性調休，今年共有8天的連假。9月30日下午3點，此時正值國慶假期中，廈門國際渡輪中心的中遠之星渡輪櫃台附近開始熱絡起來，由中國東部戰區精選的120名特戰兵，混雜在9個旅行團之中，共有678人(滿載683人)以觀光名義，準備搭乘晚上9點30分起航的中遠之星前往台中港。

跟一般的觀光團沒有差別，有領隊拿著旗子集合團員、代辦報到手續、領船票，在出境關口前招呼團員排隊等著上船。678名旅客中的其中1人，是此次台中港寧靜革命計劃的領導，使用假名護照、整容變裝的林強中將，看起來就像首次出國的大叔一樣。

經過10個小時的航行，1日上午7點30分，中遠之星渡輪準時抵達台中港的19號碼頭。

天空不作美，米粒大的雨點打在船橋的屋頂及透明的玻璃側窗，稀哩嘩啦的不同調雨聲，就像打擊樂的演奏一般。所有旅客逐一經由船橋通過台中港海關檢查站，林強中將也順利地闖關成功，由王安夫妻接送離開台中港旅客服務中心。

中遠之星先在19號碼頭讓旅客下船，再開往38A號碼頭卸下112個貨櫃，其中的60個貨櫃中，均藏了8名攜帶點三八制式手槍、穿便服的特種兵。之後再重新吊裝上正常的128個貨櫃，

於下午 4 點鐘，再度停靠 19 號客運碼頭，等待在晚上 7 點 30 分時，旅客辦理通關上船。

晚上 9 點 20 分，共計 563 人搭船，準備返回廈門，平時由台中港前往廈門的航班，以台灣籍旅客居多，今天，也許是中國十一連假的關係，以內地來的旅客佔多數。

晚上 9 點 30 分，停靠在台中港 19 號碼頭的中遠之星拉響汽笛，表示準備啟航離開碼頭。

中遠之星離開碼頭之後，站長及另 1 位港務人員由 19 號碼頭走回旅客服務中心的一樓大廳，看見另外 3 位同事被約 10 餘位民眾圍著，似乎在討論什麼似的，剛走進大廳的站長邊走邊說：「各位民眾，現在已過了開放時間，請各位趕快離開。」

大廳中的 10 餘位群眾同時回頭看著站長，站長看到 3 位同仁的臉色似乎有點不太對勁，而 10 餘位男女民眾，向站長微笑地揮揮手，並異口同聲說：「站長！晚上好！」

中遠之星晚上 9 點 30 分的鳴笛聲，不僅是船離港的通知，也是解放軍發動攻擊的訊號。

早已潛伏在暗處的 80 名手持衝鋒槍的特種兵(未穿軍服，看似一般民眾)，不一會兒功夫，就分別佔領位於台中港四周、毫無警戒心的海巡署碼頭辦公室、中突堤管制站、北突堤管制站及台中港旅客服務中心等 4 個重要據點，共挾持了 18 位警衛。

王安與黃倩陪同林強中將，來到旅客服務中心大廳，因為王安夫妻搭乘中遠之星往來廈門與台中之間時，均會主動與港務人員打招呼，因此，幾乎所有港務人員都認識待人親切的王安夫妻，

他們由廈門回來時，三不五時還會送些廈門特產給港務人員分享。

　　黃倩面帶微笑，走到站長面前說：「李站長，您好！這位是林強將軍，他有話要跟你們說。」

　　身穿軍服的林強中將說：「大家晚上好！很抱歉！打擾了！我們是來自廈門的同胞。」60 名身穿便服的解放軍，手持點三八制式手槍，槍口朝下，並沒有對準港務人員，被請坐在服務中心大廳的 23 位人員不知所措，露出驚恐的表情，依指示交出手機。

　　「我們是奉習主席的指示，來到台中港和各位鄉親溝通的。」林強中將繼續說。同時，王安夫妻快速的將一張 A4 紙傳送給 5 位港務人員及 18 名由管制站挾持的警衛。

　　此 A4 紙張的標題是「告台灣同胞書」，跟以往中國各最高領導人所發表的四、五千字「告台灣同胞書」[42]不一樣，內含明確的「習五條 2.0」表述，全文不到 600 字，用的是習近平專用信箋、簽名和醒目的紅色官印，是如假包換習近平的信箋函。

> [42] 中共的歷屆最高領導人，不時發表「告台灣同胞書」，其內容都會被精簡為重點論述，例如，鄧(小平)六條、江(澤民)八點、胡(錦濤)六點及習(近平)五條，這些教條雖然精簡，但多是陳腔濫調、了無新意、缺了明確的表述。這次，習近平像是吃了定心丸、豁出去了，依國師林富寧的建議，將 2019 年發表的「告台灣同胞書」之「習五條」，調整為明確表述的指標：「習五條2.0」。

　　23 位港務人員及被挾持的警衛，從未如此接近過解放軍，心裡忐忑不安地看著 A4 紙張的「告台灣同胞書」。

　　鐘擺似乎暫時停止 3 分鐘，讓所有人看完「告台灣同胞書」。

告 台 灣 同 胞 書

親愛的台灣同胞們：

　　和平統一的時刻已經來臨，近半年內台灣發生的幻象 2000 墜海、樂山雷達站隕石空爆、龍崎變電所爆炸和華航客機迷航的事件，證明我們有能力、以新武器精準地攻擊台灣的任何設施。

　　雖然現在有萬名解放軍駐守台中港，這僅做為中國共產黨在台灣的基地，我們承諾：台獨軍隊不開砲、我們不還擊。兩岸一家親、血濃於水，我們不希望同胞們為戰爭而犧牲寶貴的生命。

　　維持台灣既有體制的正常運作，才能確保社會的穩定、祥和；所以，我們保證：台中港航運及各碼頭均維持正常作業，不影響工商業的發展，道路及 OUTLET 購物中心照常開放，不影響百姓的生活。

　　為了台灣同胞的利益福祉，我們做出最大的讓步，創造雙贏的局面；和平統一之後，對台灣實施「習五條 2.0」政策。希望台灣同胞們能回歸祖國的懷抱，讓我們的子孫後代，在和睦、繁榮的共同家園中生活成長，共圓中國夢，共享民族的榮耀。

　　「習五條 2.0」：

　　1.和平統一、中國與台灣共組中華聯邦共和國。
　　　(漢滿蒙回藏苗瑤及台灣族，共融、共和)

　　2.全面開放台灣的農漁工商產品進入內地市場。
　　　(兩岸交流不設限，[京台高鐵]2035 到台灣)

　　3.健保免費、0～6 歲國家養，經費來自軍購、國防預算。
　　　(台灣每年軍購國防費 6 千億，≦6 歲國家養僅需 2 千億)

　　4.包含台獨政客的任何人，可選擇留在台灣或前往他國。
　　　(百姓生活照舊，台中港作業照常，確保社會安定)

　　5.承諾只打武裝軍隊及軍事地區，不打民生及基礎設施。
　　　(台灣同胞請離軍事區 6 公里以上，以免砲擊時受害)

　　林強中將繼續說:「就如習近平主席所承諾,中國人不打中國人,各位可以思考清楚再做決定,今天晚上,就請各位睡在中遠之星的 VIP 套房,船上有健身房、三溫暖等多種育樂設施,7 樓尚有海景餐廳可享用宵夜。」

　　「您可等到明天早上 7 點再做決定,如果您選擇離開,我們不會為難您,再度強調一次習主席的指示,兩岸一家親,中國人不打中國人。」

　　接著,23 位的港務人員及警衛,在解放軍的陪同下,走向 2 天前以故障待修為由而停泊在 16 號碼頭的中遠之星渡輪。一上船,包含船長在內的 30 多位工作人員,列隊鼓掌歡迎。

　　是福?是禍?被請上船的台灣人員儘管忐忑不安,但是,看了「習五條 2.0」之後,了解至少沒有生命危險。

　　部份原本準備下班的港務人員,在徵得林強中將的同意之下取回手機,打開麥克風,簡短的向家人說:「今天晚上碼頭臨時有事,睡在旅客服務中心,明天下班後再回家」,然後再繳出手機。

202X 年 10 月 2 日～6 日【台灣,台中港區及 OUTLET】

　　2 日上午 6 點鐘,昨晚睡在中遠之星的 23 名人質,與船長、大副和 10 多名軍方人員(除了林強中將身穿軍服外,其他人皆著便服)共進早餐,船長和林強中將,親切與台灣人員問候:「早上好!昨晚睡得好嗎?」等客套對話。

　　由於僅有林強穿著軍服,且有 4 位年輕貌美的服務生穿梭上菜,被留宿的台灣人員,已不再感受到壓力。

　　早餐之後的咖啡、飲茶時段,港務局站長代表台灣人員對林

強中將說：「經過昨晚的討論，我們決定留下來，畢竟我們不是政治人物，須以家人的生計為優先考量。」

「感謝你們對祖國的認同。」林強中將面露笑容地繼續說：「各位鄉親是祖國和平統一、建立灘頭堡的貢獻者，有了各位的認同與協助，相信台獨政客，很快就會發現大勢已去而逃離台灣。」

「你們今天仍回原有單位照常工作，盡量轉傳『告台灣同胞書』、告知同事親友們台中港的現況，盡可能說服同事們照常上班。維持港區的正常運作，是項重要的任務，否則社會將會發生恐慌、搶劫的混亂狀態，這不是我們樂見的。」

「感謝大家的配合與支持，共同為和平統一而努力，事成之後，我會呈報上級、論功行賞，在座的各位每人至少領賞 100 萬人民幣。」

「人民幣 100 萬約相當於台幣 450 萬元」，在座的台灣人心中暗自高興，卻不敢大聲叫好。「照樣過日子，和平統一後，健保免費、0～6 歲國家養，可以過個較好的生活，何樂而不為？原來台灣每年的軍購及國防預算那麼多，和平統一之後，應該還有更多的福利。」

「我可以向各位保證，台灣同胞們的日常生活一如往常，今天隔壁的 OUTLET 購物中心照常開放，只要台灣當局不勒令關閉，以後也照常開放。」

「我們的目標是守住台中港，作為中國共產黨在台灣的基地，聯合理念相同的政黨重整台灣政局，維持既有的制度向前行，讓台灣引以為傲的半導體業繼續領先全球。中國人不打中國人，只

要台灣軍隊不對我們開火，我們也絕不開槍、開砲，一旦開戰，必有傷亡、民不聊生，俄烏戰爭就是個活生生的例子。」

「我們可以領回手機嗎？」站長問。

林強將軍回答：「可以，很抱歉！待會馬上發還給大家。因為等一下你們就要返回原有的工作崗位，讓港區維持正常的運作。台中港一旦無法正常運作，則每天數千個貨櫃無法進出台中港，那麼，台中的生活圈可能失控、癱瘓，各位的責任很重大，這就是將來每個人至少可領取 100 萬人民幣賞金的原因。拜託各位了！」

「你們可以自由行動，並歡迎利用手機將『告台灣同胞書』轉傳給親友及社團群組。」服務人員逐一唱名，將手機交還給台灣人員。

OUTLET 購物中心是台中地區頗受歡迎的大型購物中心，交通便利、停車方便。上午 10 點 30 分開門，離南側門口較近的停車場已停了上百輛的汽車；公車、遊覽車也照常駛入，在前往 OUTLET 的路線上，看不到穿軍服的解放軍，民眾依序進入 OUTLET，並沒有異常現象。

比較不一樣的是，在 OUTLET 四周的台中港區上空，有 10 多台小型無人機飛行監視著。另外，在 OUTLET 內部或外面四周，有 400 名穿著便服的解放軍穿梭警戒著。

這批人均是最近一週內，搭乘飛機抵達桃園或高雄的偽裝觀光客，分別住宿於離 OUTLET 不到 3 公里的港邊旅店、凱達旅店及皇賓大飯店等 6 家商旅的中共解放軍，前天晚上已領到一把

點三八制式手槍及 5 個彈匣。

這些武器是近 2 個月內，陸續利用魯豐號及中遠之星運載貨櫃而來，暫存於 37A 號及 38A 號碼頭中。2 個碼頭共存放了上千個非法貨櫃，內部除了藏有各種單兵武器及輕型的機動式飛彈與發射座外，尚有鋁箔真空包裝的 13 單兵即時食品和 17 單兵自熱食品等野戰食品，足以供應 6,000 名士兵食用 2 個月。

這些野戰食品是考量戰地沒有炊事廚房的士兵口糧，沒想到，王安夫妻擬訂的「後勤支援 B 計劃」，竟然讓這些野戰食品成為無用的備品(※見篇尾彩蛋)。

解放軍們可選擇到 OUTLET 的美食廣場用餐、還能叫 Uber Eats 或 Foodpanda 外送美食，也有總鋪師來 37A 號及 38A 號碼頭辦桌開伙，比起傳統的兩棲登陸戰，此次的渡輪攻港記，是一場旅遊性、沒有煙硝味的戰爭，台海無戰事，搶救了海峽兩岸士兵的寶貴生命。

解放軍從 1 日晚上 10 時開始，就忙著迅速佈署兵力。除了在 37A 號及 38A 號碼頭的高點架設 8 挺機關槍之外，也在碼頭出入航道的南防波堤、北防波堤、南突堤、中突堤及台中港旅客服務中心頂樓上，架設了共 18 座的火箭砲、榴彈砲、迫擊砲及機關槍，以防止台灣特遣部隊由海上反攻，並在環繞台中港和 OUTLET 四周的中南一路、台灣大道、中二路及北堤路的路口，設置管制站、堆設沙包掩體，每個管制站配置 20 名手持衝鋒槍的特種兵，整個台中港的活動區內，大概有 4,800 名中共特種兵警戒著。

西方海外貨櫃公司承租的 37A 號碼頭和 38A 號碼頭，以及

2 天前以故障待修為由停泊在 16 號碼頭的中遠之星渡輪,就成為中共解放軍的駐紮營區。

紙包不住火,2 日上午 10 時,2 天前由台中港出發的遊覽車上,台灣導遊拿著麥克風說:「報告各位一個好消息,台中港旅客服務中心已被內地來的解放軍接管了,兩岸要統一了…。」導遊見風轉舵,儘說些內地來旅客想聽的話,不敢得罪衣食父母,並打開遊覽車上的電視收看新聞報導。

乘客們滿臉狐疑,怎麼沒有砲彈聲?電視報導語焉不詳,也看不到穿軍服的解放軍,是否繼續遊覽行程?遊覽車司機未接到返回的通知,最後,乘客們投票表決,決定繼續前往既定的景點遊覽。

由於路上大塞車,原本預定 2 日下午 5 點前回到台中港的遊覽車,遲至下午 7 點多,海洋詩歌郵輪的乘客,才陸續的提著大小包的採購品,回到郵輪上,乘客們彼此興高采烈的討論著旅遊新鮮事。對於台中港旅客服務中心是否已被中共解放軍接管,乘客們依舊半信半疑,因為看不到半個解放軍的人影。

郵輪的推進系統和電力系統,是 2 個完全獨立的系統,即使推進系統停止運轉,郵輪上的照明、空調等一般的電力供應也不會停止。

負責推進系統的輪機部門,除了管理層的輪機長、大管輪、管輪、機匠長之外,尚有 10 多名的技術員,其中,共有 3 位是由中共海軍退役下來的輪機長及機匠長;老練的輪機員若想要暗中搞鬼、破壞主要機件,讓推進系統無法正常運轉並非難事。

　　輪機長向船長報告，推進系統中故障率極低的傳動軸機件故障，沒有備品，暫時無法啟行，須向原廠請求寄新品更換，看樣子，至少 4 天內無法離開台中港。

　　晚上 8 點 30 分，船長依船東的指示廣播：「各位旅客晚安，由於傳動系統的重要機件故障，無法航行，須等待原廠寄來零件更換，預估需耗時 4 天，無法離開，造成各位的不便，深感抱歉。這 4 天的支出，全由本船免費招待，並加送台北 101 的一日遊行程，有意者，請前往 4 樓客服中心登記。」

　　晚上 11 時，郵輪的廣播系統響起：「由於台中港的現況不明，基於安全理由，台中港務局規定不准下船。因此，本船改發每人 300 美金的慰問金，以示歉意。」

　　這下子，每人 300 美金加上 4 天免費招待，海洋詩歌郵輪損失至少要 100 萬美金了；不過，此艘巴哈碼籍的郵輪幕後船東，是中共軍民融合投資基金的企業，100 萬美金的損失早在意料之中，機件故障、滯港 4 天，只是聽從上級的指示而已。

　　除了少數另有要事的乘客之外，大部份的乘客普遍覺得賺到了。就這樣，海洋詩歌郵輪暫時成為不得不在台中港都停留 4 天的人質船。

　　4 天，是解放軍能否守住台中港區的關鍵時間。

　　「不，3 天就夠了。3 天是穩住台中港灘頭堡的關鍵時刻，只要撐過 1 天、2 天、3 天，讓台中港作業維持正常運作，台灣軍隊就會投鼠忌器、有所顧忌，不敢再動反攻搶回台中港的念頭。」林強中將心中盤算著。

202X 年 10 月 2 日～4 日【台灣，總統府】

自 10 月 2 日上午解放軍佔領台中港的消息曝光後，台灣當局的國安 10 巨頭，進入總統府就沒有離開過。大家絞盡腦汁，商討如何反攻搶回台中港，方案很多，解決辦法卻只有一個。

「砲轟台中港？」

「不行，附近有中油碼頭、LNG 碼頭、化學碼頭及離岸風機等國際性企業租用的碼頭，還有一艘有 2 千多人的郵輪人質。」

「由海上登陸反攻？」

「很難，四周均是消波塊、防波堤，防波堤上及碼頭航道口，老共已架妥各種防禦砲彈、機關槍，若由碼頭航道硬闖，可能是死路一條。」

「無人機攻擊？」

「不行，他們有小型攻擊無人機警戒著，我們的劍翔、銳鳶無人機和向美國購買的 MQ-9B 無人機，均不適合低空短接作戰。」

「派特戰隊分別由台灣大道及中二路直攻？」

「很難，各主要路口、道路，老共已架妥沙包掩體，備有機關槍及迫擊砲。而且一旦硬闖開火，難免造成無辜民眾傷亡、車輛毀損，而且台中港各個碼頭的作業也會停擺，造成大混亂。」

「斷電？斷水？」

「不行，同一輸電路及自來水管線，供給很多的海運業、石化業及十多座碼頭的用水、用電。」

「封鎖台中港？」

「很難，台中港每天有數千只貨櫃進出，一旦封鎖，不止是台灣大道，就連國道 3 號也會大塞車，中台灣的工商業可能會崩潰，而且郵輪已訂購 3,600 人 4 天份的近千種食材，若拒絕數百家的廠商送貨，可能引發民眾暴動。」

「我們的軍隊可以打戰嗎？」

「很難說，沒有真正打過戰，各地營區已發生數十起逃兵事件了。」

「我操！不要只回答不行、很難，有什麼可行的對策？」A 總統動怒了。

除了總統虎視眈眈的輪流瞪著與會高層之外，大家都低下頭故作思考狀。

「老共目前似乎只想佔領台中港，我們至少應在中清路與台灣大道之間的西濱高架道路下駐軍、做妥防禦工事。」國防部長按鈕發言。

「有辦法！趕快請美國、日本派兵駐防台灣！」不知是誰突發奇想、冒出這句話。

202X 年 10 月 2 日～10 日【中國、台灣海峽、台灣】

這是有史以來，台灣當局面臨的最大危機和最嚴重的認知作戰。

自從習近平的「告台灣同胞書」在網路、媒體傳開之後，台灣網路上開始流傳中國以太空武器攻擊樂山雷達站及變電所、以雷磁脈動波擊落幻象 2000 戰機、以電子干擾設備迫使華航客機飛往廈門的情節；電視台的政論名嘴，更是繪聲繪影、鉅細靡遺

詳述各種宛如科幻小說的情節，似真似假、撲朔迷離。

贊成統一的網友及政論名嘴們，讚揚解放軍領導的雄才大略，不發一彈一砲，就佔領了台中港，並認為台灣當局應以人民生命為重，不應發動反攻而造成軍民的傷亡。反之，贊成台獨的網友及政論名嘴們，除了批評中國的蠻橫侵略，以及要求總統府硬起來之外，同樣地束手無策。

台灣海峽中線附近的中共軍機及中共軍艦顯然增加了許多，但是並未封鎖台灣海峽，不影響台灣海峽的貨輪航行。只是，中共的外交部和國防部一再發表聲明，嚴重警告美、日等國家不要介入，干涉台中港的中國內政事務，否則後果自行負責。

台海無戰事，出乎意料之外的平靜，天空上看不到超過海峽中線的中共戰鬥機，每天數千艘的船隻照常在台灣海峽航行，台海上空的民航機也未改道。

中國沿海並沒有任何軍隊調動的跡象，也沒有在台灣四周海域舉行軍事演習，與上次美國眾議院議長訪台的反應，有天壤之別，這反而讓美日台高層更加擔心——莫非中國真有不為人知的新型太空武器？

「告台灣同胞書」似乎發酵了，大賣場及百貨公司等民生消費場所，人潮雖然增加不少，但是，並沒有出現失控、暴民搶劫的亂象。

沉默的大多數，多抱著"打仗不干我的事、安全回家才重要"的心態，對台灣民眾而言，除了知道台中港增加了為數不詳的解放軍之外，沒有什麼差別，還是得上班過日子。

　　10 月 2 日，台中港 OUTLET 購物中心照常營運，其官網貼出公告：「10 月慶典活動：10/5～10/11(7 天)，全館 3～5 折優惠。」

　　第 1 天(10 月 2 日)：上午 8 點 30 分，金管會宣佈：「股匯市停止交易 5 天」，中央銀行宣佈：「每天，每人限提 2 萬元，公司戶限轉帳 20 萬元」。於是，全台各地的銀行及提款機前，排著等待著提領現金的長長人龍。

　　下午 5 點的下班尖峰時段時，台中港區由台灣大道十段塞到國 1 交流道，讓海洋詩歌的遊客無法及時趕回郵輪，恰巧郵輪因機件故障，延後 4 天出港。

　　第 2 天(10 月 3 日)：台灣大道由一段 1 號的台中火車站，一路塞到十段的台中港 OUTLET 購物中心。

　　第 3 天(10 月 4 日)：除了嚴重的交通阻塞依舊之外，台中港區碼頭作業恢復正常。

　　第 4 天(10 月 5 日)：今天是 OUTLET 購物中心 10 月慶典活動的第 1 天，上午 9 點開始，就有購物民眾的車輛陸續駛入停車場，等待 10 點開門進場採購。

　　然而，全球有 40 多個國家先後將台灣列為「不宜前往」之紅色警戒國家，美國及日本緊急呼籲僑民盡可能回國，就連越南、印尼、菲律賓及泰國，也紛紛提出撤僑計劃。

　　美僑 1 萬 2 千人、日僑 1 萬 8 千人，美、日的撤僑計劃，只會影響台灣當局的信心；但是，越南、印尼、菲律賓及泰國的撤僑，茲事體大，因在台移工高達 74 萬人，其中社福移工 23 萬人，會造成長照及工廠的大問題。

　　不過，對大多數的移工而言，賺錢養家才重要，並不想離開台灣，只是聯合要求調漲 70%～100% 不等的薪資，讓僱主們大喊吃不消。於是有人在網路平台號召同樣受苦的家庭，在 10 月 10 日國慶日上午 10 點鐘，推著坐輪椅的家人，一起前往總統府參加國慶大典。

　　自 10 月 2 日以來，桃園機場、松山機場及高雄機場，出現比以往多了 3 成以上的人潮，等著付現買票出國。

　　4 天之後，就是 10 月 10 日中華民國的國慶日了，因外國特使不來參加慶典，總統府已發佈「取消國慶日慶典」新聞稿。台灣總統的國慶演說，會是怎樣的內容？

　　台灣當局束手無策了嗎？船到碼頭自然直，且看「中篇」分解！

篇尾彩蛋：

自從 202X 年 8 月上旬劫持華航客機任務成功後，王安與黃倩並沒有閒著。

林強將軍交代王安夫妻一項新任務，擬定「後勤補給 B 計劃」，目的是在解放軍佔領台中港灘頭堡之後，如何利用在地資源，供應每日 8,000 人的膳食。

王安夫妻召集潛伏在台中地區多年的 5 位資深幹部開會，集思廣益，列舉各項可能方案。「錢不是問題，請各位提出任何可能的構想，然後再比較分析利弊，最後保留 5 項建議方案，供上級領導決定。」

開了 3 小時的會，終於選出 5 項方案：

(1) 鼓勵民眾前來 OUTLET 消費，一律 8 折，我方再以當日營業額 × 150% 給付 OUTLET(民眾及 OUTLET 均實質受益 20%)。

(2) 確保 OUTLET 正常營業，讓巡邏的便衣士兵在美食街用餐。

(3) 徵求梧棲區 100 名外送員，憑收據、發票給小費 50%。負責排骨/雞腿飯、滷肉飯、牛肉麵、鐵板燒、米糕、碗粿、肉粽及小籠包等 8 種小吃之外送。

(4) 徵求 10 組(5 人/組)廚師團隊，在港區提供士兵用自助餐，工料費每組日薪 30 萬元。

(5) 租用 20 輛 2 噸貨車，在港區運送士兵、武器、補給品及巡邏用，日薪 30,000 元。

沒想到，王安夫妻的「後勤補給 B 計劃」，反而成為此次台中港的寧靜革命的 A 計劃了。

NOTE

中篇

美日台聯軍的台獨之路

(獨立篇)

第 1 章 台灣 Ａ 總統的「國父夢」

「務實的台獨工作者」有三種，第一種自恃台獨金孫、逞口舌之快，既說出口就覆水難收，但是，為了選票，不得不修改話術；第二種是藍皮綠骨，對於「九二共識」左躲右閃、曖昧不明，平時少當抬轎人，選時大嘆坐轎累；第三種是綠骨白化、自視甚高，遊走於藍、綠之間的牆頭草，有機會在鷸蚌相爭之下，成為得利的漁夫。

台灣的總統選舉，就由這三種火侯程度不一的「務實台獨工作者」競爭，有人硬拼蠻幹、有人鴨子划水，有人見風轉舵。"寧為雞首、不為牛後"，不管誰當選台灣總統，均將朝向"台灣獨立"的目標前進。

2024 年 1 月 13 日～【台灣，踢屁屁食噎坊】

台灣的總統選舉結果揭曉了，跟以往一樣，幾家歡樂幾家愁，不過，這次選舉出現不少難以接受選舉結果的憤怒草。一連幾天，阿北的鐵粉 maddog 上「踢屁屁食噎坊」找答案。

maddog：「阿北不是坐二望一？怎會這樣？」

sunday：「對阿！不是只差 20 萬票？凱道來了 30 萬人？」

littlecat：「北七喔！假民調啦！」

wang1985：「科學理性務實？XDDD」

rouge13：「暝進黨漁翁得利，藍白鐵粉別跳樓」

kmtx：「Y33 應下台！」

dragon：「藍綠蟑螂傾巢而出，4 年後再說吧！」

kou12：「墊底還想卡位？4 年後換人啦！」

xyz456：「智商 157？政治 IQ 還不如 Y33 和 Y 果蒼」

andy567：「冥塚黨是白蓮教，教主只靠一張嘴」

bigwan：「選輸不道歉，還怪年輕人投票率太低」

xida：「哭 P 年輕人好騙夠」

fun45：「柯憐哪！宋北北 2.0」

maddog：「再接再厲，4 年後再拼一次」

laggni：「笑死！4 年後再幫賴皮助選一次？」

fly345：「未來 4 年 阿伯的政治舞台在哪？」

bingo33：「當行政院長？賴皮寮侍衛長？」

flydog：「沒舞台，4 年後阿北是路人甲」

metoox：「潮水退了，誰沒穿褲子阿？」

sapperlin：「不科學的柯學，已變成厚黑學」

cryking：「新黨、親民黨、台聯黨、時力黨、下一位？」

噓文、推文都看不出真與假，看樣子憤怒草們仍走不出敗選的陰影。

maddog 回到 Gossiper 看板，看到一篇署名 2688 的爆卦文，發文標題為「[爆卦] 2688 看台灣的總統選舉」，是一篇當前最多人"噓"與"推"的文章。

[爆卦] 2688 看台灣的總統選舉

我在踢屁屁潛水多年，從未浮上水面，這次的台灣總統選舉，讓我增廣見聞，以下是我的觀察與看法：

"統一與台獨"分別是國民黨及民進黨"不得不抱"的神主牌，但是，在目前的政治氛圍下，"國民黨不想統，民進黨不敢獨"；國民黨"不想統"，是害怕會失去民眾的選票，民進黨"不敢獨"，是因為看不到美國"保衛台灣"的決心；國民黨與民進黨的基本盤，大概分別為 30%及 33%，想要爭取更多的選票，則需要爭取中間選民的認同，國民黨與民進黨均必須往中間靠攏。

民進黨是為了台灣獨立而生的政黨，前人種樹、後人乘涼——續任的台灣總統應該感謝李登輝、陳水扁及蔡英文，甚至還要感謝執政 8 年因政爭而一事無成的佛系馬英九。

在蔡英文的 8 年執政期間，黨意即民意，順利地完成「黨團永續經營」的修舊法、立新法工程，同時，從深耕教育思想改革，全面改版國小、國中與高中的歷史課綱，徹底地去中國化，青少年不知不覺中，成為不知道「孫中山是誰」的天然獨。

台灣意識(※不是台灣共識)，歷經李登輝的「播種期」、陳水扁的「萌芽期」、馬英九的「放任期」，到蔡英文猛喝"轉大人"的「飆漲期」，已逾 30 年了。30 年，足以讓兒童蛻變為社會的中堅份子。民進黨竭盡所能地斬草除根的「去中國化」政策，締造了台灣續任總統成為「台灣共和國」國父的良機。

民進黨之所以成功，是因為他們是戰鬥政黨，掌握了民主社會的運作模式，黨內小打、黨外砲口一致，他們懂得「謙卑、謙

卑、再謙卑」。民進黨執政時期的數次「歷史課綱」改革，已將兩蔣時代的「大中國思想」連根拔起，中國的四維八德，在台灣只剩下四維路和八德區，歷經 30 年的教育洗腦工程，"民進黨意識"導致台灣獨立意識的成長、茁壯。

國民黨之所以失敗，是因為他們是包袱沉重的老大黨，黨內大老是宮廷太監(沒有 guts)，忙著爭權奪利，經過新黨(1993 年，趙少康)及親民黨(2000 年，宋楚瑜)的 2 次大分裂，養大了民進黨。然而，國民黨仍不會由失敗中記取教訓，即使 2008 年馬英九重返執政，依舊府院不合、沒有把握契機，黨內大打、黨外畏縮，無法團結對外而作繭自縛。

至於民眾黨，比起國民黨與民進黨的規模，僅能算是"一人政黨"，是受惠於藍綠之爭，自詡智商 157 的黨主席阿北，經常口出狂言，玩弄兩隻互爭地盤的政治鴕鳥(一隻不想統、一隻不敢獨)。在練成"綠骨白化"神功之後，成為唯我獨尊的超級"政治釘子戶"，憑靠個人魅力及柯 P 脫口秀，扮豬吃老虎，竟然將民進黨與國民黨搞得雞飛狗跳、呼攏得團團轉。

缺乏糧草與陸軍的民眾黨迄今仍是小小黨，阿北應無法單兵作戰而選上總統，但是，仍可能左右未來的國會運作和總統選舉，長短腳的三腳鼎政局，牆頭草仍將是左右逢源的拉攏對象。

柯 P 若選擇與民進黨組成聯合政府，小小民眾黨將會被戰鬥政黨牽著鼻子走。最後的結局是，民眾黨將淪為民進黨的附庸黨，繼台聯與時力之後，逐漸泡沫化。反之，如果柯 P 找國民黨合作，那麼，仍將難以對抗戰鬥成性的民進黨，立法院將回到馬英九時代的亂象。

　　相對於"永不認錯"的民進黨，"勇於認錯"的變色龍柯文哲，是較受年輕族群的支持。然而，年輕人也會成長，4 年後，柯北北若缺乏政治舞台與網路聲量，或許就沒有機會了。

　　台灣總統的選舉，不僅是在選「中華民國台灣」的總統，也可能是一場攸關"戰爭與和平"的選舉，更可能是在選未來的「台灣共和國」國父(國母)，就看習大大如何出招了。

　　在踢屁屁食噎坊上，此篇「爆卦文」的推噓文數，達 200 多則。

　　juicy：「2688 是誰？對台灣政局還蠻了解的」

　　darling：「2688 是阿陸北北，第五縱隊的啦」

　　juicy：「不過 他說得有道理，不像是在打認知作戰」

　　xida：「對阿！在中國稱習大大 會被神隱的(查水錶)」

　　xyz456：「這篇文已觸犯了習大大的天條了」

　　charming：「中肯 有內容給推」

　　・

　　・

　　・

　　cryking：「2688 有沒有續篇阿？」

　　2688：「我曾去過台灣多次，台灣是大陸的民主自由典範。」

　　2688：「感謝支持，續篇 5 天後見」

　　5 天之後，2688 果然再度 PO 文。

[爆卦] 2688 看台灣的總統選舉(續)──台獨之路

台灣的國立政治大學/選舉研究中心(NCCU/ESC)，每年都會發布台灣人統一、獨立立場的民意調查。依 NCCU/ESC 進行的調查顯示，自 1994 年開始以來，選擇"維持現狀、未來走向獨立"的受訪者穩步增加。

最近一期的民調顯示，(1)兩岸統一、(2)台獨、(3)維持現狀、(4)無意見，支持率分別為(1)7.4%、(2)25.9%、(3)60.7%、(4)6.0%。顯然，"維持現狀"是台灣民眾的共識，而支持兩岸統一的比例，近 5 年來均在 10%以下。

此種傾向也反映在台灣的總統選舉上，公開支持台獨的民進黨，以 40%的支持度，再度贏得執政權。時間拖得愈久，台獨意識愈成熟，對習大大愈不利。

台灣人民似乎不 care 中國之"不放棄以武力統一台灣可能性"的警告。以常識邏輯判斷，習大大應不會真的想以軍隊渡海攻佔台灣，畢竟佔領一個沒有台積電的廢墟台灣，對中國沒有加分作用，反而可能被印度趁機佔領大片的邊境國土。

習大大一直念念不忘"九二共識、一國兩制"，然而，由台灣的總統選舉與多份民調來看，"一國兩制"已不適用於台灣了。台灣想獨立，一定要找美國與日本當靠山，沒有美、日的明確表態支持，台灣難以獨立，也無法永遠維持現狀。

台灣獨立的最大可能是──傾向中國的「芬蘭化」。

「芬蘭化」一詞源自於二戰後的冷戰期間，芬蘭為了避免被鄰近強國蘇聯併吞，採取中立化政策，但在國際事務上順從蘇聯

的意見。後來,「芬蘭化」被引申為「一個弱小的國家遵循於強大鄰國的政策決定,以保持主權及領土完整的策略」。

這種「以小事大、委曲求全」的作法雖被西方國家譏為「芬蘭化」,但是卻保住了芬蘭的獨立國家地位,成為世界上之已開發國家和福利國家,國民享有極高標準的生活品質。2022 年,芬蘭的人均 GDP 是 59,230 美元,全球排名第 18,連續 6 年被聯合國評為「世界上最幸福的國家」。

對強鄰壓境的弱小國家而言,「芬蘭化」不好嗎?

當然,對台灣而言,「芬蘭化」不會是沒有代價的;如果台灣因「芬蘭化」而獨立,至少,台灣就得限制反中的言論,並且需減少向美國購買武器的數量,這應是民進黨高層難以接受的條件。不過,如果有朝一日,中國的經濟大幅成長,人均 GDP 遠超過台灣,並承諾解決台灣的勞健保困境,以民生經濟為優先的台灣人,或許可以勉強接受「芬蘭化」的獨立國家。

台灣特殊的兩黨政治(你贊成、我反對),已將台灣撕裂成愛台灣與賣台灣的競賽擂台;曾幾何時,愛台灣成為民進黨的專利。民進黨說親中、和中是愛台灣的真情流露,推銷農漁產品是為人民拼經濟;國民黨說兩岸一家親是媚中舔共,搞兩岸交流是賣台灣、中共同路人。

台灣的政黨目前已陷入"不共載台"的深淵,一個是有選票壓力而不想統的統派,一個是只會說大話而不敢獨的獨派,完全沒有交集。愛台灣 vs 賣台灣,是一場沒有和局、必須分出勝負的PK 大戰。

朝野沒有共識是台獨之路的最大障礙，對於務實工作的台灣總統而言，除了「芬蘭化」台獨之外，有更好的對策嗎？反過來問，美國與日本會贊成「芬蘭化」的「台灣共和國」嗎？

這次「爆卦文」在踢屁屁食噓坊的推噓文數，約比上一篇多了二分之一。顯然，不少鄉民支持台灣獨立，只是對台獨方式仍感到茫然。

darling：「看吧！2688 露出統戰的馬腳了！」

charming：「不會啊 只要能免繳勞健保費 我贊成！」

cryking：「最好能免還學貸 住者有其屋」

davi321：「65 歲以上國家養更好，我每月的孝親費要 4 萬塊」

xida：「世界大同篇魍 有奶便是娘！」

ammyx：「芬蘭化還好啦！俄烏戰爭之後，芬蘭不也轉向加入北約了」

ace008：「芬蘭化還要看中國同不同意，習大大是要一國兩制」

dpp1990：「也要看台灣總統同不同意」

charming：「美國也不會同意，綠扁帽部隊都已長駐台灣了」

dragon：「先立法再公投吧！」

roctno2：「除了芬蘭化外，有其他的台獨方式嗎？」

·

·

·

數日之後，Gossiper 看板出現一篇署名 lkkk 的爆卦文，「[爆卦]台獨之路：芬蘭化 vs 波多黎各化」。

[爆卦]台獨之路：芬蘭化 vs 波多黎各化

1 月 23 日的「[爆卦] 2688 看台灣的總統選舉(續)──台獨之路」文章言之有理，但是，DPP 不可能贊同「芬蘭化」，或許，「波多黎各化」的台獨會更好。

波多黎各，位於美國佛羅里達州邁阿密之東南方 1,600 公里處，是環繞加勒比海之多明尼加、海地、牙買加、古巴、貝里斯、宏都拉斯、尼加拉瓜、巴拿馬、哥倫比亞及委內瑞拉等拉丁美洲"國家"之一。

如果你以為波多黎各是生活水平比台灣差的拉丁美洲國家之一；完全錯誤，第一，波多黎各的人均 GDP 是 36,798 美元，高於台灣的 32,643 美元(2022 年)，第二，波多黎各不是國家，而是跟關島一樣，是美國的未合併屬地。

波多黎各與台灣的現況類似，有自己的國旗、憲法、國會，最高領導人(總督，相當於美國的州長)及國會議員，由人民直選(選舉日與美國總統大選同一天)，具有主權國家的構成要件，享有經濟、文化的自主權，但是，沒有國際外交權。

大多數的波多黎各人，認為自己是美國的次等公民，當被問到：「你是什麼人？」時，多會回答：「我是波多黎各人」，而非美國人；這一點跟大多數台灣人的回答一樣，「我是台灣人」，而非中國人。

美國有一個「波多黎各聯邦關係法」，規範美國與波多黎各的關係，也有一個「台灣關係法」，規範美國如何維持台灣的現況。台灣擁有軍隊，波多黎各沒有軍隊(靠美國保護)、只有民兵防衛

隊，這是台灣與波多黎各的最大不同處。

波多黎各共舉辦過 7 次的全民公投，前 4 次均是「贊成獨立」派佔上風，後 3 次則是「成為美國一州」派略佔上風。原因是，自 2000 年開始，波多黎各面臨長達 10 多年的全球性網路泡沫化及經濟風暴危機，失業率高達 11%，貧困率高達 43.1%，是美國貧困率最高之密西西比州(19.7%)的 2.2 倍。

波多黎各自治邦政府，最高曾舉債 2,000 億美元，聯邦政府曾出手相救，但是，由於債務問題遠超出美國聯邦政府的想像，無法完全解決；於 2017 年 5 月 3 日，波多黎各向美國聯邦法院宣告破產，尚有 730 億美元的債務，是美國史上最大的破產宣告事件。波多黎各自治邦雖然是拉丁美洲最富有的"國家"，但是，對美國而言，迄今仍是經濟上的拖油瓶。

2000 年以前，波多黎各人對「成為美國一州」的公投，說：「No！」，現在則換成美國不同意，美國迄今仍不想讓波多黎各正式成為美國的第 51 州；一位美國眾議員說得很直白：「接納一個全國最貧窮、負債最多、人均收入最少、教育程度最低的新州，對美國人來說，將是一場災難」。

不過，台灣有二個成為美國自治邦的誘因，一是台灣為美國防堵中國擴張之第一島鏈上的重要樞紐，二是領先全球的半導體業鏈。美國老是說「不支持台灣獨立」，但是，說一套做一套，對台軍售逐年增加，還要求台灣義務役延長為 1 年，顯然，老美私底下是贊成台灣獨立的。然而，美國敢表態要台灣獨立嗎？中國必然會激烈反對，應會不顧一切(動用核武)，為了台灣「波多黎各化」，而與美國開戰。

　　波多黎各人持有美國護照，也可以自由進出美國。台灣人，或許跟許多拉丁美洲國家一樣，羨慕波多黎各人是美國人；DPP 不能接受台灣「芬蘭化」，那麼，「波多黎各化」呢？馬馬虎虎啦 (暗中偷笑)！「波多黎各化」並非不可能，就看台灣總統是政客還是政治家了。

yoyo：「台灣的政治家不是早已死亡，就是尚未出生」

fun45：「波多黎各不是國家？這個經常打敗台灣棒球隊的波多黎各隊」

puppy：「波多黎各隊曾在世棒經典賽拿過第 2 名，台灣從未進入決賽」

easy18：「波多黎各化比芬蘭化好多了」

keeper：「波多黎各化不可能，芬蘭化才有可能」

dpp1990：「誰鳥中國阿！美國支持才重要」

petery：「台灣現在就是聽美國的，只差沒有美國護照」

jacky：「日本也要支持啊」

flydog：「那台灣就加入美日韓的三方同盟」

cryking：「美日韓敢要？俄烏戰爭後，北約都還不敢接受烏克蘭」

arsir：「中國要一國兩制，不會同意台灣獨立的」

xyz456：「要有誘因和下台階　習大大就會放手台灣」

amilin：「哪有什麼誘因和下台階，亂屁一通」

lkkk：「有啊！美日台聯手買下台灣」

acerlin：「lkkk 可以去當國策顧問了」

roctno2：「芬蘭化、波多黎各化，還有嗎？」

 ‧

 ‧

 ‧

(202X－1)年 6 月 2 日【台灣，總統府】

今朝的台灣 A 總統，是一位務實的台獨工作者，偶爾也會做個台灣共和國的國父夢，在他當上總統之後，就經常走到總統府 3 樓的大禮堂，心想或許不久的將來，中華民國國旗下方的孫中山照片，會換成自己的照片，不，連中華民國的國旗，也會換成台灣共和國的國旗。

自就任總統之後，A 總統就一直在思考：「為何前總統那麼強勢、完全獨霸，執政 8 年仍達不到台灣獨立的目標？是不是該放低姿態，誠懇的與反對黨談一談？」

一向自詡為務實台獨工作者的 A 總統，決定改走低調路線，建立私下的協商管道，以爭取在野黨的支持，並多方面聽取年輕人對台獨的想法。

「曙光計劃」，是 A 總統上任之後，為了實踐「法理台獨」的而訂定的極機密計劃，每 3 個月開會一次。總統辦公室主任江德勳，負責每個月彙集社群平台和媒體報導的各種統獨議題文章，並分類標記重點之後，再交由 A 總統閱讀。

江德勳——熱衷於政治，在台大數學所當學生時，專攻資訊蒐集與統計分析，他學以致用，常上踢屁屁平台帶風向，roctno2 就是他在踢屁屁平台所使用的帳號之一。在 A 總統競選市長時，

他就毛遂自薦當義工，負責市長選情的資料蒐集與分析，對於當年 A 總統的市長戰役功不可沒，是 A 總統各種選戰所倚重的決策幕僚與文宣寫手。

江德勳一路幫 A 總統打選戰、佈局人脈，終於進入總統府，目前擔任總統辦公室主任，經常跟在 A 總統身邊，出入各種場合，已是 A 總統不可或缺的左右手。

A 總統為了能夠了解年輕人的心聲，就向江德勳請教使用手機上各社群平台瀏覽貼文與回應。晚上 7 點左右，A 總統進了辦公室，往沙發一坐，滑手機已成為他每天離開辦公室之前的例行公事，瀏覽踢屁屁與 Tcard 等社群平台，並特別關心統獨議題的討論，找尋台獨之路的靈感。

「叩！叩！叩！」江德勳手拿 1 份資料夾，走進總統辦公室。

「報告總統，這是上個月的專案資料。這個月有一篇對台獨議題頗有創意的文章，可以優先閱讀。」江德勳將手中的資料翻到有黃色便利貼的頁面，再交給 A 總統。

「2 天前，踢屁屁平台出現一篇爆卦文：『賣台灣：搶救台海兩岸大兵』，這應該是中國 PO 出的風向文。」

「哦？怎麼說？」

「10 天前，我在踢屁屁上，以 roctno2 帳號寫了一篇：『日益緊張的台海危機』測風向，您看這篇『賣台灣：搶救台海兩岸大兵』的內容，似乎在回應我的文章，再看他的署名 procno2(中華人民共和國 No.2)，不就是仿我的 roctno2(中華民國台灣 No.2)嗎？」江德勳的右手食指指著桌面的資料內容說。

「因此，可以推測這篇文章應是中國方面放出來的風向球。近幾年，中國的『一帶一路倡議』被一些較落後國家拖垮，而導致中國的經濟衰退，中國民間已出現"救股市、救經濟"的聲浪了，也許中國真的想賣掉台灣來救經濟。」

「好！我晚上仔細研究看看。習近平如果真的想賣台灣，看來，在我的任期之內，台灣真的可以達到『法理台獨』的目標了。」

隔天一大早，A 總統由總統官邸打電話給江德勳。

「阿勳，你說的沒錯，『賣台灣：搶救台海兩岸大兵』的文章，應就是中國丟出來的風向球，你進辦公室之後，立即聯繫『曙光計劃』的成員，盡快安排會議，商討對策。」A 總統與器顯得相當興奮。「還有，你今天安排幾個不同的帳號去推文、回應。」

「台灣共和國」誕生前的最後一個名字，是「中華民國台灣」。

黎明即將到來，「台灣共和國」的曙光，在厚厚的雲層中，若隱若現。

美國的國父是喬治華盛頓、中華民國的國父是孫中山、台灣國的國父(國母)，是誰？

第 2 章 反間計：甕中捉鱉

2019 年 11 月上演的「魔鬼終結者--黑暗宿命(第 6 集)」，描述一名未來世界的天網機器人，回到現代殺了當時仍是小孩的未來世界人類抵抗軍領導人約翰康納，因而改變了未來的世界。

本書上篇第 8 章的「台海版木馬屠城記」，原本的劇情是解放軍順利地佔領台中港。然而，在未來世界的台灣領導人，派了008 情報員，搭乘時光機回到 2023 年 10 月，暗殺了一位中國的軍方將領。當時中國官方公佈的消息是：「中國東部戰區司令員張德律上將，在游泳時因心肌梗塞而去世，享年 68 歲。」

東部戰區司令員張德律上將，是「渡輪攻港計劃」的幕後負責人，也是林強中將的上級指導，在他意外去世之後，上篇時間軸的劇情發展產生變化，「台海版木馬屠城記」的結果也徹底翻轉了，改寫了 202X 年台灣的命運。

(202X－2)年 7 月 20 日【台灣，總統府】

去年，陸續發生了"樂山雷達站空爆"、"幻象 2000 墜機"、"龍崎變電所爆炸"和"華航客機迷航"的四大離奇意外事件，差點搞垮執政黨當局，但是，在中國不承認又查無證據的情況下，就不了了之結案了。

A 總統在痛定思痛之後，撤換了當時所有承辦單位的主管，換上新一批人馬，針對四大離奇意外事件，重新展開調查。

一大早，上午 8 點鐘，國安局局長、情報局局長及調查局局長*[43]*，就被叫到 A 總統的辦公室。

[43]國安局：主要的三大任務：(一)綜理國家安全情報工作：

掌握中國及國際情報，可對國防部情報局及法務部調查
局等機關之有關國家情報事項，負責統合、協調、支援。
(二)特種勤務工作：負責維護現任及卸任正副總統、選舉
時總統候選人的人身安全。(三)統籌密碼管制研發工作：
建立綿密資通保密網路，維護政府施政無虞。

情報局：*主要任務是收集中國的政治、軍事情報，甚至*
在必要時可策劃破壞、暗殺、心戰等諜報行動。此外，
還包括：適時建立敵後武力，對中國解放軍進行策反和
心理戰，以及對其他國家進行諜報行動。

調查局：*是司法調查機關，主要任務為維護國家安全與*
偵辦重大犯罪，包括防制內亂與外患、保護國家機密、
貪瀆防制和賄選查察、國內安全調查，以及防制非法槍
械、毒品、組織犯罪、詐騙集團與洗錢等。此外，設有鑑
識科學、資通安全等專業單位，以提升維護國家全及偵
辦重大犯罪之能力。

A 總統：「1 年多前，連續發生了樂山雷達站空爆、幻象 2000
墜機、龍崎變電所爆炸及華航客機迷航的四大離奇意外事件，這
應該就可以合理懷疑是老共搞的鬼了，然而，當時卻查不到任何
的蛛絲馬跡，最後都不了了之、草草結案，這未免太扯了，你們
說，問題出在哪裡？」

3 位局長尚未回答之前，A 總統接著問：「1 次意外是偶然、
第 2 次意外可能是巧合，第 3 次意外則必然是人為破壞，1 年之
內，居然發生了 4 次動搖國本的離奇意外事件，用膝蓋想也知道，
這鐵定是阿共ㄟ陰謀，你們說，要不要重新啟動調查？」

「會叫的狗不會咬人，你們知道嗎？老共愈不吭聲，我愈感

到害怕，像 2024 年 1 月美國參議院議長訪台之後，連續 1 年的軍演和軍機跨越海峽中線，都成了家常便飯，早就習以為常，沒什麼好擔心的。不過，最近半年，老共靜悄悄的，台灣海峽也不見軍艦、軍機跨越中線來挑釁，我想，老共要出新招了。老鄭(國安局局長)、老段(情報局局長)，你們單位有沒有查獲什麼訊息？」

情報局局長：「目前的中國政局及軍隊，情蒐資料看不出有什麼大變化。」

國安局局長：「幻象 2000 墜機和樂山雷達站隕石空爆事件，現場鑑定小組，在現場均未找到可疑的證物，所以，只能研判可能是和中國的新概念武器有關。」

「至於龍崎變電所爆炸案，八成可以確定是人為因素所造成，離奇的是，現場除了 1 隻死松鼠之外，卻測不到任何微量的炸藥成份，因此，最大的可能，是利用無人機設法使變壓器短路爆炸。」

「但是，因為龍崎變電所的圍牆四周，沒有裝設足夠的監視器，我們調閱了龍崎變電所兩個鄉道出入口的監視器，也沒有發現到可疑的車輛，所以，……。」

「等一下，你說沒有發現到可疑的車輛，有沒有包括機車？」A 總統打斷國安局局長的話。

國安局局長看了看調查局局長，示意要他回答。

「沒有！上一任的局長只有調查汽車。」調查局局長搖搖頭說，也撇清了責任問題。

A 總統：「你說可能是利用無人機使變壓器短路爆炸，那麼，就有可能是騎機車攜帶組裝式的無人機犯案吧？」

「是的，總統！當初的調查單位都疏忽了，沒有調查機車。」機靈的國安局局長，也把責任推給上一任的調查單位。

調查局局長：「我會重新調閱當時台南市政府警察局的監視錄影帶，逐一調查每一輛通往龍崎變電所之 163 鄉道的機車，針對不是龍崎本地居民的機車，展開進一步的追蹤調查。」

A 總統：「老徐(調查局局長)，你要特別留意 2 人共騎的機車，因為如果利用無人機，又那麼精準的命中，應該是 2 人一組的工作，1 人操作無人機，1 人監看筆電的螢幕、調整無人機的飛行方向與投擲時機。」

「還有，老鄭(國安局局長)，關於華航客機迷航事件，你的上一任是怎麼查的？」

「迷航的華航班客機當天共搭載了 136 位乘客，其中 8 位乘客有前科紀錄，他們在調查之後，並未發現可疑之處。」

A 總統：「就這樣？有沒有調查其他人的背景資料？」

國安局局長：「當初並沒有調查的很仔細，因為大部份的人是旅行團招攬的家族觀光客，還有少數的商務客，其中也包含了我們黨內落跑的高官家族，這些人都沒有被調查。」

A 總統：「他媽的！講到這些落跑的笨官，我就一肚子氣，沒知識也要看電視，老共有什麼好怕的，你們看，俄烏戰爭，俄國有數千顆核子彈頭，他們敢用嗎？俄國甚至只要炸掉烏克蘭的核能發電廠，戰爭就可以結束，但是，俄國雖然佔領了烏克蘭的最大核能發電廠，也不敢關閉，還不是得讓它繼續運轉供電。所以，你們不用怕。」

「依我看，老共如果真的要打我們，八成會執行"斬首行動"，因此，最可能先掛掉的是我，OK？好了！剛才我講到哪裡？」

「喔！對了！我曾經看過一部劫機電影，劫機者在飛機上以手機和椅背的螢幕傳輸線路連線，駭進飛機的飛航系統，而達到劫機的目的。另外，網路上也有不少駭客 PO 文，認為只要有適當的軟體和解碼機，在飛機上利用手機駭入飛航系統，來控制飛行路線的可能性相當高。」

「所以，老徐(調查局局長)，你回去之後，交代部屬重新逐一調查所有乘客的背景，看看有沒有人具有程式設計的能力，連 17、18 歲的青少年也要查，現在的青少年對於電腦蠻內行的。」

調查局局長：「是的，總統！」

A 總統：「還有，要特別調查坐在商務艙的有錢乘客，如果是利用無線 Wifi 機來駭入飛機的飛航系統，應該要很靠近駕駛艙才有可能。」

調查局局長：「總統說得是，上一任的調查，他們看到商務艙的旅客均是民營企業的高級主管，就沒有再繼續追查下去，我會重新調查，看看有沒有新線索。」

「總統怎麼會對電腦那麼有概念？看來，當總統真的要常看電視。」調查局長低聲對鄰座的國安局長說。

A 總統：「最後，不論你們誰查到任何線索，一律不准打草驚蛇，展開搜索調查或者進行查水表行動，記得不要像幾年前的向心夫妻間諜案一樣，先用間諜罪大動作的展開調查，在找不到證據之後，又用洗錢罪，把人家一共限制出境 1,400 天，最後卻無

罪定讞，讓他們經歷了一趟不可思議的台灣奇幻司法之旅，還要他們在回香港之前，發表聲明說：『沒有一句怨言。』簡直是荒唐透了，鬧劇一場！」

「此次的重新調查，列為"極機密"的第一優先待辦事件，你們3個部會務必要聯合調查，由國安局統籌進行，不要各幹各的。」

「記得，一切要暗中調查，發現重大線索時，立即跟我聯繫，等我了解之後再做決定。總而言之，在我同意之前，只能暗中調查，不得約談、不得查水表，聽清楚了嗎？」

「聽清楚了！」3位局長齊聲回答。

為何這2件事情的調查，A總統要親自督導，3位局長尚不知道，仍摸不著頭緒。

「這次，一定要逮一條大魚，作為談判的籌碼，才能跟習近平討價還價。」A總統心中盤算著。

A總統是一位務實的邏輯分析高手，他認為這種離奇的意外事件，應該有中國派出的間諜直接介入，而非跟以前的間諜案一樣，只是被中國情報組織所吸收的台灣人幹的。

(202X−1)年 4 月 18 日，13：30【台灣，總統府】

國安局局長、情報局局長及調查局局長，3人再度聯袂到了A總統的辦公室。花了9個月的時間進行徹底調查之後，終於有了突破性的發現。

A總統：「各位午安！請坐！怎麼樣？有進展了嗎？」

「是的，這次我們3個單位聯手調查，經過交叉比對分析之後，發現龍崎變電所爆炸案及華航客機迷航案，是同一對夫妻檔

所為。」國安局局長首先回答

「確定？」

「是的，總統！我們雖然仍不知道這對夫妻是怎麼做到的，但確定是目前住在台中市的王安和黃倩所搞出來的。」調查局局長自信滿滿地回答。

「根據台南市龍崎區及歸仁區警察局的各路口監視錄影資料，發現在事發前 1 個月內，有 2 輛在高鐵台南站租用的機車，去過龍崎變電所的 163 鄉道，租用人的姓名是黃倩，第 1 次租車應是去觀察地形，第 2 次則是在爆炸前 2 小時租的。」

「在調閱了租車店的監視錄影資料時，確定是王安和黃倩，當時王安還肩背著 1 個長條狀的背包，我們利用人臉辨識系統，發現這 2 人就是搭乘華航客機商務艙的王安和黃倩，沒有錯。要不要抓來問一問？」調查局局長顯得有點興奮的說著。

「不行，絕對不可以打草驚蛇，幕後應該還有更大咖的。」A 總統提高聲調地回答。

國安局局長：「還有，王安夫妻家住台中，為什麼不去較近的桃園機場，反而跑去高雄機場搭飛機去日本？這是最可疑之處。我們深入追蹤調查之後，發現王安是台商富二代，他父親的鴻賓集團是中國第 19 大台商。王安在台灣高中畢業之後，就去廣州的中山大學電機系就讀，畢業後，又前往美國南加州大學就讀，取得電機資訊和企業管理雙碩士學位，算是含著金湯匙出生、準備接班的人生勝利組。」

「王安是在 4 年多前與廣州市商務局副局長的女兒黃倩結婚，

黃倩是廣州中山大學的計算機科學院碩士班畢業，專攻軟體工程與網路空間安全領域，由此看來，王安的太太黃倩，應具有軟體程式設計及駭客的專業知識，也許真的與華航客機的劫機有關。」

情報局局長：「在去年 7 月 20 日開會之後，我要求我方在廣東及福建的情報人員，加強監視任務，發現解放軍並沒有異常的調動，不過，通訊監聽小組曾經攔截到情資，疑似有中國軍方人員，會在近期內潛入台灣，目前我方正在對消息來源追蹤確認中。」

A 總統：「偷渡？搭飛機？還是搭乘渡輪？廈門—台中的渡輪航線已經停駛 3 年多，半年前老共佛心來的，突然同意恢復行駛，確實有可疑之處，要嚴加追蹤。」

調查局局長：「目前渡輪的安檢措施仍比不上機場的安檢設備，我們已在台北港及台中港渡輪碼頭的船橋出口，增設了新研發成功的高解析度人臉辨識攝影機，並將情報局提供的中國官員及福建地區軍方中校級以上的軍官，列入人臉辨識自動通報系統的檔案中。」

A 總統：「很好！你也要把這套人臉辨識自動通報系統裝設在桃園國際機場和高雄國際機場的空橋出口處。」

情報局局長：「我們在後續追蹤黃倩時，發現她有一位當將軍的舅舅，目前我們還在查證她舅舅的姓名、官階和職務。」

「另外，調查發現王安的父親王忠銘，早年分別在南港及新竹科學園區設有工廠，後來又在台中港科技產業園區，成立鴻康公司，並在台中港碼頭承租 2 座碼頭，算是當年響應政府『台商回台投資行動方案』的績優廠商，表面上看起來還蠻正常的。」

「王安夫妻現在經常由台中港搭乘渡輪前往廈門，台中港與廈門之間的渡輪航班，是晚上起航，早上 9 點到港，航行時間 10 小時，對於住在台中市的王安夫妻而言，坐船去廈門，確實比去桃園搭飛機方便，看不出有何不合理之處。」

A 總統：「鴻賓集團的子公司鴻康公司，是何時設立的？碼頭是何時承租的？」

情報局局長：「台中港廠是 6 年前設立，2 座碼頭是 5 年前承租，租期 50 年，1 年半前完成硬體設備安裝後，才開始營運。」

A 總統：「設廠、租用碼頭和重啟的廈門—台中渡輪航線，嗯，這個時機點未免太巧合了。這樣吧！由調查局負責對王安及黃倩 2 人，個別實施 24 小時輪班跟監任務，逐時記錄他們 2 人的行蹤，如果他們去廈門，則由情報局的當地人員負責跟監。直覺上，可能真的有事要發生了，好像是老共要利用渡輪搞木馬屠城記似的。」

「再次叮嚀各位，跟監時絕對不能露餡、不得打草驚蛇，你們交代下去，跟監小組要每天呈報狀況，你們每週彙整一次，再向我報告。」

「是的，總統！」

「哇！總統的邏輯分析能力怎麼那麼強？可見並不是每個人均可以當總統的。」3 位局長走出總統辦公室後，情報局長由衷佩服地對另 2 位局長說。

202X 年 1 月 16 日，15：00【台灣，總統府】

國安局局長、情報局局長和調查局局長，為了這次 A 總統交

代的任務，卯足全力、合作無間。3 人一致認為，是到了進行反間計的時候了，這已是 3 人第 N 次一起來總統府辦公室。

情報局局長：「王安大部份的時間均在工廠內工作，監聽電話的內容沒什麼異常。黃倩則經常開車外出，不像是與姊妹淘聚會、逛街之類的，反而常在咖啡廳與不同的年輕男子見面，但不像是在搞婚外情，有時會跟 2～3 個人在台中高鐵站的不同咖啡廳內談事情，而這些與她會面的人，在談完事情之後，就直接搭高鐵離開。跟監人員為了避免被發現，沒有接近他們、偷聽說話內容。不過，對於與黃倩見過面的人，我們已造冊列管，持續跟監中。」

情報局局長：「在中國跟監黃倩的小組人員，意外的發現，黃倩的舅舅是林強將軍，他在馬英九執政期間來過台灣 2 次，蔡英文執政時，也來過台灣 1 次，均是以秘書或助理身份來台，行事低調，我們單位也未將他列入重要關係人檔案中，他目前竟然是官拜中將的東部戰區陸軍副司令員，算是知台派的最高級將領。」

A 總統：「哇！確定是一條了不起的情報、一條大魚。老徐，有沒有可能策劃反間，讓他為台灣效力？」

「這麼高階的現職軍人，應該是無法策劃反間了。從我的前幾任局長流傳下來的說法，自從 1996 年台海危機事件，當時李登輝總統不小心說出"中共飛彈是空包彈"，讓老共察覺他們的國家安全部門有台灣間諜存在，而逮到 1 位被我們策反的李連昆少將之後，就沒有中國的現役軍官被我方情報人員所吸收了，更何況，中國大都市的生活水準和台灣差不多，以我們的預算來說，金錢已難以再收買高階的間諜了。」

A 總統：「那麼，黃倩呢？有沒有可能吸收她？」

「那也不可能，我方人員跟監她到父母家時，發現她們住的是 120 坪、有庭院的獨棟 4 樓豪宅，黃倩的父親去年才由副扶正，當上廣州市商務局局長，有 1 位弟弟是職業軍人。家裡請了 1 位大媽女傭，家中經濟應該是相當好，好像沒有誘因來策反她。不過吼，……」情報局局長停頓了一下。

「不過，不過什麼？」A 總統忍不住地追問。

「要策反王安也許還有可能，我們發現他比較熱衷於公司經營，好像只是配合黃倩要求做事而已。他父親的公司是中國的第 19 大台商，在台灣也有 3 家工廠、1 家貿易公司及在台中港租用 2 座碼頭，他們王家在台灣應該還有不少資產吧？如果這些財產多到讓王安捨不得放棄，我們就有機會來個反間計，吸收他為我們提供情報。」

A 總統：「怎麼說？」

情報局局長：「記得 2023 年 10 月初，郭台銘出來連署參選總統時，老共大概不滿他出來鬧場，就大動作地對富士康公司查稅，到了 11 月下旬，郭台銘就不得不宣佈退選。我們也可以如法炮製，對王家的工廠查稅、找麻煩。」

A 總統：「你是說可以大動作的查水表了？」

情報局局長：「不是，這只是裝模作樣，嚇嚇他而已。照理說，依照我們現在所查到的證據，就足以將王安及黃倩 2 人抓起來關了。不過，假設王家的資產是 100 億元，在台灣的部份佔了 30～40 億元，如果找個藉口全部查封，也許就可以逼王安供出幕後的主謀者。」

國安局長：「如果王安供出的主謀者不在台灣，那也沒有用，不是嗎？所以，現在應還不宜收網或大動作查水表。」

A 總統：「王安夫妻確實還不夠大咖，老段，你的情報不是說有中國軍方高層要來台灣嗎？會不會就是黃倩的舅舅林強？」

情報局局長：「有此可能。依照王安夫妻原本住在內湖，後來在台中港科技產業園區蓋工廠、在台中港租用碼頭，才移居到台中的第七重劃區豪宅。」

「種種跡象顯示，想要潛入台灣的是林強沒錯，而且就是想利用通關檢查比較不嚴謹的台中港。廈門—台中港航線的中遠之星渡輪又是中國的船，不知道哪一天真的會上演渡輪攻港記。」

A 總統：「好！就這麼辦！我待會兒立即交代財政部國稅局局長去查清楚王家在台灣有多少資產。老徐(調查局局長)，你負責出面去策反王安。」

國安局局長：「報告總統，我覺得由徐局長出面策反王安的層級還不夠高。」

「調查局局長的層級還不夠高？」A 總統懷疑自己是不是聽錯了，而調查局長也微露出不高興的表情。

「是的，層級還不夠高。」國安局局長肯定的回答。

A 總統的目光，由調查局局長移到情報局局長，再移到國安局局長身上，然後用手指著國安局局長說：「你？」

國安局局長搖搖頭說：「不是，最好由總統出面策反王安。」

「我？」A 總統用右手食指指著自己，滿臉驚訝的笑了出來。

「欸！老鄭，你是在開玩笑吧？」

「我沒有在開玩笑，總統。」國安局局長正襟危坐的回答。

「由總統出面策反，會讓王安感到無限光榮，另外，赦免王安夫妻的華航案及龍崎案的刑責與間諜罪，要由總統當面告訴他，才較有說服力。如此，策反他的成功機率相當高。」國安局局長這下子成為 A 總統的國師了。

「這應該是全球唯一、史無前例的策反行動了。」A 總統背向椅子往後躺，得意的笑了出來，3 位局長也微笑的點點頭。

「對了！黃倩是從小受過民族主義洗腦教育的中國人，父親是中國共產黨高官，舅舅是將軍，弟弟是職業軍人，短時間內應難以說服她當反間諜。所以，策反王安當反間諜這件事，絕對不能讓他老婆黃倩知道。」國安局局長對著情報局局長說。

「這不成問題，黃倩有時候會單獨回中國，我會要跟監小組及監聽小組每日回報消息，黃倩一回中國，我們馬上對王安展開行動。」情報局局長回答。

202X 年 3 月 9 日【台灣，桃園機場、總統府】

今天，黃倩將搭乘早上 10 點 10 分的中國東方航空公司班機飛往上海。

王安開車送黃倩到桃園國際機場的第二航廈，在黃倩下車之後，王安打了左側方向燈，慢慢的駛離第二航廈，開了約 10 公尺，隨即被交通警察吹哨、示意靠邊停。王安停好車、搖下車窗說：「請問有什麼問題嗎？」

「例行檢查，麻煩你把行照和駕照拿出來，到前面的女警那

邊，讓她核對一下資料，謝謝！」

交通警察前方停了 1 輛閃著雙黃燈的黑色賓士 V250D 八人座 MPV，左側拉門已經拉開，旁邊的女警向王安招手，示意他走過去。王安不以為意，以為真的是一般的交通臨檢而已。

王安走近車門時，3 名穿著調查局背心、胸前掛著工作證的調查局人員，突然從背後冒出、把他圍住說：「我們是調查局人員，你被逮捕了。」王安還沒反應過來，就已被調查局人員推進 MPV 內的第 3 排座椅。

坐在一旁的中年大叔把工作證拿給王安看了一下說：「你好，王安先生，我是調查局局長徐銳。」

王安心裡已經猜測到是怎麼一回事：「一定是東窗事發了，不過，調查局為什麼放過我太太？」

他雖然已知大事不妙，但仍故作鎮定的問：「請問是什麼事？」

徐銳：「王安先生，我想你已經心裡有數！我們已經查清楚了，有證據顯示，華航客機迷航案和龍崎變電所爆炸案，均是你們夫妻 2 人所為。」

「除了間諜罪之外，再加上劫機、危害飛航安全、破壞公用事業、內亂等罪行，全部加起來的刑責超過 40 年，你們王家的資產將被全部凍結，你應該了解問題的嚴重性吧！」

王安像洩了氣的皮球，頭低了下來。

徐銳：「你心裡一定在想，我們為什麼不把你太太也一起抓起來，是吧？」

王安仍然低頭不語。

徐銳：「因為你的身份特殊，有機會將功贖罪，如果你願意配合的話，不僅不會被關，也可以保住你們王家的財產，並讓台灣的工廠繼續營運、賺大錢。」

王安聽到尚有一線生機，將頭抬了起來，雙眼看著調查局局長。不過，還是想不透為什麼調查局局長會親自跟自己談。

徐銳：「你願意靜下來，繼續聽下去嗎？」

王安點點頭，仍然不發一語。

徐銳：「好，那我告訴你，我們現在要開車去台北，總統要直接跟你談。」

「總統要跟我談？」王安嚇了一跳。

「這一路大概是 50 分鐘的車程，路上我會跟你說明，你有問題也可以問我，至於你的車子，我的隨扈會幫你開，跟在我們後面，如果順利的話，你今天就可以自行開車回台中吃晚餐了。」

「王安先生，麻煩你將手機關機，暫時交給我保管，等離開時我再還給你。」

此輛黑色賓士 V250D 八人座 MPV 打了左側方向燈，緩緩駛離停車位置，即將開往總統府。

上午 9 點 50 分，黑色賓士 V250D 八人座 MPV 駛進總統府。

王安被徐銳與 2 名隨扈帶到總統府辦公室門口，2 名隨扈留守在門口，徐銳和王安走進辦公室，此時，A 總統、國安局局長及情報局局長已經在辦公室等他了。

「王安先生，你好，請坐。」這不像在拷問犯人，A 總統彷

佛是在接待賓客似的。

「相信調查局局長剛才在車上已經跟你說清楚了，你應該了解自己即將面臨的處境了吧？」

「是的，總統。」王安在車上聽了調查局局長的說明之後，知道自己只有聽話的份，才能避免被關並保住王家的財產。

A 總統：「我跟你介紹一下，這位是國安局局長，這位是情報局局長，你和太太黃倩所犯下的案子，我動用了國安局、調查局及情報局 3 個部會聯手調查，才查清楚龍崎變電所爆炸案及華航客機迷航案的來龍去脈。」

「你很有經營公司的才華，而且，你們王家公司製造的 AI 產品，具有全球性的競爭力，可望成為台積電第二。所以，我才決定給你一個重來的機會。」

「不瞞你說，中國的習近平已經同意跟我見面，討論和平解決台灣問題的方案，雙方都不想戰爭，只是雙方都想為自己爭取到較有利的條件而已。你們夫妻 2 人搞的華航客機迷航事件，已經讓台灣陷於談判的劣勢。不過，現在你有機會讓台灣扳回一城。」

「那我應該怎麼做？」王安為求自保，已決定照做。

A 總統：「根據我們的調查，你們王家於台灣的資產在 60 億元以上，是一筆不小的數目，而且鴻賓集團工廠所生產的 AI 產品，大概有三分之一需要用到台積電的高階晶片，如果我命令台積電不賣晶片給鴻賓集團，後果如何，你應該心裡有數。」

王安雖然不知道總統是否有權利禁止台積電賣晶片給鴻賓集團，不過，鴻賓集團如果買不到台積電製造的 3 奈米晶片的話，

工廠會有很多產品無法出貨，失去信譽的連鎖效應，很可能使公司陷入困境。

A 總統：「我們已經知道黃倩的舅舅林強，即將偷偷地潛入台灣，但是，他要怎麼來？想來做什麼？我們還不知道。習近平既然已經同意和平解決台灣問題，為什麼還要偷偷地派 1 位中將來台灣？還有，林強中將長得什麼樣子？我們的檔案已經是 8 年前的照片，你能不能提供現在的照片給我們？」

「總統先生，你們會把我太太黃倩抓去關嗎？還有抓到林強中將之後，會怎麼處理？」王安不安的低聲問道。

「嗯！不錯！看起來你還蠻關心老婆的。」A 總統點點頭。

「剛才在桃園機場時，調查局不是沒有抓你太太黃倩，讓她回上海了嗎？如果你同意為台灣盡一份心力，她回台灣時，我們也不會抓她。你為台灣效力，就當成你、我及三位局長之間的秘密，我們也不希望讓黃倩知道，而讓你不好做人。」

「至於林強，就看他要來台灣做什麼、他的配合度如何，再做決定。如果不是來台策劃軍事行動的話，他會被無罪遣返。王安先生，現在是台灣與中國即將展開談判的節骨眼，台灣要的是談判籌碼，而非將林強定罪關起來，所以，你也不用擔心會對不起黃倩。」

「如果我們逮到林強這條大魚，將讓台灣能有籌碼和中國談判，那麼，台灣就有希望加入聯合國，跟瑞士一樣，成為永久中立國，否則台灣可能會和香港一樣，沒有實質的自主權，而成為中國的一省。」

「台灣是不可能永遠維持現狀的。現在台灣的局勢很惡劣，就連美國也開始對我施壓，逼我對中國的態度要強硬一點。相信你也看到新聞報導說，美國要無償提供武器給台灣，這就表示美國在準備跟中國開戰了。」

「老實跟你說，美國為了不讓中國取回台灣，現在巴不得中國攻打台灣，這樣他們才有藉口出兵跟中國打仗。如此一來，真正的受害者是台灣，台灣可能成為廢墟，這應該也不是你所希望的吧？」

「你知道嗎？美國為了不讓中國統一台灣，他們有一個『毀滅台積電計劃』，如果中國成功地佔領台灣，美國就會炸掉台積電。不要說是第三次世界大戰了，如果台積電被炸毀，那不僅是你們家的公司，就連全球的經濟至少要停擺 10 年，很恐怖吧！」

「你的幫忙，不僅可以讓台灣免於淪為戰區，也可以避免第三次世界大戰的爆發。」

A 總統走到王安旁邊、蹲了下來、握著王安的手繼續說：「我絕對不希望戰爭，你的決定可以拯救台灣及全人類。至於林強，即使我們逮到他了，在與習近平簽約之後，我們會當場宣佈釋放林強及所有被我們扣押的中國間諜。而且，我們會放出風聲，說此次的中國間諜逮捕行動，是林強的台灣細胞所招供的。」

「因此，林強回中國之後，不會被判刑，頂多是被迫退休而已，你太太和林強也不會知道是你透露消息的，如何？這樣可以吧？」A 總統誠懇地說著。果然是台灣史上最會溝通的總統。

王安沒有經過大腦思考，就點點頭說：「好，我願意告訴你我

所知道的！」

「林強中將來台灣不是來搞內亂或發動戰爭的，我太太有一次不小心說，中國快要和平統一台灣了，她舅舅來台灣，是為了親自策反一位台灣的將軍，她話一說出就突然住口了，我沒有問林強要吸收的是誰。」

「我手機有一張和黃倩在春節回娘家時，與黃家親戚的合照，這已是林強中將 3 年多前的照片。1 年多前，我太太拿 1 張照片給我看，問我知不知道照片中的 1 位中年男子是誰？我回說不知道，她很得意的說：『你不知道？他是林強舅舅，看不出來吧？他變臉了。』因此，林強中將應該已經整形易容了。如果那張照片中的男子真的是林強的話，看起來大概只有 50 多歲，而且頭髮很多，以前是前額微禿。」

王安的變臉之說，讓國安局長有所疑慮，於是對著情報局局長說：「欸！老徐，林強已經整形了，這樣子你們新設的人臉辨識自動通報系統還有用嗎？」

情報局局長：「嗯！沒有實際測試過，確實沒有把握。不過，此套人臉辨識系統的符合(Matched！)標準是可以調整的，例如可由 90%調降為 60%，以防萬一。」

王安：「林強預計搭中遠之星渡輪，由廈門來台中港。他外貌雖然改變很多，不過，如果林強要來台灣，一定會帶著 3、4 位隨扈。所以，如果看到年約 50 多歲、留著分邊髮型的人、前後有人嚴肅的觀察警戒著，那個人應該就是林強中將了。」

「那麼我會加派人手，從廈門港碼頭就開始觀察人群的互動，

來判斷誰是林強及他的隨扈。」情報局局長主動提出補強方案。

「對了，他還有一個重要的外觀指標，就是林強的左手小拇指少了一節，聽說是在 20 年多前的中印邊境衝突事件中受傷的。」看樣子，王安已經完全豁出去了。

202X 年 5 月 1 日～2 日【廈門港及台中港】

5 月 1 日是中國的勞動節，配合週末的彈性休假，今年共有 5 天連假。

正值 5 月 1 日的勞動節假期中，下午 3 點左右，廈門國際渡輪中心的中遠之星渡輪櫃台附近開始熱絡起來，林強中將與他的 4 名隨扈，混雜在一個旅行團之中，以觀光名義，準備搭乘晚上 9 點 30 分起航的中遠之星前往台中港。

看起來就跟一般觀光團一樣，有領隊拿著旗子集合團員、代辦報到手續、領船票，在出境關口前招呼團員排隊等著上船。而情報局局長派出的 10 位組員，也混在人群當中，找尋疑似林強的目標。

經過 10 個小時的航行，2 日上午 7 點 30 分，中遠之星渡輪準時抵達台中港的 19 號碼頭。天空不作美，米粒大的雨點打在船橋的屋頂及透明的玻璃側窗，稀哩嘩啦的不同調雨聲，就像打擊樂器的演奏一般。

此班渡輪的 678 名旅客之中，其中 1 人是使用假名護照、整形變裝的林強中將，看起來就像首次出國的大叔一樣，準備通關、進入台中港。

林強通過船橋口的人臉辨識系統時，相似度為 66.3%，高於

設定的 60%Matched！標準，通報警示的黃燈開始閃爍著。依照
王安的說法，眼前這位穿著 polo 衫、前後各有表情嚴肅的 2 位壯
碩男士陪同的人，八九不離十，應該就是林強了。再看了看他的
左手小拇指，確實少了一節，是林強準沒錯！

在海關入境檢查站時，情報人員偽裝的海關人員，從排在林
強前面的第 10 個人開始，被引導到另一個新開的海關檢查通道；
林強等人通過海關入境檢查站後，就被引進一個 40 坪大的會議
室，看見裡面有 10 位真槍實彈的衛兵警戒著。林強趕緊回頭一
看，發現另有 10 名持槍的衛兵，跟在他的 2 名隨扈後面走進來。

「他們是怎麼認出我的？」林強想不通，自己已經改變臉型
了，為何還會形跡敗露。「怎會這樣？在中國的機場通關實測時，
明明能順利通過人臉辨識系統的。」

　　．

　　．

　　．

在國安局、情報局和調查局的後續收網行動中，林強在王安
太太黃倩的勸說之下，供出了 1 名台灣的中將間諜。總計，此次
反間行動，除了林強及 4 名隨扈護之外，尚逮捕了 26 名潛伏在
台灣的中國間諜。

其實，林強想策反的上將，是 A 總統的國安團隊設的局，以
1 名上將即將發動政變推翻 A 總統為誘餌，誘使習近平上鉤的"
請君入甕"計中計，這是習近平一生中，最大的敗筆。

這個令習近平難堪的間諜案，將成為台灣與中國談判的有利
籌碼。

NOTE

第 3 章 美、日、台的郵輪密會

　　"老驥伏櫪、壯士暮年"的馬英九，在 202X 年 3 月率領台灣菁英青年團訪問中國之後不久，他開始放出"買台灣"的風向球。果然一如往常地，掀起綠營的媒體及網軍之"舔共賣台"謾罵聲。

　　但是，半個月之後，風向開始轉變了，各電視台的政論節目聚焦於"買台灣"的議題上，包含「台灣不是中國的，為什麼要花錢買？」、「買台灣要花多少錢？」、「美國、日本要不要出錢？」、「台灣獨立後的國名、國旗及國歌」等的討論，看樣子，台灣當局也動心了，否則不會任由媒體及網軍持續炒作下去。

202X 年 6 月 22 日，09：30～【台灣，總統府】

　　「曙光計劃」是 A 總統籌劃已久的「法理台獨之路」計劃，由 A 總統親自領軍，計劃成員共有 13 人，包含 A 總統、副總統、行政院長、立法院長、內政部長、外交部長、國防部長、財政部長、陸委會主委、總統府秘書長、國安會秘書長、國安局局長及總統辦公室主任江德勳。

　　今天是「曙光計劃」的第 6 次會議。

　　「各位早安！這半年來，我們談到馬英九提出的"買台灣"方案時，雖然我們還是照樣放話，說國民黨是在"賣台灣"，以表示不同的看法。不過，平心而論，"買台灣"方案確實很有創意，也有可行性。」A 總統率先發言，切入今天的主題。

　　「只不過，我們得想出另一種說法來區別，免得萬一老共真的想坐下來談時，功勞全被國民黨拿走了。」

　　「自從數年前美國參議院議長訪台之後，老共根本就不用再

對我們的溝通呼籲做任何回應，而且頻頻軍演，軍機幾乎每天都飛越海峽中線來挑釁。台海是不可能永遠維持現狀的。老實說，我也認為國民黨的"買台灣"是有可行性。」國安局局長接著說。

　　「現在確實很傷腦筋，老共不回應，我們總不能派馬英九當代表去談吧？過去幾年，他被我們修理的那麼慘，也不好意思開口請他當我們的代表。」陸委會主委擺出苦瓜臉，有點不好意思的說著。但是，與會人員聽了之後，都露出會心的微笑。

　　「國民黨的"買台灣"方案，英文可譯成 Buying Taiwan，對老共而言是 Selling Taiwan(賣台灣)，都是單方的買與賣行為。這樣吧！不如用 Trading Taiwan，交易台灣，"交易"是雙方溝通協商的互動關係。」曾經擔任台灣駐美代表處政治組組長的總統府秘書長丁強提出英文專業的看法。

　　「我們可以定義一個新名詞『台灣化』(Taiwanization)，來跟之前美國學者提出的台灣『芬蘭化』(Finlandization)獨立方式做區別，我建議將『台灣化』定義為『以交易條約方式，達到"台灣化獨立"的路徑』(Taiwanization: Using Trade Treaty as a Pathway to Taiwan's Independence)。」

　　「"台灣化獨立"？聽起來還不錯，丁強(總統府秘書長)，你去弄個有美國人在內的英文團隊，寫出確定是老美看得懂的英文，還要逐字校稿，不要跟上次的台灣獨立促進會一樣，寫一些中式英文，還把獨立的英文字母拼成"Independant 了"。」A 總統表達了他對英文字詮釋的看法。

　　「你們知道嗎？1979 年美國與中國建交而簽訂「建交公報」時，美國是"知悉"(acknowledge) "一中原則"，而中國解讀為"承認

"(recognize) "一中原則"",就因為英文字的認知有所不同,才使得台灣成為今天的『維持現狀』灰色地帶。」

「如果我們真的要"買台灣",錢從哪裡來?這應該上兆美元起跳吧!我們的勞保、健保體制,如果不修改的話,不出 5 年就要破產了。」財政部長一想到要用錢,就一個頭二個大。

「應該可以找美國及日本出錢,畢竟自從美國與中國在 1979 年建交之後,我們已經替他們站了 40 多年的衛兵。嚴格來說,不應是我們向美國買武器,而是美國要免費提供武器給我們,而且我們也應向日本收取保護費。」國防部長提出看法。

A 總統:「好像有道理。會議之後,老黃(外交部長)你就跟美國及日本聯絡,表達我們的立場。畢竟,如果台灣成為親美日的獨立國家,對美國及日本都有好處。但是,老共的『反分裂國家法』,白紙黑字、寫得很清楚,我們總得給習近平一個台階下吧?」

外交部長:「習近平的下台階應有二重點:第一是買賣台灣的價碼,第二是習近平的面子問題;價錢可以商量,只要美國和日本出得起,就 OK!至於面子問題,就傷腦筋,老共總是把"不排除以非和平方式解決台灣問題"掛在嘴邊,要如何解決?」

國安會秘書長:「應該可以解決,你們不覺得近一年來,老共那邊好像都不再提"台灣是中國神聖領土不可分割的一部份"了,也不再提"九二共識、一國兩制",只說"和平解決台灣問題"嗎?」

「對吼!好像是有這樣的改變。前幾天,國民黨的黨鞭跟我說,老共的"一帶一路"倡議進行的不太順利,花了太多錢,他們現在很需要錢,否則可能拖垮中國國內的經濟。」操著一口台灣

口語的立法院長，推了推老花眼鏡，若有所思地接著說。

「中國歷屆的中國領導人，均將"統一台灣"視為民族主義的使命，這項使命已拖延了 70 多年，或許，習近平已經等得不耐煩而重新定位台灣的地位了，我們此時應該給習近平一個有利益、有面子的台階下。」一向很少說話的副總統表達了他的看法。

「中國應該可以用 5 年的時間，來淡化統一台灣的民族主義情結；習近平可以從刪除所有關於"台灣是中國神聖領土不可分割的一部份"的論述做起，再藉由官方媒體及政策宣導來淡化，『洗腦工程』對於一黨專制的中國，並非難事，當年的蔡英文總統，不也是這樣，成功地把教科書內的中國史貶為東亞史的一部份，而讓台灣史單獨編成一冊嗎？」

內政部長：「坦白說，中國如果以和平方式統一台灣，美國和日本均沒有理由說"不"；然而，美國和日本均希望"台灣獨立"，至少是"永遠維持現狀"。」

「中國、美國和日本都想要台灣，所以台灣是奇貨可居。台灣的地緣位置有其重要性，講明白一點，台灣獨立或維持現狀，是在保護日本，也是美國圍堵中國的第一島鏈防線上重要樞紐。美國應巴不得買下台灣當第 51 洲，而日本也應想再度把台灣搞成日據時代的總督府。」

行政院長：「台灣想要獨立，可能比想像中困難許多。我想我們都不否認，沒有美國及日本的支持，台灣是不可能達到『法理台獨』的目標。所以，我們不要強出頭、自己與老共對幹，要跳脫傳統的政治思維方式，把美國與日本拖下水，來為『台灣獨立』謀出路。簡單來說，就是我們要忍辱負重、顧全大局，改由美、

日兩國出面，我們當配角，來與中國溝通、協商，簽訂『台灣獨立』的交易條約。」

「如果美國、日本及台灣共同出資買下台灣，也就是交易台灣──一方面，美國及日本贏了裡子，讓台灣成為親美日的獨立國家，解決了防堵中國擴張的第一島鏈缺口問題；另一方面，中國讓美國、日本一起付費買台灣，算是壓制了美日台的三國聯軍氣焰，這可以讓習近平及中國人覺得很有面子。」謹守備位元首本份的副總統，今天的話似乎有多一些。

副總統意猶未盡地繼續說：「美國與日本為台灣獨立而付費，也只不過算是台灣為美國、日本站衛兵 40 多年的補償金而已。而且，賣國土在歷史上也有先例，有樣學樣。19 世紀時，英、法、俄、瑞典、墨西哥及西班牙等國均賣過領地給美國。」

「所以，交易台灣，讓美國輸得"不難堪"，中國贏得"很漂亮"，對國內的反對聲浪也有所交代。那麼，習近平就有台階下了。」副總統的見解是一針見血、入木三分。

「嗯！好漢不吃眼前虧，識時務者為俊傑，就往交易台灣的方向進行吧！」A 總統摸著下巴說：「各位還有沒有別的看法？」

- •
- •
- •

A 總統：「好！林洋(財政部長)，你去分析一下，要以什麼作為美、日、台分擔付費的比例基準，例如外匯存底啦！GDP 啦！總而言之，要先擬定一個對我們最有利的計算基準，再來跟美國、日本討價還價。」

　　「今天會議就到此結束。再提醒各位,我們的『曙光計劃』是前所未有的超級機密計劃,絕對不能露了口風,台灣能否獨立、進入聯合國就看各位了,我希望"台灣國"的目標,在我的這個任期內完成。」

202X 年 7 月 1 日～9 日【A 總統出訪拉丁美洲邦交國】

　　今天是 A 總統就任總統以來,第 4 次出訪邦交國,預定是 9 天 8 夜的「邦誼永續之旅」行程。

　　不同於以往的總統低調出訪,此次 A 總統的出國訪問高調了許多,唯恐天下不知。10 天之前,總統府就舉行記者會,對外公開行程,說明去程將在紐約停留一晚,回程則過境洛杉磯。

　　除了將與台灣僑胞見面之外,還預定分別會見美國的參眾兩院議長,並公佈隨同訪問的名單,包含外交部長、國安會秘書長、僑委會委員長、總統府秘書長、經濟部次長、總統府發言人、工商界代表 12 人、朝會立委 8 人及媒體記者 6 人,訪問團多達 50 人,總統府發言人還刻意介紹了 3 位國民黨的立委。

　　山力新聞台記者發問:「以往總統出訪時,反對黨的立委均不參加,此次為何有 3 位反對黨立委隨同?是不是兩黨已溝通和解了?」

　　「是的!朝野黨派已多次協商,基本上,朝野各黨均達成"對內化解歧見、對外團結一致"的共識,朝向兩岸和平相處的目標前進。大家都知道,A 總統是一位最會溝通的總統。」總統府發言人順勢回答。顯而易見的,這是記者故意做球給總統府用力殺。

　　記者會之後,有媒體放出風聲,A 總統除了將與美國參眾兩

院議長見面之外，並可能在某種場合"巧遇"美國的國務卿。台灣總統過境美國，從未有過如此的高調，台灣當局似乎不在意中國的可能反應。

7月1日下午3點多(紐約時間)，A總統的專機抵達紐約甘迺迪機場，由台灣駐美代表及美國 AIT 處長接機，前往位於曼哈頓東區的樂天紐約皇宮酒店，飯店門口擠滿了拿著美、台2國國旗歡迎 A 總統的民眾，奇怪的是，看不到以往中國動員的抗議群眾，也聽不到中國外交戰狼的警告。紐約時報、華爾街日報及華盛頓郵報等主要媒體形容：「這是台灣總統多年來"最不受矚目"的美國之旅。」

在晚上7點以前，A總統並沒有公開的行程，是否與美國某些政治人物會面，不得而知。當晚，紐約的台灣僑界在 The Glasshouse 宴會廳席開 90 桌，盛況空前，包含美國在台協會(AIT)主席，紐澤西州長及參眾二院議長等美國政界大咖均出席歡迎宴會，美國助理國務卿也透過視訊發表了演講。

以往，台灣總統過境美國時，中國的外交部均會發表類似"反對台灣與美國政府有任何形式的官方接觸，破壞中美友誼的後果自行負責"等嚴正聲明，此次 A 總統過境美國，中國外交部迄今仍未發表任何抗議聲明。中國與台灣的關係，似乎正在改變中。

‧
‧
‧

202X 年 7 月 2 日～7 日【海洋 No.1 郵輪 6 天 5 夜之旅】

其實，A總統的這趟「邦誼永續之旅」並沒有必要性，既不

是邦交國的國慶日，也不是邦交國的總統就職典禮，純粹只是為了吸引台灣媒體的注意，作為即將進行之美、日、台協商密會的煙霧彈。

「海洋 No.1」郵輪，是隸屬義大利、在巴哈馬註冊的 11.5 萬噸級、長 290 公尺、寬 36 公尺的 14 層樓高大型郵輪，可搭載 3,200 名乘客，以基隆及馬尼拉為母港(※乘客可原地上、下船)，為雙母港郵輪，由基隆出發，先在馬尼拉停靠 9 小時後，再前往沖繩(那霸市)停靠 9 小時，然後再駛回基隆港停靠 9 小時，航行終點是馬尼拉(※那霸上船的旅客須搭飛機回那霸市)。

對台灣上船的 1,900 名旅客而言，這是一個 6 天 5 夜的觀光旅遊航程(週一下午 6 點出發、週六中午 12 點返國)。

王政強，現年 63 歲，受到父親當職業軍人的影響，高中畢業之後，就進入國防大學管理學院運籌管理系就讀。因表現優異，獲選轉赴美國西點軍校就讀，取得學士學位，獲頒少尉軍階，回國之後，多擔任需使用英語的涉外職務。

40 多年的軍旅生涯，一路走來還算平穩。38 歲時，又獲准回母校攻讀碩士，取得碩士學位之後，仕途、升遷就更加順利，目前官拜中將，擔任國防部的常務次長，上一個職務是台灣駐美代表處的武官。

太太是同齡的李孟婷，曾任職於美國企業的台灣分公司，自從 3 年多前孫子王秉皓出生之後，就辦理退休，與長子一家人同住在士林區 90 多坪 4 房 2 廳的豪宅，她退休後的生活重心是照顧孫子。

　　週一下午 3 時許，王中將夫妻與兒子夫妻和孫子來到了基隆港東岸客運碼頭，準備搭乘海洋 No.1 郵輪。離預定上船時間約還有 1 小時的空檔，於是五人一起搭電梯上了 3 樓頂的蝶客花園景觀平台，這是基隆目前最受歡迎的網美拍照打卡景點。

　　秉皓是首次近距離看到停靠在岸邊的 14 層樓高大船，興奮的大叫：「好大的船喲！好高哦！」、「爺爺、奶奶！你們看，大船還有小孩船吔！」秉皓指著掛在大船側面的好幾台小船說。

　　這是秉皓出生後，首次一家五口出國旅遊渡假，王中將請了 5 天的特休，連同前後的週末，共有 9 天的假期，好久沒有放鬆心情陪孫子玩了。不過，這趟家族渡假的郵輪之旅並不輕鬆，王中將滿腦子盡是 A 總統交代的機密協商任務。

　　王中將入住的是海洋 No.1 最頂級的 VIP 行政套房，房內有 25 坪(86 平方公尺)大，大約是 12 公尺長x7 公尺寬，面海的一側，有長達 8 公尺的落地窗。一家五口一踏進房門，秉皓就大叫：「哇！好大的房間哦！」並直奔落地窗，看著外面的大海說：「媽媽，快開門，我要到陽台看大海。」

　　一家人走到陽台，映入眼簾的正是即將落下海平面的夕陽餘暉。陽光已經不刺眼了，可以直視，金色的光芒，隨著海水波紋輕輕地晃蕩著，漸漸地，紅日緩緩滑入海平面，太陽灑下它最後的金光。剎那間，天空與海面的紅光消失了，太陽入海了，海天一色，就這樣黑了下來，只見幾顆稀疏的星星高掛在天空。

　　夕陽無限好、只是近黃昏，最美的東西，往往只能短暫停留，幽暗的船邊海面，尚可看到激起的白色浪花，並聽得到啪嗒啪嗒的海浪聲，心中驀然地留下一份溫馨的平靜。

「好了，金孫，到房間內休息一下吧，等一下就要去餐廳吃飯，有超好吃的肉肉和菜菜，還有蛋糕、冰淇淋。」王政強太太對著孫子說。

「好耶！我喜歡！」

「不知是哪位天才想出"郵輪密會"的點子，才能有今日祖孫三代同樂的郵輪之旅。」王中將心裡想著。自己是第一次搭郵輪出遊，沒有一般搭飛機出國旅遊的時間壓迫感，尤其住的是總統套房似的超大房間，簡直夢幻般的享受。

週二上午，難得的睡到自然醒，王中將斜躺在大沙發上，望著落地窗外面的蔚藍天空，品嚐著義大利咖啡，再看著妻子陪同孫子玩樂的樣子，不禁想到是不是該放棄軍旅生涯，過著含飴弄孫的日子了。

與王中將隨行的還有 2 位助理──陳中校及張上尉，表面上也是與太太同行的渡假之旅，不過只能入住中等的 8 坪大景觀陽台套房。他們 2 人是隨同前來處理美、日、台郵輪密會的行政事務工作。

基隆距離馬尼拉約 1,200 公里，經過 35 小時的航行，海洋 No.1 郵輪於週三上午 8 點抵達馬尼拉港口，預定下午 5 點開船離開馬尼拉，前往沖繩。扣掉上、下船所需時間，旅客約有 6 小時的旅遊空檔，王中將一家五口及助理夫妻們，均參加了郵輪安排的「馬尼拉海洋公園」岸上觀光行程。

王中將的郵輪之旅是極機密行程，台灣駐菲律賓代表處並不知道國防部的常務次長前來馬尼拉，否則依照慣例，至少會派員

接送。

　　上午 10 點不到，遊覽巴士即抵達海洋公園的大門口，今天雖然是秉皓首次看到實際的海洋動物，不過，他已從幼童繪本認識了許多的海洋生物，王中將選擇海洋公園的岸上觀光行程，就是為了孫子秉皓。

　　「馬尼拉海洋公園」除了招牌的海洋隧道之外，還有小朋友喜歡的鳥類館、爬蟲類館及小動物館。海洋公園售票亭旁的告示牌，寫著當天動物表演秀的時間，有海獅秀、鳥明星秀及交響樂火水舞秀等，由於只有 4 個半小時的參觀時間，王中將選擇包含經典海獅秀的「Deep Sea Rush 6」套票。

　　走進 25 公尺長的彎曲型海底隧道，彷彿置身於海裡，隔著清澈透明的玻璃，可以看到頭上及兩側的海洋生態。

　　「哇！鯊魚、魟魚、小丑魚，還有很多漂亮的小魚哦！」秉皓逐一喊出他在幼童繪本上看過的海洋動物。

　　上午 10 點 40 分，秉皓牽著爸爸和媽媽走在前面，回頭興奮的喊著：「爺爺！奶奶！走快一點，我們要去看海獅表演了。」

　　上午 11 點的海獅秀，是參觀馬尼拉海洋公園必看的招牌秀，另一招牌秀是下午 6 點半的交響樂火水舞秀。「很可惜，我們得在下午 4 點之前回到郵輪上，所以看不到了。」王中將輕聲細語的對太太說，似乎怕被秉皓聽到。

　　「沒關係啦！只要皓皓高興就好，下午 2 點半再帶他去看鳥明星秀。」王太太不以為意，因為秉皓比較喜歡看漂亮的鳥類表演。

看完海獅秀之後，王中將一家人又逛了逗趣的南極企鵝館。正值午餐時間，一行人走到美食廣場，秉皓看到速食餐點的廣告招牌，又興奮地嚷著：「我肚子餓餓，要吃漢堡、薯條、冰淇淋，還要喝飲料。」於是，一家五口就座點餐。

「我覺得比較可惜的是，都已經來到馬尼拉了，卻沒有時間去看馬尼拉市區的羅馬廣場、馬尼拉大教堂、聖地牙哥堡及聖奧斯丁教堂等世界遺產的古蹟建築，只好下次再來一趟了。」喜好藝術文化的王太太有點遺憾的嘀咕著，顯然在搭郵輪之前，她曾對馬尼拉之旅做過一番研究。

「馬尼拉市附近有許多值得參觀的景點，明年我辦理退休之後再來一趟 4 天 3 夜遊吧！」王中將體貼的說著。

「這可是你說的，到時候可不能賴著官位不想退休哦！」

王中將因軍中職務的關係，夫妻平時聚少離多，因此，2 人對退休後的夫妻生活充滿期待。

自從週一傍晚 5 點上船之後，王中將與助理各走各的，到不同類型的免費餐廳，享受不同口味的餐食。今天(週三)的晚餐，助理預訂了 9 樓船尾的自費牛排館，王中將晚上將與美國國防部印太事務助理部長安迪威廉斯夫妻共進晚餐。

安迪威廉斯是此次郵輪密會的美方代表，他對外公開的資訊，是陪同太太前往菲律賓渡假，因為是夫妻一起外出旅遊，並未引起媒體的關注。沒有人知道威廉斯此次的休假，是有任務在身，而威廉斯也未知會美國的駐菲律賓大使，隨行的尚有 2 名助理亦與太太同行，表面上也是渡假之旅。

威廉斯一行人在週二傍晚搭機飛抵馬尼拉機場之後，隨即搭車前往馬尼拉市區的 5 星級喜來登酒店。隔天早上 8 點 30 分，威廉斯夫妻參加酒店安排的馬尼拉"古蹟巡禮"半日遊觀光行程，中午在酒店內的餐廳用餐，然後小睡片刻。

週三下午 3 點，他們退房搭計程車前往馬尼拉的郵輪碼頭，跟其他 1,200 多位由馬尼拉碼頭登船的旅客沒有兩樣，排隊、通過海關出境檢查之後，登上海洋 No.1 郵輪。

週三晚上 7 點 30 分，王中將一家人已經在牛排館內就座，等待助理部長的到來。

威廉斯助理部長夫妻及助理夫妻一行六人走出郵輪9樓的電梯口時，王中將的助理陳中校和張上尉已在門口等待，一看到威廉斯走出電梯，立即上前打招呼，帶領他們前往餐桌。晚餐聚會分為二桌，一桌為王中將及威廉斯和助理們六人面對面入座，家屬們坐在旁邊的另一長型桌。秉皓說：「我要坐在奶奶與媽媽的中間。」服務人員貼心地準備了幼童用的座椅及餐具。

- ·
- ·
- ·

馬尼拉距離那霸市約 1,500 公里，航行時間約 45 小時。週四，郵輪仍然在海上航行，上午 9 點時，王太太帶著孫子與兒子夫婦離開房間，郵輪上有多種不同的育樂設施及活動安排。

「皓皓！奶奶帶你到船船最高的地方看大海。」於是王太太、孫子、兒子及媳婦 4 人，搭電梯到郵輪的第 12 層樓，一走到戶外，秉皓就沿著黃色的跑道跑了起來，爸爸只好跟在後面快步追

趕。之後再沿著台階走上最高的 14 樓瞭望台，放眼望去，無邊無際的海洋，海闊天空、海風徐吹，令人不由得深深吸一口氣，頓覺心曠神怡。

瀏覽海景之後，大人們將秉皓送到位於 10 樓的兒童俱樂部，這是郵輪為了方便家長安排自己的娛樂活動而設置之專門照顧 3 歲以上幼童的遊樂室。接著，王太太選擇去瑜珈教室，兒子夫妻則選擇去參加拉丁舞的教學活動。

週四上午 9 點 25 分，威廉斯和助理來到王中將的房門，敲了 3 下。王中將的助理開門迎接。

他們 3 人一進房就被明亮寬闊的客廳所驚艷，沒想到郵輪上居然有這麼大的套房，扣除床鋪和衛浴，客廳約有 15 坪大，中間擺著一張 8 呎 × 5 呎的大茶几，兩旁各擺放水藍色的四人座大沙發，再加上茶几的短邊各有 2 張移動式單人座沙發，足以供 12 人開會討論用。

「好棒的套房，是我住的房間 3 倍大，下次再搭郵輪，我也要帶孫子住這種房間。」威廉斯由衷的讚許。

「沒有啦，如果只是家人單純的渡假旅遊，我也不會住這麼大的套房，我們 Big boss 說房間要最大的，多人開會討論才不會有壓迫感，也避免到公共場所會談而曝光。我的家人忙著在船上參觀遊玩了，下午 4 點以前不會回房。」王中將以稍帶得意的口氣回答。

「你們要喝什麼飲料？點一點，我們就叫 Room Service 吧！」趁著助理點飲料之際，王中將接著說：「中國方面的態度很強硬，

也許是虛張聲勢，不過，我們至少要準備三套劇本，plan A、B、C，以備不時之需，等明天到了 Okinawa(沖繩)，日本的山田上船之後，再看日本方面有沒有好的 idea，集思廣益，就像俚語所說的"Two heads are better than one."(三個臭皮匠、勝過一個諸葛亮)，一定沒問題！」

「那就不要太嚴肅！我們是來渡假旅遊的，不是嗎？」

「說的也是，我們只不過在郵輪上碰巧遇到，順便聊些事情而已！」

「不過，老實說，我很佩服你們台灣人能夠想出 Trading Taiwan 的主意，而且也想不到習近平居然會同意賣掉台灣，你知道嗎？我們國家的大部份土地，是在 19 世紀時，向英、法、俄及墨西哥等國買來的。」

「Off the record(私下告訴你)，其實 Trading Taiwan 的原版本是國民黨提出來的，他們的黨主席跟中國方面搞了多次的兩岸交流活動，國民黨主席偷偷與習近平見面之後敲定的，老習已不再堅持統一台灣了，他希望在本任期之內，搞定台灣問題，就可以風光的連任，順利的話，他可以無限期的當總書記、國家主席，跟毛澤東一樣，幹到掛掉為止。」

「我很好奇，習近平為什麼會改變統一台灣的想法？」

「這你就不知道了，我們有 leverage(籌碼)。」

「leverage？你們台灣有什麼談判籌碼？」

「你就別問了，這我不方便說。」

「Cut the shit(別胡扯)！」、「Come on！透露一下吧！」威廉

斯雙手一攤。

「不行！Big boss 交代不能說，I have to kill you if I tell you，哈！哈！」王中將對著威廉斯比個手槍射擊的手勢，威廉斯也順勢做個中槍倒下的樣子，逗得大家哈哈大笑。

王中將在擔任上一個職務「台灣駐美代表處」的武官(少將)時，就與威廉斯互相熟識，所以 2 人說話時就隨興了些。

「我們 Big boss 與習近平有協議，不能說，否則談判會破局，習近平也可能垮台，總而言之，我不能說，Give me a break！(饒了我吧)，這樣吧！等台灣進入聯合國之後，我再告訴你。好了，現在言歸正傳，該絞盡腦汁談正事了。」

「上一回視訊會議時，你說買台灣要我們出 3 兆美元是怎麼算出來的？你不要以為美國有錢，你們台灣才是錢多多，應該多出一點。」威廉斯收起笑臉，開始與王中將討價還價。

「安迪，老實跟你說，老共要開價多少，我們也不知道，只是，國民黨的老馬和習近平見面聚餐時，老馬的酒量很好，他把習近平灌醉之後，習近平才不小心露了口風，他希望賣個 5 兆美元。」王中將眼睛盯著電腦中的資料，向威廉斯說。

「5 兆美元？My God！如果是這個天價的話，就玩不下去了，我們國家今年的總預算才 6.5 兆美元。」

「我也不知老共是怎麼算的，總而言之，價錢應該是 negotiable(可協商的)，買賣交易就是賣方先開價，買方殺價減半，有來有去，最後達到某一個金額，而且應該可以用分期付款方式支付。依你看，要花多錢買才划算？」

「You got me！(你問倒我了)，我又不是開美國國家公司的CEO。」

「習近平應該也不知道要賣多少錢才劃算，所以，現在我們也沒辦法決定要花多少錢買台灣才合理。不過，至少可以先決定我們三個國家要各自分攤多少比例吧？」

「那麼，"買台灣"費用的分攤比例要以什麼作為計算基準？」

「是不是可依去年底的 GDP 來分配，你看如何？」王中將想起出發前，財政部長交代過，去年美國的 GDP 26 兆美元、日本 4.8 兆美元、台灣 0.8 兆美元，用 GDP 比例來分配，對台灣最有利。

「欸！我們去年的 GDP 是你們的 33 倍、日本的 5.5 倍，這樣不公平，應該改用人均 GDP 作為分配的基準。」看來，威廉斯也不是省油的燈，出發前也是做過功課的。

「我們的人均 GDP 是美國的 42%，而與日本差不多，這絕對不行。」王中將心中盤算著。

「那麼，還有哪些指標可以用？Let me see，嗯！貿易總額、或者年度總預算如何？」王中將回想著出國前才知道的財經資訊，提出對台灣較有利的指標。

「我想應該再加入外匯存底項目來衡量吧？」威廉斯也機靈地提出對美國較有利的指標。

威廉斯摸摸頭繼續說：「我看今天也討論不出結果，不如我們先把可能的分配比例指標的數值整理出來，看我們三國各佔多少比例，然後等明天山田上船之後，再討論要採用何種指標計算。」

　　眼看已經下午 2 點了，大家都尚未吃中餐，還好早餐的自助餐吃得飽，尚不覺得餓。

　　王中將：「好吧！今天開會就到此為止，剩下時間去陪夫人逛逛吧！今天的晚餐還是由我的 Big boss 買單，要吃義大利餐、日本料理還是中國料理？」

　　週五上午 11 點，郵輪停靠在沖繩那霸市[44]的若狹碼頭，王中將同樣參加了郵輪的岸上觀光行程，選擇老少咸宜的熱門行程「沖繩世界文化王國」，其中，有一令人嘆為觀止、長達 1 公里的鐘乳石洞窟「玉泉洞」。

　　[44]沖繩(Okinawa)：是日本最西南的縣，縣廳位於那霸市，全縣有 160 個島嶼，土地面積 2,280 平方公里(台灣約 36,200 平方公里)，沖繩本島佔沖繩縣面積的53%，距離台灣約 600 公里。本島上有二大美軍基地，是目前美軍在遠東地區最大的軍事基地，駐軍約40,000 人。

　　沖繩是觀光大縣，人口約145 萬人(台灣約2,350 萬人)，在 COVID-19 大爆發之前的 2019 年，沖繩的觀光客突破 1,000 萬人(※台灣在 2019 年的外籍觀光客人數是 1,186 萬人)。

　　逛完「沖繩世界文化王國」之後，再轉往長約 1.5 公里的國際通大道，沖繩的國際通大道是知名的觀光客商店街，除了藥妝店、伴手禮店之外，還有各式的日本料理店。

　　當走到 Blue Seal 冰淇淋店門口時，秉皓被擺設在門口 1 支比他高一個頭的甜筒霜淇淋模型所吸引，賴著不走說：「奶奶，我累累，我要休息吃冰淇淋。」兩老二話不說，帶著全家進入冰淇

淋店，排隊等候買冰淇淋。

週五晚上 7 點鐘，山田夫妻及其 2 位助理夫妻登上海洋 No.1 郵輪。山田是此次美、日、台郵輪密會的日本代表，職務是防衛 (省)政務官。

海洋 No.1 郵輪為沖繩預留了 300 位旅客的船票，通常，旅客多半是休假美軍及日本本土來的觀光客，此為"船去(基隆、馬尼拉)機回(沖繩)"的 4 天 3 夜行程，這是沖繩每年一次的熱門郵輪旅遊，通常在開航前 20 天就會額滿。

週五晚上 8 點的氣象預報：「中度颱風羚羊將於深夜 2 點由花蓮登陸台灣，隔日清晨 7 點將由新竹出海，預計中午 12 點，台灣才會脫離暴風半徑。」

週五晚上 8 點 50 分，正當郵輪預定準備駛離沖繩若狹碼頭時，郵輪的廣播響起：「各位旅客晚安，由於颱風即將登陸台灣北部，為了安全起見，本郵輪將延後 3 小時抵基隆港，造成您的不便，深感抱歉。」

「因此，本郵輪的免費餐廳及遊樂設施，均將延後 3 小時休息，今晚船上的精品店及自費餐飲，一律打 8 折優待，歡樂賭場今晚不休息，營業到清晨 6 點，請各位旅客多加利用。」

多在船上停留 3 小時，有免費的餐食可享用、買東西 8 折優待，旅客似乎也沒有什麼好抱怨的，畢竟這是不可抗力的天候因素。

週六上午 8 點 30 分，威廉斯、山田及其助理們陸續來王中將的套房門口敲門。

「Good morning！昨晚睡得好嗎？」王中將接門迎接、打招呼。

王中將與山田握手說：「山田，很高興有機會跟你見面。」

威廉斯也伸出手與山田握手跟著說：「Me too！」

「Me three！」山田的雙關語回答，逗得大家哈哈大笑。

王中將：「昨晚登陸台灣的颱風，使得抵達基隆的時間延後 3 小時，剛好讓我們有較充裕的時間討論，我們原本預定在基隆港岸上繼續討論的。」

王中將：「山田，昨天威廉斯和我已整理出可能作為我們三國付費買台灣的分配指標，包括 GDP、人均 GDP、外匯存底、黃金儲備、貿易總額、年度總預算共 6 項，後來我們認為好像只有 GDP、貿易總額兩項較具有指標性。你的看法如何？」

「Great minds think alike(英雄所見略同)，我們的財政部門，也做過類似的分析，還包括了人口比、國土比等項目，最後也認為只有 GDP 和貿易總額兩項較具有公信力。」

「好！就這麼決定，我們先取最近 3 年的平均值，個別試算看看，然後再討論 GDP 和貿易總額的權重比，最後再計算出加權之後的分配比。」

王中將、威廉斯及山田 3 人各自與助理們上網查資料，試算3 個國家應負擔的比例，3 組人馬經過約 2 個多小時的重複試算，終於有了結果。

王中將：「看來，我們引用的資料差不多，我們 3 組人之分析結果的誤差在±7%之內。」

「嗯！還算是蠻接近的。」山田點點頭說著。

「確實是在合理誤差範圍之內，就採用我們 3 組數據的平均值，合理吧？」威廉斯也同意彼此的分析結果。

再經過 1 個小時的討論協商，最後訂出美、日、台三國買台灣的分擔比例，分別為 63%、27% 及 10%。

王中將與威廉斯、山田及 6 位助理逐一握手致謝，並且說道：「解決台海危機就靠我們，今天的 Trading Taiwan 共識，是我們 9 個人共同努力的結果，Thank you！Thank you all！待會下船之後，我的小 Boss 會出面安排接待你們。」

「Hey！Gifts blind the eyes(拿人手短、吃人嘴軟)，晚宴之後，你可不能再要求砍價喔！」威廉斯開玩笑的說著。

「不會！不會！We are a great team！Aren't we？(我們是一個很棒的團隊，不是嗎？)」王中將開懷地笑著回答。

歷史性的美日台郵輪密會協商，終於在融洽的氣氛中結束了！

NOTE

第 4 章 馬習二會：賣台灣

2015 年 11 月 7 日，當時的海峽兩岸最高領導人——馬英九和習近平，在新加坡會面，這是兩岸自 1949 年政治分立以來，雙方最高領導人的首次會談，象徵兩岸關係的最大突破，但是，雙方並未簽訂任何協議或發表共同聲明。

在(202X－1)年 7 月 15 日，台灣當局宣佈放棄金門及馬祖之後，中國全面日夜趕工，北廈金大橋終於在 202X 年的春節前一週通車；而在 6 月端午節前 3 天，南廈金大橋也順利完工通車了，將廈門與金門構成環狀的一日生活圈(上篇第 2 章)。

一切計劃均依中國「中央對台工作領導小組」四巨頭(上篇第 1 章)所規劃的時程進行，習近平計劃於 202X 年 10 月 1 日(中國國慶日)，在金門進行和平高峰會、與美日台三方代表簽訂條約。然而，人算不如天算，中國陰溝裡翻船，林強將軍的潛台策反任務失敗，被台灣當局逮到了(中篇第 2 章)。

202X 年 5 月 5 日，09：00【中南海，習近平辦公室】

為了林強中將被捕的事件，「中央對台工作領導小組」的四巨頭，習近平、林富寧、李忠毅及陳仁濤緊急聚會、協商對策。

「富寧，林強小組被台灣當局逮捕了，要如何處理才好？」習近平首先問了國師林富寧的看法。

「嗯！我們姑且暫時按兵不動，看台灣方面怎麼出招再說。半年多前，我們就決定放棄統一台灣了，只是我們的轉變不能太過突然，讓國內的主戰派及民眾一時無法接受，我們仍在利用媒體、網軍，消化過去半世紀的民族主義情結，而未對外說明。」

林富寧習慣性地摸摸鼻樑上的黑框眼鏡回答。

李忠毅(外交部長)：「昨天晚上 11 點鐘，我接到美國外交部長的電話，他向我詢問林強在台灣被捕的真實性，我回答目前仍在查證當中。他還向我抱怨說：『既然你們要賣台灣了，為什麼還要派高階將軍潛入台灣。』所以，美國應該已經知道這件事了。」

陳仁濤(國台辦主任)：「我要不要主動打電話問問台灣陸委會主委，探探口風？」

林富寧：「不要，要沉得住氣，在談判桌上，先發聲的一方就會處於劣勢，台灣不是我們談判的對手，美國才是，我相信，台灣正在和美國商量對策。如果堅持美國和日本要一起出錢買台灣，那麼，林強將軍被捕的劣勢就可以扭轉回來。讓美國、日本及台灣一起付款買台灣，就能營造出我們打贏美國、日本和台灣三國聯軍的氣勢。」

李忠毅：「半年前，我跟美國國務卿見面時，私下說我們想賣掉台灣，他以為我在開玩笑，笑著回答說：『好啊！我們買，不論你們開價多少，我們都買』。我問他：『真的？那 100 兆人民幣買不買？』他一聽到我開出價錢，立即收出笑臉問：『真的要賣？』」

「『真的！我發誓！價錢可以談，你回去問問看你的 big boss，有興趣再說，不過，在時機尚未成熟之前，不准透露風聲，否則破局免談。』」

習近平：「目前，『一帶一路倡議』中，一些較落後國家的資金缺口，也連帶拖垮我國的經濟，今年的經濟成長率，可能跌破3%，如果再加上持續上升的通膨率(CPI 年增率)，恐怕會引起民

眾的不滿而聚眾抗議。我待會兒把財政部長找來問一問,到底我們一帶一路的資金缺口有多大,再來考慮要賣多少。」

林富寧:「除了價格之外,也要談其他條件,例如,台灣不能成為美國的海外屬地、第 51 州或是日本的總督府,頂多只能讓台灣成為如瑞士一樣的永久中立國。」

「另外,台灣將來還要跟我們買自衛型武器,還有,我們需要穩定的高階晶片貨源,要要求台積電來中國設立 3 奈米以下製程的先端晶圓廠,以及台灣以外的離島歸屬等問題,均要列入考量。」林富寧深謀遠慮,把一些對中國有利的條件都逐一說出來。

習近平:「對了,台灣逮到了林強,你們不覺得讓我們很沒面子嗎?要想辦法在未來的談判場合上扳回一城。我們要趕緊召開政治局委員會議、擬定對策。」

美國和日本壓根兒不希望中國統一台灣。

美國國務卿向美國總統提出習近平有意出售台灣時,美國總統立即與日本首相視訊討論各種可能的方案,他們 2 人一致認為,務必要把握機會,把台灣買下來,即使不能把台灣納為自己海外的屬地,也要讓台灣成為如瑞士一樣的永久中立國,而非是偏向中國的「芬蘭化」台灣。

202X 年 7 月 27 日【台灣,總統府】

此次的「和平高峰會」,中國的代表是習近平,台灣的代表是 A 總統,美國與日本的代表分別為副總統與副首相。習近平不在意美、日兩國只派副元首出席的不對等問題,反而提出一個令台灣 A 總統有點難堪的要求,他堅持要馬英九以台灣代表之一出席會議。

今天是「曙光計劃」的第 8 次會議。

A 總統：「雖然我們逮到林強將軍當談判籌碼，不過，關於習大大莫名其妙的要求，現在可頭大了，要怎麼跟馬英九開口？自從 2016 年蔡英文上任以來，馬英九一直被我們消遣為"最佳後援投手馬維拉"，這下子真要禮聘馬英九當救援投手了。各位，有沒有好的方案？」

國安局局長：「嗯！習大大會不會只是說說而已？」

陸委會主委：「不！國台辦主任陳仁濤說，這是習大大唯一不妥協的條件，這可能是他在 2015 年殘留下來的馬習會情結吧。」

A 總統：「治平(立法院長)，你經常與國民黨喬事情，在立法院有沒有人脈可以和馬英九搭上線？我自己實在開不了口，上一回總統大選時，我還一直罵他"舔共賣台、美國人的阿公"等等的。」

「是有認識與馬英九較麻吉的人，我可以請他先向馬英九打聲招呼，你也知道，馬英九是爛好人一個，你只要親自打電話給他、姿態放軟一點，他應該會接受的。唉！我也不知道怎麼形容馬英九，總而言之，之而總言，他是吃素的啦！」

「噗哧！」聽到立法院長這麼說，大家都忍不住地笑出聲來。

「那我們應該給他什麼頭銜？我自己也會出席，總不能說他是總統代表吧？」

總統府秘書長：「這確實傷腦筋，嗯！總統首席顧問如何？反正到時候再把他晾在一旁，讓他去跟習近平敘舊、聊聊。」

副總統：「不過，如果讓他當首席顧問，那麼，他發表的意見要不要聽？」

「2023 年底的藍白合政黨協商時，不是請馬英九當見證人嗎？不如這樣，我們也可以依樣畫葫，讓馬英九當見證人，如何？」

國安會秘書長：「這樣也好，省得馬英九在協商會場又出怪招。」

A 總統：「好！就讓他當兩岸協商的見證人。另外，美國及日本已經同意共同出資買台灣，我們和美國、日本要各出資多少才划算？你們有沒有什麼看法？」

副總統：「這是史無前例的做法，不如先搞個民調看看。」

2 天之後，山力新聞台的政論節目以 call-in 方式，票選「美國、日本、台灣要各出多少錢買台灣」，經過 3 天的 call-in 民調，累積的票選結果是：「美國 70%、日本 25%、台灣 5%」。

此外，台灣公正民調中心的民調題目是：

---
(1)你是否同意買台灣？□同意；□不同意。
(2)你認為買台灣價格多少才合理？
　　□1 兆美元；□2 兆美元；□3 兆美元；□5 兆美元。
(3)你認為美國、日本、台灣各出資多少才合理？
　　□美 70%、日 25%、台 5%；□美 60%、日 30%、台 10%。

台灣公正民調中心最後公佈的結果是：

(1)同意(69.3%)；不同意(30.7%)。

(2) 1 兆美元(29.6%)；2 兆美元(33.7%)；3 兆美元(28.2%)；
　　5 兆美元(8.5%)。

(3)美 70%、日 25%、台 5%(73%)；美 60%、日 30%、
　　台 10%(27%)。

202X年9月3日～【全球媒體】

中、美、日、台四方的"交易台灣"會談將在金門舉行的消息，逐一由中國、美國、日本和台灣的外交部發言人發佈消息。全球媒體一致驚訝,西方國家普遍讚揚買賣台灣、讓台灣獨立的做法。不過,俄國、北韓、巴基斯坦、伊拉克及伊朗等與中國友好國家的領導人,仍保持緘默,未發表意見。

一週之後,登記將到金門採訪的全球新聞媒體人數多達1,289人,幾乎是2015年11月馬習會媒體人數(620人)的2倍。

金門這塊連結中國與台灣互動的島嶼,已由反共最前線,轉為聞不到煙硝味的兩岸熱門觀光勝地。此次的和平高峰會,敲定在金門舉行,地點選在與金湖廣場(免稅商場)共構的5星級金湖飯店。金湖飯店為了迎接這個歷史性的和平高峰會,重新改裝位於2樓的太武宴會廳,作為記者會的會場。

金門縣政府立即分別聯繫福建省省長及台灣總統府,對為期3天的金門交通、食宿問題共商對策。

福建省:「國際媒體先抵達廈門與金門共用的中國翔安國際機場,經由北廈金大橋到金門,安排住宿入住金湖飯店附近的3星級以上飯店,僅有各國代表團及政要,才能住進金湖飯店;中國的媒體則在當天才經由北廈金大橋抵達會場;中國官方的代表團及政要,當天由南廈金大橋、再經過金門大橋抵達會場。」

台灣總統府:「台灣的媒體在當天早上7點,才開放由台灣搭機到金門的尚義機場;政要及代表團則搭乘總統專機,在上午11點飛抵尚義機場。」

金門縣政府：「會談前 10 天禁止觀光客進入金門縣，之前預定旅遊的旅客則全額退費或改變行程。緊鄰金湖飯店的金湖廣場 (免稅商場)前 3 天開始暫停營業，拆除一樓大廳的隔間牆，作為所有人員進入金湖飯店的安檢措施場所。」

202X 年 10 月 1 日【金門，金湖飯店】

中、美、日、台的和平高峰會記者會，預定下午 1 點 30 分才開始，不過，自上午 8 點開始，就有媒體記者在安檢通道前排隊等候，希望能夠搶先一步入場，佔個好位置、架設攝影機。

由於觀禮政要和媒體記者的人數實在太多，因此，僅開放給中國官方媒體、20 家國際知名媒體及抽中幸運籤的媒體進場攝影，尚有 200 多位向隅的媒體人員，包含被中國列為"不受歡迎"的媒體，只能由中國架設在金湖廣場一樓大廳的巨幅電視牆，轉錄記者會的現場畫面。

記者會大廳最前端的舞台上方，掛著「中—美—日—台和平高峰會：兩岸關係突破、全球共榮共存」的中英文紅色布條，顯然是給中外媒體拍照用的。

這次的會談，中國方面刻意安排了一些矮化美、日、台的小動作。

【會前記者會】

下午 1 點 30 分，美國、日本及台灣的 4 位會談代表人，依序走上舞台，並展開笑臉、對媒體揮手，媒體及觀禮政要們起立鼓掌歡迎。習近平故意慢半拍，在鼓掌了 1 分鐘、掌聲轉弱之後，他才慢慢地走上舞台，此時又響起更大的掌聲。

習近平越過了前 3 個人，走到排在最後面的馬英九面前，先是誇張的擁抱一下，再與馬英九握手。

「馬先生，我們終於又見面了，這是歷史性的第二次習馬會，我們 2 人是來完成 2015 年 11 月在新加坡未完成的任務，和平解決台灣問題，兄弟長大終究是要分家的……。」

「習先生，你好嗎？10 多年沒有見面了。」馬英九是性情中人，眼眶微紅，雙手緊握習近平的手不放。這一握，足足有 98 秒，超越了 2015 年 11 月新加坡馬習會時的 82 秒。

習近平與馬英九握完手之後，轉向與 A 總統握手說：「你好！哇！你今天帶來 2 位美國、日本的救援投手。」不等 A 總統回完話，習近平立即放手。

「我操！跟你握什麼手呀！你竟然敢逮了林強團隊來要脅我。」習近平皮笑肉不笑、心中吶喊著，並轉向與日本副總理握手。

媒體捕捉到的畫面，習近平與馬英九、A 總統、日本副首相及美國副總統的握手時間，分別是 98 秒、22 秒、34 秒及 38 秒，習近平與馬英九握手的時間，比其他 3 人加起來的時間還長了 4 秒，加上馬英九的紅潤眼眶，足以讓國際媒體大作文章了。

中國方面已先在記者會大廳內，針對舞台的各個方向及宴會廳內各個角落，架妥攝影機，想將會前、會後的記者會盛況，轉播給中國內陸數億的觀眾看，這次將台灣賣給美國、日本、台灣的消息，是在半年前才開始傳開來。賣台灣計劃，顛覆了中國人數 10 年來的民族主義情結，不少中國民眾仍難以接受，特別是

解放軍將領們仍然耿耿於懷。

「只要賣個好價錢，挽救國內日益蕭條的經濟，民眾就會淡忘的。」中國的領導高層如此算計著。中國官方企圖以這次聚焦全球媒體的和平高峰會，營造出中國領導人做出正確決策的一面。

「和平高峰會」的會前致詞記者會，記者們滿懷好奇心，期待著習近平會說些什麼。

「各位女士、先生們，你們一定很好奇，為什麼會有今天的和平高峰會？」習近平的開場白，讓全場的記者們全部靜了下來、屏氣斂息，記者們只聽到自己的心跳聲，其他的人好像都被定住了。

就在此刻萬籟俱寂的時候，不知道哪位冒失的記者，誤觸了他的麥克風天線，會場頓時產生了尖銳的干擾迴音，全場的人都將目光投向發聲源處，出槌的記者，嚇得冷汗直流，趕緊拔掉麥克風插頭。

「那是因為，在 2015 年 11 月的新加坡習馬會時，中國與台灣算是成長中的青少年，如今已過了 10 多年，青少年長大了，已經到了必須離開父母、各自成家立業的時候了。請問，各位女士、先生們，你們現在有誰還跟自己的兄弟姐妹，住在同一個屋簷下的？」習近平的比喻，讓大多數的記者們點點頭。

「中國現在仍在推動中的『一帶一路倡議』(Belt and Road Initiative)，投資總金額高達 1 兆美元，這是全球史上最大的創舉，規模與成果，為二戰之後美國主導的『馬歇爾計劃』(歐洲復興計劃)的數倍大，目前已進入『一帶一路 2.0』階段，協助開發中國

家的經濟發展，這是中國引以為傲的經濟外交政策。這是一個包含全球 80 多個國家、佔全球人口 70%、全球 GDP 經濟規模 35% 的計劃，使中國成為超越美國的全球第一大經濟體。」

「中國打造了連結歐洲及亞洲之鐵路暨海運的環狀幹道系統，現在的中國，已經是全世界的經濟領導者了，全球的命脈是相互依存的，那麼，中國幹嘛還要小家子氣的，將台灣納入中國的一省？是到了兄弟分家的時候了。」

「即使是兄弟分家，畢竟血濃於水，中國與台灣在將來還是可以合作無間，邁向美好的未來。我現在宣佈，從明年開始，中國將開始建造全球最長的台灣海峽海底隧道，4 年後，中國與台灣將連結在一起，中國的高鐵，由北京一路開到台北只要 12 小時，開創中國『一帶一路倡議』的新紀元。」

「今天……(停頓一下)，今天我在此提出另一個能夠確保台海穩定與安全的倡議──『Trading Taiwan Initiative』，也就是『交易台灣倡議』。」這時候，有人帶頭鼓掌，啪！啪！……全場響起如雷的掌聲，幾乎要掀掉會場的天花板。

-
-
-

習近平短短 5 分鐘的致詞，徹底地翻轉困擾中國半世紀的民族意識情結。

記者會的司儀：「接下來致詞的是……，今天和平高峰會的見證人──馬‧英‧九先生，請大家鼓掌歡迎來自台灣的馬英九先生。」

原本雙手按桌、準備起身的 A 總統，像是挨了一記悶棍，一臉驚訝地又坐了回去。

全場記者大吃一驚，以為是自己聽錯了，一時還沒會意過來，先是現場一片靜默，接著出現稀疏的掌聲，漸漸地，掌聲愈來愈大、愈來愈快，最後轉為震耳欲聾的掌聲。

接著致詞的人竟然不是台灣的 A 總統，而是台灣的前總統馬英九，大出全場記者——不，是大出全球逾 20 億正在觀看實況轉播觀眾的意外。

馬英九上台之後，舉手示意，讓掌聲平息下來。

「感謝各位女士、先生們的熱情掌聲。剛才，習近平主席的一席話，我感同身受，經濟重於政治、政治重於軍事、對抗不如對談。今天能夠以中國和台灣雙方見證人的身份上台致詞，讓我想起中國三國時代的典故："驥老伏櫪，志在千里；烈士暮年，壯心不已"。」

「自從 2015 年 11 月的馬習會之後，10 多年來，在台灣的政治圈內，我一直背負著"舔共賣台"的十字架，感謝習近平主席，讓我有機會實現這個壯心不已的心願，今天，我確實成為台灣 A 總統的"最佳後援投手馬維拉"。」

此話一出，了解台灣政治圈的記者們莫不哈哈大笑，聽不懂中文的老外記者一頭霧水，趕緊問旁邊的隨行翻譯。

「不過，今天"賣台灣"的不是我，而是中國的習近平主席。」會場又靜了下來，記者們看看習近平的表情是否生氣，並等待馬英九是否又有驚人之語。

「今天，我首先要為自己平反一下，記不記得在 2024 年 1 月

台灣總統選舉的前 5 天，我接受『德國之聲』專訪時，曾說過：『…就兩岸關係而言，必須相信習近平，我不相信他在推動統一，…』結果，長達 2 小時的專訪，被截頭去尾、斷章取義，只剩下『馬英九相信習近平』一句話；當時不僅民進黨見縫插針、藉機炒作而增加不少選票，就連本黨同志也立即與我切割。此時此刻，總該還我一個公道吧？」

習近平點點頭、面帶微笑率先鼓掌，接著，現場的記者們也隨即給予熱烈掌聲。

「習主席確實是可以相信的，他比前 4 任的中國領導人更有智慧、更有遠見，不侷限於馬克斯思想及民族主義情結，尤其習主席決定停止擴張核武，改為推動全球經濟發展的『一帶一路倡議』，其成果是大家有目共睹的。」

「他今天提出的『交易台灣倡議』，如果用台灣話說，就是"賣台灣啦"！」馬英九說出字正腔圓的台灣話"賣台灣啦"，顯然，這句台灣話馬英九已經練習很久了。

「賣台灣的政策可恥嗎？不！滿清末期，八國聯軍掠奪中國的土地，才可恥，『交易台灣倡議』是習近平主席睿智英明的抉擇。讚！」馬英九略為提高了聲調，並豎起右手的大拇指，現場又響起一陣掌聲。

「今天現場有很多的國外媒體記者，相信你們都知道，美國在 1783 年 9 月 3 日與英國簽訂『巴黎條約』獨立時，當時的國土面積只有 13 個州、230 萬平方公里，然後不斷地向英國、法國、俄國、西班牙及墨西哥等國購買土地，如今，成為全球僅次於俄國、加拿大及中國國土面積的第四大國家，擁有 937 萬平方公里、

共 50 州的美利堅合眾國，買賣國土是有先例可循的。」

「那麼，中國該賣掉台灣嗎？是的，近半個世紀來，台灣一直是中國與美國糾纏不清、抗爭對立的根源，很多的學者專家均認為，中國與美國在 2030 年以前，將會為了台灣而引爆另一次的世界大戰，全球的學者專家全都猜錯了。」

「今天，中國與美、日、台三國，在合意的價格上交易台灣，讓台灣加入聯合國，成為永久中立國，如此，中國與美國雙方了無牽掛，可以將軍事武力的競爭，轉為全球經濟共榮的動能，這是雙方對維持全球和平的偉大貢獻。」

「中國前 4 任領導人，為了一個不切實際的民族主義情結，而延緩了中國的經濟成長。如果硬是要扯上民族主義的話，那麼，那些曾被滿清帝國所統治過的蒙古、朝鮮、越南、緬甸及泰國等國家，均得全部回歸中國的懷抱了，這跟台灣蔣介石時代的"三民主義、統一中國"一樣，不符合時代潮流。所以，『交易台灣倡議』才是符合時代潮流、時勢所趨的正確方向。」

「啊！我是不是講太久了！」馬英九看了一下手錶，突然冒出這句話，又惹得全場哄堂大笑。馬英九確實講太久了，講了 9 分 58 秒，比預定的 5 分鐘多了將近一倍的時間。

馬英九的致詞，算是替習近平緩和了中國境內反對"賣台灣"的聲浪，這些話若是出自習近平之口，就沒有那麼大的說服力了。

接著是美國、日本與台灣代表人的致詞。

‧
‧
‧

ABB、BCC 及 CMM 等全球知名的電視新聞網，立即打出號外新聞跑馬燈，與學者專家視訊連線，做起了分析報導。

【閉門協商會議】

14：00，開始進入閉門協商的階段，雙方會談代表走到隔壁另一間約 50 坪大的會議室。

會議室正中央，擺著一張兩邊各放著 10 張椅子的長桌，中國的協商主將共 6 人，分別是林富寧、李忠毅、陳仁濤、中央辦公廳主任、中央辦公廳副主任和國台辦副主任，坐在長桌的左邊；對面則坐著美、日、台的協商主將共 9 人。長桌兩側另外各有一張 12 人坐的大圓桌，是供雙方幕僚在旁協助用的，習近平則坐在大圓桌的位置當總指揮；馬英九被安排坐在雙方長桌前方中間的見證人桌座位，宛如會議主席一樣。

雙方人馬就定位之後，會議開始。預定協商會議時間是 3 小時，留在記者會大廳的記者們，則稍做休息、整理資料，或與其他同業閒聊、交換心得。

儘管雙方人馬在 2 個多月前就已開始討論條約的各項細節，但是雙方代表人在正式地白紙黑字簽約之前，還是得逐字地詳閱條約內容。

1979 年 1 月 1 日中美雙方建交簽約時，中國代表因為對於"承認"的英文字 Recognize(承認)和 Acknowledge (認知)的解釋不同，而吃了悶虧，因此，此次的簽約，中國方面格外地謹慎，並不理會美方代表的催促。

·
·
·

　　預定 17：00 結束的協商會議，此時仍然毫無動靜。17：00⋯
17：15⋯ 17：20⋯，時間一分一秒的消逝，吊足了記者們的胃口。

　　現場等得有點不耐煩的記者們，開始以 5 分鐘為單位，押注
10 元美金，打賭"第一個協商代表走進記者會大廳的時間"。不一
會兒，押注金額已累積了 6,450 美元，由猜對時間者平分獎金。

　　光陰荏苒，等待的時間總是過的特別慢，記者們度分如時，
時間的腳步就像蝸牛爬行一樣。

　　下午 6 點 14 分 52 秒，習近平走在最前面，率先進入記者會
大廳，有 3 位記者不約而同的喊出"Bingo！"，6,450 美元就由此
3 位記者均分。

【會後記者會】

　　協商會議結束後，雙方預定分別召開 30 分鐘的記者會。由
中國先行召開，記者會由習近平親自主持，6 位與會的中國協商
主將，分坐在習近平兩旁。

　　「英國的經濟學人雜誌，曾經把台灣描述為"地表上最危險
的地方"，美國華府智庫 CSIS 曾經表示，中國將在 2027 年攻打
台灣，結果呢？全世界的學者專家都猜錯了。」

　　「中國是一個愛好和平的民族，雖然我們擁有核武及各種先
進的武器，但這不是為了攻打其他國家，而是為了嚇阻具有侵略
性的國家，再度如 20 世紀初的八國聯軍一樣，侵占中國。」習近
平藉機把學者專家消遣了一番。

　　「地球只有一個，基於愛護地球、促進全球經濟繁榮的理念，
中國應美國的要求，同意交易台灣，讓台灣成為聯合國認可的永

久中立國。對中國而言，這是一個雖然並非完全滿意，但仍是個尚可接受的結果。」習近平把賣台灣的主意推給美國。

此次的和平高峰會已經達成共識，並簽訂「中國與美國、日本、台灣的和平條約」，包含「交易台灣倡議」的 5 項主要條款：

(1)美國、日本及台灣，自(202X＋1)年開始，第 1 年各支付 7,560 億、3,240 億及 1,200 億人民幣給中國，以後每年調漲 2%，為期 12 年。

(2)台灣可成為聯合國的永久中立國，且不得加入任何的軍事聯盟。

(3)雙方同意維持目前的台灣海峽中線，金門及馬祖由中國接管。

(4)台灣製造的先進晶片產能，優先銷往中國，以產能 40%為上限。

(5)台灣每年應向中國及美國採購等量金額的防衛性武器。」
   •
   •
   •

歷史性的「金門和平高峰會」終於圓滿落幕了。夜幕剛剛降臨、華燈初上，高高的天際，星星一顆顆的蹦了出來，毗鄰金湖飯店的太湖水面，倒映著飯店外牆五彩繽紛的霓虹燈。

此次創造歷史的「金門和平高峰會」，是美國"有裡子"、中國"有面子"，各取所需的雙贏局面。

廈門、金門及台灣不約而同的施放煙火慶祝，台灣總統府外

牆打出「台灣共和國」的投影，台北 101 大樓外牆的跑馬燈，持續不停的打出「202X 年 10 月 1 日台灣獨立日」的字樣。

10 月 1 日，台灣獨立日，與中國國慶日同一天，這是台灣當局始料未及的阿共ㄟ陰謀。

晚上 7 點的新聞時段，對於金門和平高峰會的報導，分別為：

「慶祝國慶日！中國打敗美、日、台三國聯軍，每年淨賺 1.2 兆人民幣！」這是包括人民網、新華網、央視網、中國網及中國日報網等中國十大新聞網的統一標題。

「台灣：聯合國的第 194 個會員國！」是美國媒體的標題。

日本媒體則凸顯「不思議！中國習近平賣掉台灣！」的奇蹟。

台灣的綠營媒體則強調：「奮鬥 40 年！台灣終於獨立了！」

台灣的藍營媒體：「還馬英九清白，習近平確實是可以相信。」

(202X＋1)年 3 月 6 日【北京，人民大會堂】

3 月初的北京，乍暖還寒的時分，白天氣溫大概只有 10 度，路上行人仍穿著重的冬衣，和煦的陽光照在身上，有著暖洋洋的感覺。櫻樹花開、玉蘭綻放、長柳依依，今年人民大會堂的外面，張燈結綵，宛如佳節喜慶一樣的歡樂情景。

在全國人民代表大會上，如預期地，習近平再度獲得全票通過，繼續擔任國家主席，成為最孚眾望的終身領導人。

經典的童話故事結局，總是「從此以後，公主與王子過著幸福快樂的日子！」；台灣呢？「獨立之後，台灣政黨過著融洽和睦的日子！」？？？

下篇

愛因斯坦預言成真

(末日篇)

《天作孽猶可違，自作孽不可活》

《天作孽猶可違，自作孽不可活》

2007 年 10 月時的中共十七屆一中全會，胡錦濤曾指定了二位接班人，習近平和李克強，進入政治局中常委。2012 年 10 月中共十八屆一中全會，習近平脫穎而出，擔任總書記，李克強則擔任總理。一山不容二虎，歷經 10 年的纏鬥之後，習近平終於在 2022 年 10 月中共二十屆一中全會時，架空了胡錦濤派與江澤民派的勢力，將李克強、汪洋及韓正等人，排除在 7 位政治局中常委之外。

表面上，習近平派系的人馬已掌控了中國的政局，實際上，反習派的人馬，仍然在等待機會，伺機而動。反習派是由一些目前仍在政界或軍方任職，但不得志的太子黨紅二代所組成，他們的父執輩曾被當權派整肅、入獄，自己則與習近平理念不合而被打入冷宮。

劉平陽中將，曾是解放軍戰略支援部隊的政治委員，幫助習近平在軍中鞏固權力，若依年資、經歷，早就應晉升上將，並進入中央政治局了，或許是聲望震主，或是派系之爭，目前屈就於火箭軍副司令員。

反習派以劉平陽中將為核心，並結合滯留海外的反習人士，積極在國外媒體發聲，指責習近平背叛鄧小平的改革開放路線，讓習近平如芒刺背、坐立難安。

202X 年 9 月 3 日～【中國】

自從 202X 年 5 月，習近平決定賣掉台灣時，解放軍內部即傳出習近平賣台完成後，將會進行裁軍、縮減軍費的消息，軍隊

不滿的情緒逐漸發酵。此外，與中國友好的俄國、朝鮮、巴基斯坦、伊朗及敘利亞5國領導人，均發表聲明，強烈抗議習近平"賣台灣"的懦夫行為。

機會終於等到了，民間反對賣台灣的聲浪高於贊成派，在網路平台上的民意調查中，認為中國應該統一的人佔了63%，反習派終於啟動推翻習近平政權的「平息計劃」。

3年多前潛逃至美國的反習學者李德欽也是紅二代，父親曾是可能的接班人之一，卻因貪汙罪名而入獄。他憑藉著家族經營龍頭企業所累積的財力與人脈，經常於海外各大媒體抨擊習近平政權。此次的「平息計劃」，李德欽負責與主戰的"中國友好"國家領導人密商。

9月下旬起，國際間同時出現了4則軍演消息：

(1)俄國國防部宣佈，9月25日將派遣潛艦及巡洋艦各1艘，前往朝鮮進行友好訪問。

(2)朝鮮發佈新聞稿，在9月26日起舉行7天的軍事演習，並試射長程導彈。

(3)塔斯社報導，敘利亞與俄國的空軍及防空部隊，將在9月27日起舉行6天的聯合演習。

(4)伊朗與巴基斯坦共同宣佈，9月28日起將在阿拉伯海舉行海軍聯合軍演5天。

反西方聯盟之主要國家的同時軍演，讓中東地區及印太地區陷入緊張的情勢，美國長駐沖繩的驅逐艦及巡洋艦各1艘，啟航前往南韓附近海域戒備，而原本就巡弋在中東海域的美國第五艦

隊，宣佈在 10 月 3 日前，士官兵暫時停止休假，加強戒備。

劉平陽長袖善舞，雖然失去了政治舞台，但在軍方仍有威望、頗具影響力。他開始積極展開串聯，私下尋求解放軍將領們支持「平息計劃」。

中部戰區[45]及北部戰區的司令員和政治委員，均是進入權力核心的政治局委員，保險起見，劉平陽最後決定不冒險拉攏此二戰區的將領們加入此次的「平息計劃」，轉而只找其他 3 個戰區的將領們支持。

> **[45]中國的戰區佈署，依國土地理位置，區分為五大戰區：**
> *中部戰區(總部：北京)、東部戰區(總部：南京)、西部戰區(總部：成都)、南部戰區(總部：廣州)和北部戰區(總部：瀋陽)。其中，面對台灣海峽的東部戰區，基本上是對台灣發動傳統搶灘攻擊的主力。*

63%民調支持中國統一與不打傳統登陸戰的二大因素，終於說服東部、南部及西部戰區的將領們參與「平息計劃」。

透過李德欽的協助，反習派將領們利用密碼可輪動式變化、目前仍難以監控的海外網路進行視訊會議。

晚上 10 點 40 分，網路視訊連上線了。

「各位晚安，今天的網路視訊採用目前仍難以破解的輪動式密碼，所以很安全，不過，理論上沒有攻不破的密碼，保險起見，每次視訊時間以 25 分鐘為限，以防被盯上。請各位長話短說。」李德欽首先說明網路視訊的安全性問題。

劉平陽：「相信各位應都了解，一旦賣掉台灣之後，解放軍的

兵力可能會縮減四分之一，我們之間很多人要解甲歸田了。祖國統一的神聖任務不容"那個人"胡作非為、賣掉台灣。」

「此次，我們是"順應民意、統一台灣"，要對台灣進行斬首行動，放棄傳統的登陸作戰方式，所以，軍隊們不用直接上戰場，不會有傷亡，充其量僅是在消耗我們庫存的各式飛彈、導彈而已。」

李德欽：「我們的 5 個盟國，俄國、巴基斯坦、朝鮮、伊朗及敘利亞已同意我們的『平息計劃』，不過，攻台期間他們不會出兵，只負責虛張聲勢，牽制印度、南韓、日本及美國的兵力而已。」

劉平陽：「5 個盟國同意以軍演方式來牽制美、日、韓的兵力，只要美、日、韓兵力沒有及時救援，我們自己就可以搞定台灣。」

「我們的首波攻擊會在 2 小時內完成，只動用海軍潛艇、火箭軍及太空軍，先擊垮台灣的指揮所及砲兵、空軍基地。」

「第二波行動則是以優勢的空軍，在台灣海峽上空巡邏戒備。再以柴電潛艇及無人潛艇封鎖台灣海峽，預計在美日軍艦趕到之前，頂多 4 天，就能逼迫群龍無首的台灣軍方棄械投降了。」

東部戰區副司令員：「由於美國與日本有『美日安保條約』；與日本、韓國有『三方同盟』；與日、印、澳有『四方安全對話』，所以，我們不能主動攻擊任何美國及日本的任何軍事基地、戰機和艦艇，只採取迅雷不及掩耳的奇襲戰略，攻擊台灣本島的主要軍事設施，讓美國無理由介入。」

西部戰區司令員：「我戰區有 48 顆長劍-100 極音速導彈，可以突破台灣的愛國者飛彈防空系統。」

南部戰區司令員：「我戰區的東風-16 及東風-17 庫存約 500

顆，可搭配鑽地彈頭，攻擊台灣任何地方。」

火箭軍司令員：「除了核彈頭之外，東部、西部及南部戰區可以同時發射三分之二的飛彈數量，一口氣炸毀台灣的指揮所和砲兵、空軍基地。」

海軍副司令：「美國雖然擁有 75 艘的核潛艇，但是，經常性在亞太地區的核潛艇只有 6 艘，而我國有 12 艘攻擊型核潛艇、10 艘戰略型核潛艇[46]，尚有約 60 艘的柴電艦艇及 36 艘的無人潛艇，用來封鎖台灣四周的海域綽綽有餘。」

> **[46]戰略型核潛艇**：指可長期隱跡潛航、配備核彈頭彈道飛彈的核潛艇，是一種"保證相互毀滅"的終極武器。當我方遭受到敵方毀滅性的核攻擊，造成陸基和空基等核子武器被毀滅之後，作為海面下隱蔽攻擊的核武器，給予敵方毀滅性的打擊，故被稱為「二次核攻擊」。
>
> **攻擊型潛艇**：指專門為攻擊其他潛艇、水面艦艇和商船而設計的潛艇，還用於保護友方水面艦艇和彈道飛彈潛艇。通常攻擊型潛艇還配備了巡弋飛彈，從而具有了打擊陸上目標的能力。

青島沙子口、大連小平島以及海南亞龍灣的中國三大潛艦基地，自 9 月 21 日起，8 艘戰略型的核潛艇，無聲無息地分批潛航離開洞庫基地，行跡隱密地駛往北極和太平洋的某些深海區域，13 艘的不同型潛艇則潛航在台灣的東部海域。

另外的 9 艘攻擊型潛艇，分別潛行至台灣海峽南北兩側，20 艘的柴電潛艇，潛航在台灣海峽海域中戒備，再以無人潛艇佈署具有辨識敵我功能的智慧水雷。

202X 年 10 月 1 日，01：00～【中國、台灣】

凌晨 1 點鐘，中國的太空站發射 3 顆「茶葉蛋」，精準命中樂山雷達站，摧毀了其監測與飛彈防空系統。

同一時間，東部戰區、南部戰區及西部戰區，針對台灣的砲兵基地、空軍基地及軍港，密集地發射 3,600 枚的近程、中程及長程飛彈。這種"超飽和"的導彈攻擊，遠超過了台灣防空系統的防禦飽和量，讓台灣號稱有 88%攔截率的防空系統，僅在前 7 分鐘發揮了攔截效用。

台灣 A 總統及軍事將領們的車輛，紛紛駛抵衡山/圓山/蟾蜍山三大指揮所。

凌晨 2 點鐘，解放軍再針對三大指揮所，發射了 42 顆配備鑽地彈的極音速導彈，癱瘓了三大指揮所；台灣各地的營區部隊，因為無法與三大指揮所取得聯繫，而一片混亂、驚恐。

東部戰區對國外媒體宣佈，即日起在台灣海峽舉行軍演 10 天，將封鎖台灣海峽，因此，尚在台灣海峽航行的貨輪、商船及天然氣船等船隻，均動彈不得而成為中國的"人質船"。

正當全球媒體聚焦於將在今天下午舉行「金門和平高峰會」的時刻，解放軍的突發性對台攻擊，震驚了全世界，就連不知情的習近平也被嚇醒了。

美國與中國的緊急視訊熱線終於接通了，習近平仍然睡眼惺忪，美國總統破口大罵：「Damn it，你搞什麼鬼，你今天下午不是就要主持金門和平高峰會嗎？怎麼突然砲轟台灣了？」

習近平被罵得一頭霧水，「我剛剛才知道是解放軍發動攻擊

了，我發誓，我被蒙在鼓裡，我正在了解狀況中。」

「really？我不相信你管不住他們，立刻解除封鎖台灣海峽，否則等著瞧吧，你將會後悔的！Shit！Fuck you！Shame on you！」美國總統幹話連連、發飆了。

習近平還未來得及回話，視訊電話就被切斷了。習近平尚未回神之際，20 多名解放軍的特種部隊，手持突擊步槍闖了進來，「碰！碰！碰……」一連 10 幾響的槍聲。

「怎麼回事？是誰主導的？」習近平大聲發問。

沒有人回話，強行架走習近平。

台灣 A 總統失蹤了、樂山雷達站垮了、衡山/圓山/蟾蜍山指揮所毀了、指管系統通訊全掛了；群龍無首，一場"大兵零接觸的戰爭"，讓以往的各種"軍演兵推"成為笑話集錦。

台灣的戰力被摧毀了，不少地區停電了，路口紅綠燈不亮了，民間開始動亂。

天還沒亮，24 小時營業的超商及賣場，東西被搶奪一空；未營業的大賣場鐵門，被恐慌的民眾推垮、闖進；閃著紅藍燈的警車，發出刺耳的警笛聲，不停地在馬路上穿梭；往國際機場的道路已塞得無法前行……。

台灣海峽兩岸的電視畫面上，只見台灣海峽上空，共軍戰鬥機不停的咆哮、呼嘯翱翔。

中國的遼寧號航空母艦打擊群，在台灣海峽航行；山東號航空母艦打擊群，守在台灣南端的巴士海峽；最新的 003 型福建號航空母艦打擊群，則守在台灣北端的東海海域。

　　不僅天然氣輪及貨輪被困在台灣海峽之中，美、日艦隊也難以接近台灣四周的海域。看來，美、日、韓、澳聯軍想救台灣，只剩下對中國全面開戰了。

　　世界各國的馬路上，均存在著"路怒症"(Road Rage)的駕駛人，全球擁有核武器的 9 個國家中，也可能存在著"核怒症"的將軍、總統，可能因一時的衝動，而決定發射出首顆核彈頭的導彈。

　　正當台灣海峽被中國解放軍封鎖、劍拔弩張的時候，全球各軍事強國的核彈頭洲際導彈，開始一顆、二顆、十顆、二十顆、百顆的發射了……。

　　究竟是哪一位總統或將軍率先發射第一顆核彈的，已經無關重要了，戰爭的勝負已失去了意義。

　　20 世紀的全球知名科學家愛因斯坦，他提出的質能等價公式 $(E = mc^2)$，啟發了原子彈的發明。愛因斯坦雖然與美國研發(廣島、長崎)原子彈的「曼哈頓計劃」沒有直接關係，但是，在 1946 年 7 月 1 日出刊的《時代週刊》雜誌，其封面人物故事，稱他為"世界的毀滅者"。

　　對於核武器，愛因斯坦留下的名言是：**「我不知道第三次世界大戰將要使用何種武器打，但是第四次世界大戰將會用木棍和石頭打。（I know not with what weapons World War III will be fought, but World War IV will be fought with sticks and stones.）」**

　　台灣不可能永遠"維持現狀"，台海對抗的結局只有三種可能：(1)兩岸統一、(2)台灣獨立、(3)世界核戰。

　　第二次世界大戰的諾曼第登陸 D-Day 是 1944 年 6 月 6 日，**台海對抗的 D-Day 將會發生在 202X 年 Y 月 Z 日！**

NOTE

論述篇

台海危機的漩渦與展望

台海危機的漩渦與展望

摘要

2024 年 1 月 13 日的台灣總統選舉，曾多次在公開場合表明自己台獨立場的賴清德當選總統，美國總統拜登隔天立即回應：「美國不支持台獨」。美國的歐亞集團(Eurasia Group)在 2024 年 1 月曾刊文表示：「賴清德是美國的三位危險朋友之一」。

賴清德將如何與中國習近平互動，關係著台海的戰爭與和平；因此，台海危機再度成為全球矚目的焦點。

台灣，是一枚可以左右美國與中國權力平衡的棋子，中國想取回有歷史淵源之中國的一個省，美國不想在圍堵中國的第一島鏈上，留下一個破口。台灣不可能永遠維持現狀，是到了該掀開底牌的時候了，美國會放手讓台灣回歸中國嗎？

台灣的半導體產業佔全球的領先地位，如果台灣成為戰場廢墟，受傷害的不僅是台灣，還可能造成另一次的全球性金融危機與經濟衰退。解決台海危機的最佳方案，是讓台灣成為跟瑞士一樣的永久中立國，可能嗎？

台灣真的是如英國經濟學人雜誌所說「地球上最危險的地方」嗎？如果中國領導人習近平能夠跳脫民族主義情結，改以中國的民生經濟為優先；如果美國和台灣的領導人，也能跳脫傳統的軍事競爭思維，那麼，雙方就可能在互蒙其利的條件下，讓台灣成為永久中立國，未嘗不是和平解決台海危機的可行方案。

本文提出解決台海危機的創新構想，中國與台灣就像大公司與小公司，各有其經營的 CEO，能否和平地解決台海危機，就看雙方 CEO 的智慧了。

日益惡化的台海危機

2021 年 3 月 9 日，美國印太司令菲利浦戴維森上將，在美國參議院軍事委員會答覆參議員詢問時表示：「中共解放軍有可能在未來 6 年內，或在 2027 年攻打台灣」。

2021 年 5 月 1 日出刊之英國「經濟學人」(The Economist)雜誌的封面，一幅以台灣為中心的雷達掃描圖，左側(台灣海峽)標示中國軍艦、軍機群；右側(太平洋)標示美國軍艦、軍機群，標題是「台灣：地表上最危險的地方」。

2021 年 6 月，美軍參謀首長聯席會議主席米利將軍表示：「習近平要求解放軍提前於 2027 年完成攻佔台灣能力的準備」。

2023 年 1 月 9 日，美國華府智庫「戰略與國際研究中心」(CSIS)主持之「下一場戰爭的第一個戰役：中國入侵台灣的兵棋推演」，設定中國攻打台灣的時間點是 2026 年。

2023 年 1 月 27 日，美國空中機動司令部司令邁克爾米尼漢上將，在備忘錄中說：「美國最快可能在 2025 年，與中國為了台灣問題而爆發衝突」。

2023 年 3 月 23 日，美國國務卿布林肯在參議院撥款委員會預算聽證會上表示：「他同意 CIA 局長伯恩斯之中國在 2027 年將具備犯台能力的看法」。

2023 年 5 月 4 日，美國白宮前國安顧問歐布萊恩在接受日本媒體訪問時提出警告：「中國很可能在 1~2 年內，就會武力攻打台灣」。

2023 年 11 月 30 日，著名政治學家葛來儀在《美台關係：中

國的挑戰會導致危機嗎？》一書中提到，「中國日益增長的軍事力量和對臺灣日益咄咄逼人的姿態，使台灣海峽的威懾成為比以往任何時候都更加嚴峻的挑戰。

這麼多的軍事專家，認為台灣海峽存在著戰爭危機，應該是有所依據，時間愈來愈緊迫，對台灣不利。若以非軍事專業的"政治邏輯"判斷，共軍攻台的兩大時機點，應是 2024 年(8～10 月)和 2027 年(5～7 月)。

第一個時機點的原因：2024 年 11 月 5 日是美國總統選舉日，如果台灣新上任的總統言行，展現出強烈的台灣獨立意圖，那麼，中國利用此段美國忙於大選而無暇他顧的時機攻打台灣，確實是個不錯的時機點。

另一時機點的原因：2027 年 8 月 1 日是中國共產黨建軍的百年紀念日。習近平在 2022 年 10 月的第二十次全國代表大會閉幕之後，強調「在實現建軍百年奮鬥目標上，必須竭盡全力，務期必成」，而這個奮鬥目標很可能包含「統一台灣」。因此，中國若在 2027 年佔領台灣，確實是有其歷史性的意義。

自從 2022 年 8 月 2 日，美國眾議院議長裴洛西來台訪問之後，台灣與中國的關係，瞬間降為冰點，不僅中國軍機經常性地越過海峽中線、海空軍演習不斷，而美國的軍艦、軍機也頻繁地穿越台灣海峽，台灣海峽極可能因為擦槍走火而引爆戰爭。

「駕駛人被按喇叭，情緒失控，下車理論而爆發衝突」的新聞時有所聞，萬一有一天，中國或台灣的飛行員因憤怒、失控而按下飛彈按鈕，那麼，很可能下一個戰爭就真的爆發了。

就軍事力量而言，現階段的中國確實仍比不上美國，不過，如果以中國的兵力與美國在西太平洋佈署的兵力(含日本、南韓及關島)比較，則美國的兵力明顯處於劣勢。如果台灣踩到中國的「反分裂國家法」紅線，以中國在西太平洋的軍事優勢而言，終究會誘使中國對台灣發動攻擊的。

因此，「台灣：地表上最危險的地方」並非僅是唬人的新聞噱頭！

改變中的台灣人統獨觀

台灣的二大政黨，一是偏向統一的國民黨、一是偏向獨立的民進黨，台灣自 1996 年開放民選總統以來，已經過三次的政黨輪替；2008～2016 年國民黨的馬英九執政期間，是台灣海峽自1949 年國民黨撤退自台灣以來，最平靜的期間。然而，自從 2016 年民進黨的蔡英文擔任總統以來，採取「親美抗中」路線，使得台灣與中國之間的關係，持續維持在"冷戰對峙"的局面。

1991 年 10 月，民進黨正式通過「台獨黨綱」，主張台灣獨立的立場。1999 年 5 月，民進黨通過「台灣前途決議文」，正式承認中華民國的行政地位，認為台灣已是主權獨立國家，把中華民國的國號納入決議文中，以取代現階段仍不切實際的「法理台獨」。

2020 年蔡英文連任後，接受英國媒體 BBC 採訪時，說：「我們已是一個獨立的國家，我們叫作"中華民國台灣"」。不過，中國的底線是「九二共識、一國兩制」，民進黨就一直躲在「中華民國」的保護傘之下，繼續作「台灣共和國」的美夢。

台灣歷經李登輝、陳水扁及蔡英文 3 位具有不同台獨傾向程

度的總統，共執政了 28 年，不遺餘力地推動"去中國化"的教育改革，逐漸改變年輕一代對中國的認同感，尤其在最近 8 年蔡英文之完全執政的優勢下，「台灣歷史」教科書，已成為單獨一冊，而「中國歷史」則成為台灣「東亞史」教科書的一部份。

台獨傾向的台灣領導人，已成功地切斷台灣與中國連結的臍帶，新世代的台灣人，已成為不知道孫中山是誰的"天然獨"。

國立政治大學/選舉研究中心(NCCU/ESC)每年都會發布台灣人統一獨立立場的民意調查。大多數台灣人認為 NCCU/ESC 是最公平的民意調查機構。依 NCCU/ESC 進行的"獨立與統一"調查顯示，自 1994 年開始以來，選擇"維持現狀，未來走向獨立"的受訪者穩步增加。

NCCU/ESC 在 2023 年 7 月公佈的民調顯示，(1)兩岸統一、(2)台獨、(3)維持現狀、(4)無意見，支持率分別為(1)7.4%、(2)25.9%、(3)60.7%、(4)6.0%。顯然，"維持現狀"是台灣民眾的共識，而支持兩岸統一的比例，近 5 年來均在 10%以下。

儘管"統一與台獨"分別是國民黨及民進黨"不得不抱"的神主牌，但是，在目前的政治氛圍下，"國民黨不想統，民進黨不敢獨"；國民黨"不想統"，是害怕會失去民眾的選票，民進黨"不敢獨"，是因為看不到美國"保衛台灣"的決心；國民黨與民進黨的基本盤，大概分別為 30%及 33%，想要爭取更多的選票，則需要爭取中間選民的認同，國民黨與民進黨均必須往中間靠攏。

台灣有些民調結果顯示，高達七成以上的受訪者表示：「若中國以武力侵台，願意為保衛台灣而戰」，這個數據不可能為真(民調結果易受樣本源、樣本數及分析方法等手段所操控)，也不會是

台灣人民的共識；因為台灣人民的情感，已被國民黨和民進黨的統獨之爭，徹底撕裂了，依常識邏輯思考，統、獨兩派的台灣人，不可能一致地對抗入侵的共軍、奮戰到底。

當共軍登陸台灣時，有人可能拿 AK-47(突擊步槍)打巷戰，也有人可能拿五星旗夾道歡迎。這一點，將是中共可能成功地武統台灣的決定性因素。台灣的領導人，必須認清事實的真相，而非躲在"同溫層"民調的背面，作台灣獨立的春秋大夢。

此時此刻的台灣民眾，已難以接受「一國兩制」的和平統一方式，"維持現狀"是目前台灣人的最大公約數。不過，台灣不可能永遠"維持現狀"，"台灣巴士"在筆直的"維持現狀"道路上，行駛了 70 多年，如今來到了 T 字路口，「左轉台獨、右轉統一」，現任的台灣領導人將駛向何方？台灣可能獨立嗎？

台灣獨立的困境

談到台灣獨立，不少學者專家立即想到「芬蘭化」。然而，「芬蘭化」並不適用於台灣，主要原因為台灣目前不是一個國家，而是中國積極想奪回之中國的一個省，中國要的是「一國兩制」的"香港化"台灣。

此外，對美國而言，台灣是防堵中國擴張之第一島鏈的重要樞紐，美國必然不希望台灣成為中國的附庸國。因此，台灣「芬蘭化」，在目前的情況下，不僅中國不接受，美國也會暗中扯後腿。

現在的台灣，宛如一艘沒有護衛艦隊的超大型航空母艦，不論是對於美國或中國而言，均有"想得到"，或"不想讓對方得到"的野心。一旦當其中一方將取得台灣時，台灣就可能成為中美雙

方較勁的主戰場，就可能讓網路上謠傳的「毀滅台灣計劃」(Plan for the Destruction of Taiwan)成真。

美國自從在 1979 年與中國建交之後，一直對台灣採取「模糊戰略」的政策，一方面與中國擴展經濟貿易關係，另一方面則持續對台軍售，希望藉由台灣的存在，來減緩中國海權往太平洋方向的迅速擴張。

美國對台灣的「模糊戰略」依據，是中美雙方歷年來簽訂的三個聯合公報：(1)上海公報(1972/2/28)、(2)中美建交公報(1979/1/1)、(3)八一七公報(1982/8/17)。之後，美國為了安撫台灣當局，立即向台灣當局提出台灣關係法(1979/1/1)及六項保證(1982/8/18)。

美國的「模糊戰略」政策，具有雙重嚇阻的效果，一方面使中國不敢冒然對台灣發動軍事攻擊，也警告台灣當局，不得脫離美國的外交主張，走向「法理台獨」。

中國與美國對三個聯合公報之「一中原則」的解讀有所不同，關鍵在於對英文字的不同解釋；美國是"知悉"(acknowledge)「一中原則」，而中國解讀為"承認"(recognize)「一中原則」，因而使台灣成為「維持現狀」的灰色地帶，這個灰色地帶是中國與美國之間的軍事緩衝區，但也可能是不慎引爆的地雷區。

如果就事論事，美國確實違反了「八一七公報」中的「逐步減少對台灣的武器銷售」條款，美國對台軍售金額，由 1979 年的2.65 億美元，增加到 2022 年的 21.37 億美元，逐年增加對台軍售的數量與金額；不僅如此，美國參議院於 2018 年 2 月 28 日通過的「台灣旅行法」(Taiwan Travel Act)，以及 2022 年 9 月 14 日通

過的「台灣政策法」(Taiwan Policy Act of 2022)，均明顯牴觸「三個聯合公報」，加上美國的綠扁帽部隊已長駐台灣，由此可看出美國不想讓台灣成為中國一省的強烈企圖心。

中國對美國增加對台軍售的挑釁，除了口頭抗議或進行一些軍事演習之外，也只能一再容忍，主要原因應是習近平對於「和平統一台灣」仍抱有一絲希望，而台灣當局仍未踩到中國的「反分裂國家法」紅線。

中國對台灣的立場，是將台灣問題定位為"中國內戰完結篇"，於 2005 年，民進黨陳水扁總統任期時，顯示出積極的台獨意圖，中國因而訂定「反分裂國家法」，其第八條明訂 3 種"動武"時機：

(1)台灣從中國分裂出去的事實時。

(2)發生將會導致台灣從中國分裂出去的重大事變時。

(3)和平統一的可能性完全喪失時。

中國對動武時機的敘述相當明確，遏止了民進黨強烈的台獨企圖心，但是，仍可由中國領導人視狀況靈活運用，這跟美國的「模糊戰略」有異曲同工之妙；「模糊戰略」讓台灣當局看不到美國保護台灣的決心，因而抑制了台灣當局企圖實現「法理台獨」的野心。

中國和平統一台灣的時機

2024 年 1 月 13 日當選新總統的賴清德，曾經多次在公開場合，表示自己是"務實的台獨工作者"。因此，合理的推測，台灣的未來 4 年，將會繼續走向「親美抗中」的台獨路線。

習近平會思考利用 2024 年 9 月、10 月美國忙於總統大選的

期間，出兵攻打台灣嗎？中國必然已從 2022 年 2 月爆發的俄烏戰爭中，學得某些教訓，習近平必然也知道，武攻台灣的後果難以預料，不論是猶如"老虎咬刺蝟"的慘勝，還是陷入如俄烏戰爭一樣，無法速戰速決的困境，將會拖垮中國的經濟發展，而引發中國的民怨，進而危及習近平的領導人地位。

自從 1997 年，中國(鄧小平)取回香港之後，「統一台灣」對中國領導人宛如是歷史定位的使命，但前述的三條"動武時機"也保持了灰色地帶，動武時機與方式仍有彈性空間。

中國領導人當然知道，未到決裂時不輕言動武，一旦動武，台灣可能成為廢墟，而增加台灣人民的怨恨，而此種殘殺自己同胞的結局，主攻的中國領導人將來在歷史上的定位可能是"歷史罪人"，而非完成統一大業的英雄。

根據網路上的資訊，中共解放軍自認為攻佔台灣所需的時間，在 3～15 天之間，也就是台灣的戰鬥力至少要有守住 15 天的能力。不過，台灣的領導人與人民，必須了解美國「有能力出兵並不代表來得及出兵」。

2014 年 2 月 27 日俄國出兵突襲烏克蘭的克里米亞時，克里米亞在 3 月 18 日就宣佈獨立，美國及西方國家尚在猶豫是否出兵時，戰爭就結束了。

此外，美國的條約承諾並不代表一定會幹到底，美國自敘利亞、伊拉克及阿富汗斷然撤軍、一走了之的記憶猶新，對烏克蘭也未出兵助陣，僅支援武器而已。對於中國武攻台灣時，美國出兵與否，還得經過美國國會的表決通過，而在這之前，台灣的軍隊很可能早已棄械投降了。

　　已分為統獨兩派的台灣人民，是否能有如烏克蘭人民或以色列人民之奮戰到底的決心，身為已居住台灣 74 年的台灣人，老實說，我並不樂觀。這是殘酷的事實，台灣領導人應了解，寄望於美國出兵為台灣而戰，是多麼的不切實際。

　　對台灣而言，「一國兩制」的前車之鑑是香港，中國在 1997 年對香港承諾的「五十年不變」，已經不復存在，香港的「高度自治」已經成為中國的「全面管制」。因此，台灣人民無法接受「一國兩制」的統一方式，中國還有其他和平統一台灣的策略嗎？有可能，這對「和平統一台灣」充滿期待的習近平而言，並非是"不可能的任務"。

　　回顧自 1990 年代開始，中國由「社會主義市場經濟」，轉型為「資本市場經濟」陸續加入亞太經濟合作組織、世界貿易組織；在 2010 年時，國民生產總值(GDP)就超越日本，成為僅次於美國的全球第二大經濟體，2021 年 12 月英國的經濟商業研究中心(CEBR)預估，中國的 GDP 將在 2030 年超越美國，而成為全球第一大經濟體。

　　一個國家的強大與否，可由軍事力量及經濟力量衡量，軍事力量是"硬實力"，全球公認的軍事三大強國，依序分別為美國、中國、俄羅斯，此三國均擁有全球最多的現役軍人、武器及足以毀滅地球的核武器數量。

　　經濟力量是"軟實力"，以國民生產總額(GDP 總值)做衡量的指標，2023 年的經濟強國依序為美國(26.95 萬億美元)、中國(17.70 萬億美元)、德國(4.43 萬億美元)，美國與中國的經濟實力，遙遙領先其他國家，台灣的 GDP 總值僅 0.75 萬億美元(排名第 22)。

　　中國一向是以黨領政，如果習近平願意放手，讓台灣成為聯合國認證的「永久中立國」，那麼，民族主義情結就會轉為經濟發展的動能，有利於中國發展經濟"軟實力"(如「一帶一路倡議」)，使中國迅速地成為全球第一大經濟體，這種經濟"軟實力"比軍事"硬實力"更切實際，將會使印太地區的國家主動向中國靠攏，也可能吸引台灣人民"回歸祖國"的意願。

　　台灣的經濟發展需要依賴中國的市場，兩岸近 5 年的每年貿易總額均在 2,200 億美元以上，而中國也需要台灣製造的晶片，來維持其經濟發展，中國與台灣的經濟體是相互依存的。因此，習近平宜考慮以經濟(軟)實力來和平統一台灣，而這個和平統一的願景，僅在"非台獨傾向"政黨執政期間，才較有可能實現。

　　經濟實力不容忽視；以波多黎各為例，這個棒球強國不是國家，而是美國的「未合併領土」，曾舉行過 7 次公投。前 4 屆分別於 1967 年、1993 年、1997 年和 1998 年舉行，均是"支持獨立"派佔多數，而後 3 屆在 2012 年、2017 年和 2020 年舉行，則是"成為美國一個州"派佔多數。原因是波多黎各面臨長期經濟困境，於 2017 年 5 月 3 日向美國聯邦法院宣布破產，導致人民傾向於成為美國的第 51 洲。

　　因此，當中國的人均 GDP 超越台灣時，或者，當中國願意每年補貼 50 億美元拯救台灣日益嚴重、可能在 5 年內破產的勞保和健保體制時，應就是中國和平統一台灣的時機。

台灣獨立有利於全球安全

　　美國、日本乃至其他歐美陣營，普遍認為中國是威脅全球安全的主要國家，主要原因是中國為全球僅次於美、俄的第三大核

武國,目前約擁有 500 枚核彈頭,在 2030 年以前可能增加至 1,000 枚;其次,中國是僅次於美國的全球第二大經濟體,自 2020 年開始,積極地挑戰美國的全球霸主地位。

美國的研究機構「榮鼎集團」(Rhodium Group)2022 年 12 月的研究報告指出:「如果台灣遭到封鎖,全球的貿易將中斷,每年的經濟損失將超過 2 兆美元以上」。

美國國家情報總監艾薇兒海恩斯,也在 2023 年 5 月表示:「台灣(台積電)半導體生產線若因中國攻打台灣而停擺,預估全球經濟將會持續數年遭受每年約 6,000 億至 1 兆美元的損失」。

台灣 2022 年的貿易總額達 9,074 億美元,是世界第 18 大經濟體,如果台灣的晶片產能被中斷,全球各國的經濟都會受到不等程度的衝擊。台灣生產全球 92% 的先進晶片,幾乎所有的已開發國家,都將受到波及,就連中國本身也無法倖免,更遑論那些新興市場及開發中國家。

2008 年美國第四大投資銀行雷曼兄弟的倒閉事件,其破產負債金額為 6,130 億美元,就導致持續近 2 年的全球性金融危機。所以,一旦中國入侵台灣,台積電的晶片將無法正常供應全球市場,全球的經濟貿易將進入長達數年的黑暗期。

台灣總統蔡英文曾於 2021 年 10 月投書美國的「外交事務」期刊(Foreign Affairs),將台灣的半導體產業形容成可以保護台灣的"矽盾"(Silicon Shield),這似乎是過於樂觀的想法;因為這可能是反效果,台灣的半導體產業也可能是中國入侵台灣的誘因,可能啟發中國對台灣進行「斬首行動」計劃,亦即僅對台北總統府、(衡山/圓山)作戰指揮所及北台灣的砲兵基地,進行無預警的密集

導彈攻擊，而不攻擊半導體所在的工業區。

美國前國家安全顧問歐布萊恩，於 2023 年 3 月 13 日在接受美國 Semafor 媒體訪問時表示：「即使中國成功地入侵台灣，美國和其盟友絕不會讓這些工廠落入中國人手中」，他並引用 1942 年二次大戰期間，英國擊沉法國艦隊，以防止被德軍利用的歷史實例。因此，Semafor 的編輯史蒂文克萊蒙斯將其談話解讀成：「如果中國入侵(台灣)，美國將毀掉台灣的晶片工廠」(The U.S. would destroy Taiwan's chip plants if China invades)。

此外，台灣如果被中國佔領，台灣海峽將成為中國的領海，這將會對全球經濟造成恐慌性的影響，第一，全球容量前 10% 的大型貨船中，有 88% 需通過台灣海峽，如果中國封鎖台灣海峽，或者比照巴拿馬運河，對航行的船隻收費，將會造成海運成本的增加、全球性的物價上漲、通貨膨脹的危機；第二，台積電的晶片產能，佔了全球 60% 的市場，一旦中國擁有台灣，其嚴重性不難想像，這是美國、日本乃至於全球國家均不樂見的。至於，中國在佔領台灣之後，在台灣佈署核子武器及潛艇，將嚴重威脅美國及亞洲國家的安全，就更不用說了。

對台灣以外的大多數人，或許感受不到台海戰爭的威脅；2023 年 4 月，法國總統馬克宏在結束中國訪問之後表示：「歐洲面臨的巨大風險是陷入不屬於我們的(台海)危機」。事實上，台灣人也不會期待歐洲國家的軍隊會直接捲入台海衝突戰爭中，只不過，當中國佔領台灣，掐住全球經濟的咽喉時，歐洲人也會在生活上受害吧？歐洲人的汽車、電腦及手機等均可能需要台灣製造的晶片。

在台灣(海峽)不可能永遠維持現狀的窘境下，台灣正面臨被中國佔領或是成為戰地廢墟的危機，而台海戰爭不會只是中國與台灣的地區性戰爭，是極可能成為下一次世界大戰的引爆點。因此，讓台灣成為永久中立國的重要性是無庸置疑的。

台灣獨立為何有利全球安全？具體來說，台灣成為像瑞士一樣之永久中立國，至少對全球安全有 5 點好處：

(1)避免中國在台灣佈署核武的基地及潛艇，直接威脅太平洋地區。

(2)避免中國控制台灣的先進晶片產能，而影響全球的經濟動脈。

(3)避免台灣海峽成為中國的領海，維持台灣海峽海運的正常運作。

(4)台灣維持獨立自主的中立，可解決美國對中國軍事擴張的壓力。

(5)解除台灣海峽的危機，避免成為下一個世界大戰的引爆點。

解決台海危機的「交易台灣倡議」

綜合上述，不難想像習近平企圖(和平)統一台灣的三大理由是：(1)民族主義情結、(2)台灣的地緣優勢和(3)台灣的半導體產業。

歷屆的中國領導人，均將「統一台灣」視為民族主義的使命，這項使命已拖延了 70 多年。或許，習近平也該重新定位「台灣地位」了。如果從歷史觀點談民族主義的話，清朝統治過的蒙古、朝鮮、琉球、越南、緬甸及暹羅(泰國)等國，均應"回歸祖國"，這

跟國民黨蔣介石執政時代(1949～1975年)的「三民主義、統一中國」一樣,是不符合時代潮流的思想。因此,統一台灣的民族主義情結,不應是鐵板一塊而無法改變,它將被歷史潮流所淹沒。

民族主義情結並非無法動搖,重點是要給中國領導人一個有利益、有面子的下台階。中國可以用5年的時間,來淡化統一台灣的民族主義情結;中國可以從刪除所有關於「台灣是中國神聖領土不可分割的一部份」的論述做起,再藉由官方媒體及政策宣導來淡化。

「洗腦工程」對於一黨專制的中國,並非難事,問題是:憑什麼讓中國領導人願意讓台灣獨立?

台灣想要獨立,比想像中困難許多;首先,台灣領導人和台灣人民必須了解,沒有美國及日本的支持,台灣是不可能達到「法理台獨」的目標。

其次,台灣想要獨立,又要避免戰爭,則台灣領導人要跳脫傳統的政治思維方式,要改以CEO的經營頭腦,來為「台灣獨立」謀出路;中國與台灣就像大公司與小公司,其領導人就是經營公司的CEO,台灣領導人(CEO)要以商業交易的談判技巧與中國溝通、協商,簽訂「台灣獨立」的條約。

不容否認的,如果當年沒有美國的支援與駐軍(1950～1979年),以及後續的「模糊戰略」政策,台灣應早就被中國統一了。民進黨或許不願意承認台灣無法單獨與中國談判的事實;然而,在蔡英文執政的8年期間,習近平從未理會蔡英文想溝通、協商的呼籲。所以,多次公開表明台獨立場的賴清德接任總統之後,中國應不會直接與台獨傾向的台灣當局談判,必須由美國與日本

陪同台灣，才有可能與中國坐上談判桌。

　　坦白說，中國如果以和平方式統一台灣，美國和日本均沒有理由說不；然而，美、日均希望"台灣獨立"，至少是"永遠維持現狀"。中國、美國和日本都想要台灣，所以台灣是奇貨可居。台灣的地緣位置有其重要性，講明白一點，台灣獨立或維持現狀，是在保護日本，也是美國圍堵中國之第一島鏈防線上的重要樞紐。

　　美國想要維持"全球霸主、美國第一"的夢想，應也想將台灣併為第 51 洲；日本為了本土的安全，應也想讓台灣成為日本的第三府(1895～1945 年日本曾統治台灣)；但是，在當今的民主社會氛圍中，這是不可能實現的。所以，退而求其次，經由商業交易方式而讓台灣獨立，成為聯合國的永久中立國，這應是較可行的台灣獨立之路。

　　過去 40 多年來，台灣算是在替美國及日本"站衛兵"，因此，不應是台灣向美國購買武器，反而是美國要提供免費的軍事設備給台灣，而台灣也應向日本收取"保護費"。

　　美國及日本必須了解，在沒有誘因或利益的情況下，中國不可能讓台灣獨立，為了全球的安全，美國、日本及台灣可考慮共同出資買下台灣，讓台灣成為永久性中立國；美國及日本陪同付款買台灣，會讓中國覺得很有面子(打贏美日台三國聯軍)；而美國及日本也解決了防堵中國擴張之第一島鏈缺口的問題。

　　「台灣獨立條約」主要條款草約：(可以協商的)

　(1)美國、日本及台灣每年各支付 770 億、200 億及 30 億美元給中國，為期 10 年。

(2)台灣製造的先進晶片產能，優先銷往中國，以產能40%為上限。

(3)雙方同意維持目前的台灣海峽中線，金門及馬祖由中國接管。

(4)台灣每年應向中國及美國採購等量金額的防衛性武器。

(5)台灣可成為聯合國的永久中立國，但不得加入任何的軍事聯盟。

結語

「交易台灣倡議」，可以讓中國贏了面子、美國和日本贏了裡子，以及台灣成為中立國，此不失為一個務實解決台海危機的方案。此外，美國與日本為台灣獨立而付費，也只不過算是台灣為美國、日本站衛兵 40 多年的補償金而已。

「中國賣台灣·兄弟分家」之後，中國每年可有千億美元的實質獲利，賣國土也有先例、有樣學樣，19 世紀時，英、法、俄、瑞典、墨西哥及西班牙等國均賣過領地給美國。交易台灣，讓美國輸得"不難堪"，中國贏得"很漂亮"，那麼，習近平就有台階下了，對國內的反對聲浪也有所交代。

「賣台灣·兄弟分家」，雙方均"各退一步化干戈，互有得失不吃虧"；中國放棄統一而讓台灣成為永久中立國，徹底解決了全球關注的台海危機問題，有利於全球安全，並為中國樹立"愛好和平"的形象，何樂而不為？

跋　語

退休之後，5 年內共寫了與(冷凍空調)本業無關的 4 本書，寫作是為了預防老人痴呆症提早到來；老朽一向喜歡以常識邏輯思考沒有明確答案的論述(見拙作「數據會說話？做伙來找碴！」)。

2022 年春節期間，偶然購讀了 2021 年 10 月出版的「2034 全面開戰」(2034 A Novel of the Next World War 中譯本)，此本戰爭預言小說談及中國為了爭取霸權，蓄意動用新概念武器在南海攻擊美國戰艦，並在伊朗領空誘捕美國最新款的電磁戰鬥機，還在美國本土製造電腦大當機的事件，最後引發中美兩國領導人做出致命的錯誤決定。

隨後，又陸續看了 4 本描述戰爭的預言小說(如下參考資料)，故事情節雖然不同，但是，結局大同小異，戰爭終究會導致人類的悲慘命運，不由得引人省思。

此外，藍綠之間的"統獨之爭"，一直是台灣政壇亂象的根源，在寫此書期間，亦同時撰寫時事評論的文章，因而寫出此本以台海危機為主題之小說文體與台海局勢分析的混合創作。

寫此書期間，隨身攜帶 1 本小冊子，隨時記下走路想到的、作夢夢到的、看資料聯想到的題材，再借題發揮想像力。通常，寫一本股市理財書大概只需 8 個月的時間，然而，此本「台海對抗黑皮書」，卻花了 13 個月的時間才完成。

為了能務實地描述本書所撰的場景，我特地搭飛機去金門 3 天 2 夜遊(金廈大橋的最後一里路)、開車去龍崎變電所繞一圈(大停電元兇抓到了)、到台中港 OUTLET 2 天 1 夜遊(台海版木馬屠

城記)、搭船往返東港—小琉球 2 日遊(華航客機迷航記)，甚至還
搭郵輪 6 天 5 夜遊，到沖繩找靈感(美、日、台的郵輪密會)；遺
憾的是，年老力衰，無法到樂山雷達站(軍事禁區)附近健行觀察，
只能由網路照片猜測、描述。

　　本書的構想，啟發自如下的時事題材，參考資料有兩岸政策、
新聞報導、雜誌書籍、電影、維基百科及在網路平台搜集到的相
關文章，均有所本；或許如同「007 黃金眼、誰與爭鋒」、「玩命
關頭 8」及「氣象戰」等新概念武器電影一樣，有理論基礎，再
加上戲劇化的誇張效果。

　　現階段做不到，並不代表未來不會成真，例如，20 多年前的
科幻電影，就已出現視訊通話的情節，如今已經實現了！

廣泛精讀、邏輯思考、比較分析、檢討改善！本書參考資料如下：

　1.(政策)港口直航：台中—廈門(中遠之星)、台中—平潭(魯豐號)

　2.(新聞)台灣軍演：敵軍潛伏「中遠之星」渡輪停靠高雄港(2015/1/29)

　3.(新聞)貨輪以故障為由，停靠台中港 18 號碼頭走私(2020/8/26)

　4.(新聞)中資企業子公司承租高雄港 65、66 號碼頭(2021/8/4)

　5.(新聞)俄烏戰爭(2022/2/24～)

　6.(新聞)松鼠、老鼠、蛇及鳥的誤觸而大停電(2022/3/16～)

　7.(新聞)裴洛西訪台及後續的中國軍演、挑釁(2022/8/2～)

　8.(新聞)美國智庫 CSIS 之共軍攻台 7 劇本(2023/1/12)

　9.(新聞)台灣—馬祖 2 條海底電纜全斷，疑似中國船所為(2023/2/17)

　10.(新聞)白宮的滅台計劃(2023/2/23)

11.(新聞)毀滅台積電(2023/3/15)

12.(新聞)全民學用 AK-47(2023/3/24)

13.(新聞)中國海巡 06 號將檢查兩岸直航貨船(2023/4/5)

14.(新聞)郭台銘宣佈獨立參選總統(2023/8/28)

15.(新聞)中國前總理李克強病逝，享年 68 歲(2023/10/27)

16.(新聞)馬英九當藍白合政黨協商見證人(2023/11/15～)

17.(新聞)台灣總統選舉相關報導(2023/12～)

18.(雜誌)美國 Foreign Affairs：「芬蘭化台灣如何有利於美國安全」(2010/1)

19.(雜誌)英國 The Economist：「台灣：地表上最危險的地方」(2021/5/1)

20.(書籍)球狀閃電(2012/2)

21.(書籍)獵殺紀壯艦(2014/10)

22.(書籍)2034 全面開戰(2021/10)

23.(書籍)決戰日：兩岸最終戰(2022/12/23)

24.(書籍)White Sun War: The Campaign for Taiwan(2023/5/4)

25.(電影)007 黃金眼及誰與爭鋒、玩命關頭 8 及氣象戰的新概念武器

26.(電影)魔鬼終結者：黑暗宿命(第 6 集)

27.(維基百科)球狀閃電、電子、電磁、微波等新概念武器介紹

28.(維基百科)兩岸領導人及軍事/政治等相關介紹

29.(網路平台)台海危機及政局分析的相關文章

30.台灣立法委員問政秀和政論節目名嘴秀

國家圖書館出版品預行編目(CIP)資料

台海對抗黑皮書：台海對抗 D-Day：202X 年 Y 月 Z 日
(警世寓言小說)=Taiwan vs China black paper/何宗岳著.
--初版.--高雄市：凱達節能科技有限公司, 2024.5
面；14.8*21.0 公分
ISBN 978-986-89257-6-2 (平裝)
863.57   113005428

台海對抗黑皮書：台海對抗 D-Day：202X 年 Y 月 Z 日
(警世寓言小說)

作　　者：何宗岳
排版編輯：李宜庭、何孟樺
出 版 者：凱達節能科技有限公司
　　　　　813018 高雄市左營區德威街 106 號
　　　　　電話：(07)5571755
　　　　　傳真：(07)5572055
　　　　　email：sales.tempace@msa.hinet.net
　　　　　http://www.tempace.com.tw
發 行 者：何宗岳
代理經銷：白象文化事業有限公司
　　　　　401 台中市東區和平街 228 巷 44 號
　　　　　電話：(04)2220-8589
　　　　　傳真：(04)2220-8505
製版印刷：興華印刷所
初版一刷：2024 年 5 月 20 日
定　　價：380 元
　ＩＳＢＮ：978-986-89257-6-2

(渦流管)配電盤冷氣　配電盤、儀器箱及高溫攝影機等冷卻用

號	能力@7bar	能力@8bar	空氣耗量	渦流管本體 規格
08	600BTUH	686BTUH	8CFM	158mm長×32mmφ
15	1100BTUH	1257BTUH	15CFM	184mm長×45mmφ
25	1800BTUH	2057BTUH	25CFM	184mm長×45mmφ
35	2800BTUH	3200BTUH	35CFM	184mm長×45mmφ

註1：適用NEMA4/12箱體。NEMA12/4X箱體用為指定品。
註2：以上各型均含下圖中①～⑫項之配件。
註3：請以3/8"φ管，將6～8bar之空氣供應至配件①。

渦流管(Vortex Tube)原理：以6～8bar壓縮空氣作動力，產生−40～＋10℃冷氣流。

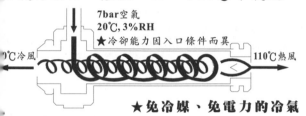

7bar空氣
20℃, 3%RH
★冷卻能力因入口條件而異
0℃冷風
110℃熱風

★免冷媒、免電力的冷氣

配電盤冷氣速選表

配電盤尺寸 H*W*D(cm)	(未冷卻前)盤內實測最高溫(℃)				
	60	55	50	45	40
60×60×30				708 型	
90×90×30			715 型		
120×90×30					
150×90×30					
150×120×30			725 型		
150×120×60					
150×150×60	735 型				
180×120×60					
180×150×60					
180×180×60					
210×180×60	725 型*2			715 型*2	
210×210×60					
240×210×60	735 型*2				
240×240×60					
240×300×60					

凱達節能科技有限公司
sales.tempace@msa.hinet.net
https://www.tempace.com.tw
※型錄備索 Tel：(07)557-1755

(渦流管冷氣(冷氣鎗)　Vortex Tube Cooler：局部冷卻用

★適塑膠或金屬、焊接、研磨、切削、鑽孔、縫紉、測試分析等局部冷卻用。

號	冷卻能力	空氣耗量	冷風溫度	渦流管本體 規格
208	600BTUH	8CFM	-20～10℃	(SUS304)152mm長×32mmφ, 冷風口1/4"φ, 風量可調
225	1800BTUH	25CFM	-20～10℃	(SUS304)212mm長×45mmφ, 冷風口1/4"φ, 風量可調
671	600BTUH	8CFM	-20～10℃	(鋁合金)99mm長×22mmφ, 含外殼、磁鐵座及撓性管
615	1100BTUH	15CFM	-20～10℃	(SUS304)260mm長×45mmφ, 含外殼、磁鐵座及撓性管

※另有625型(25CFM)及635型(35CFM)冷氣鎗, 尺寸同615型, 指定品。 ※1BTUH=0.293W

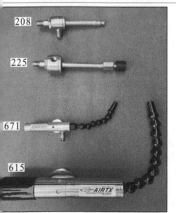

208
225
671
615

↑冷氣鎗本體

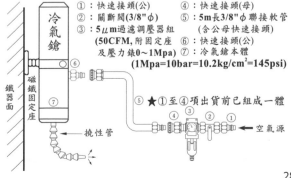

601A型過濾調壓器組合(①~⑤)配置圖

冷氣鎗

①：快速接頭(公)
②：關斷閥(3/8"φ)
③：5μm過濾調壓器組 (50CFM,附固定座 及壓力錶0~1Mpa)
④：快速接頭(母)
⑤：5m長3/8"φ聯接軟管 (含公母快速接頭)
⑥：快速接頭(公)
⑦：冷氣鎗本體 (1Mpa=10bar=10.2kg/cm²=145psi)

⑤★①至④項出貨前已組成一體

鐵器面
磁鐵固定座
⑦
撓性管
空氣源

288